ミネルヴァ日本評伝選

くたばってしまえ

二葉亭四迷

ヨコタ村上孝之著

ミネルヴァ書房

刊行の趣意

「学問は歴史に極まり候ことに候」とは、先哲荻生徂徠のことばである。

歴史のなかにこそ人間の智恵は宿されている。人間の愚かさもそこにはあらわだ。この歴史を探り、歴史に学んでこそ、人間はようやくみずからの正体を知り、いくらかは賢くなることができる。新しい勇気を得て未来に向かうことができる。徂徠はそう言いたかったのだろう。

「ミネルヴァ日本評伝選」は、私たちの直接の先人について、この人間知を学びなおそうという試みである。日本列島の過去に生きた人々の言行を、深く、くわしく探って、そこに現代への批判を聴きとろうとする試みである。日本人ばかりではない。列島の歴史にかかわった多くの異国の人々の声にも耳を傾けよう。

先人たちの書き残した文章をそのひだにまで立ち入って読み、彼らの旅した跡をたどりなおし、彼らのなしとげた事業を広い文脈のなかで注意深く観察しなおす――そのとき、はじめて先人たちはいまの私たちのかたわらによみがえってくる。彼らのなまの声で歴史の智恵を、また人間であることのよろこびと苦しみを、私たちに伝えてくれもするだろう。

この「評伝選」のつらなりのなかから、列島の歴史はおのずからその複雑さと奥ゆきの深さをもって浮かび上がってくるはずだ。これを読むとき、私たちのなかに新たな自信と勇気が湧いてきて、その矜持と勇気をもって「グローバリゼーション」の世紀に立ち向かってゆくことができる――そのような「ミネルヴァ日本評伝選」にしたいと、私たちは願っている。

平成十五年（二〇〇三）九月

上横手雅敬
芳賀　徹

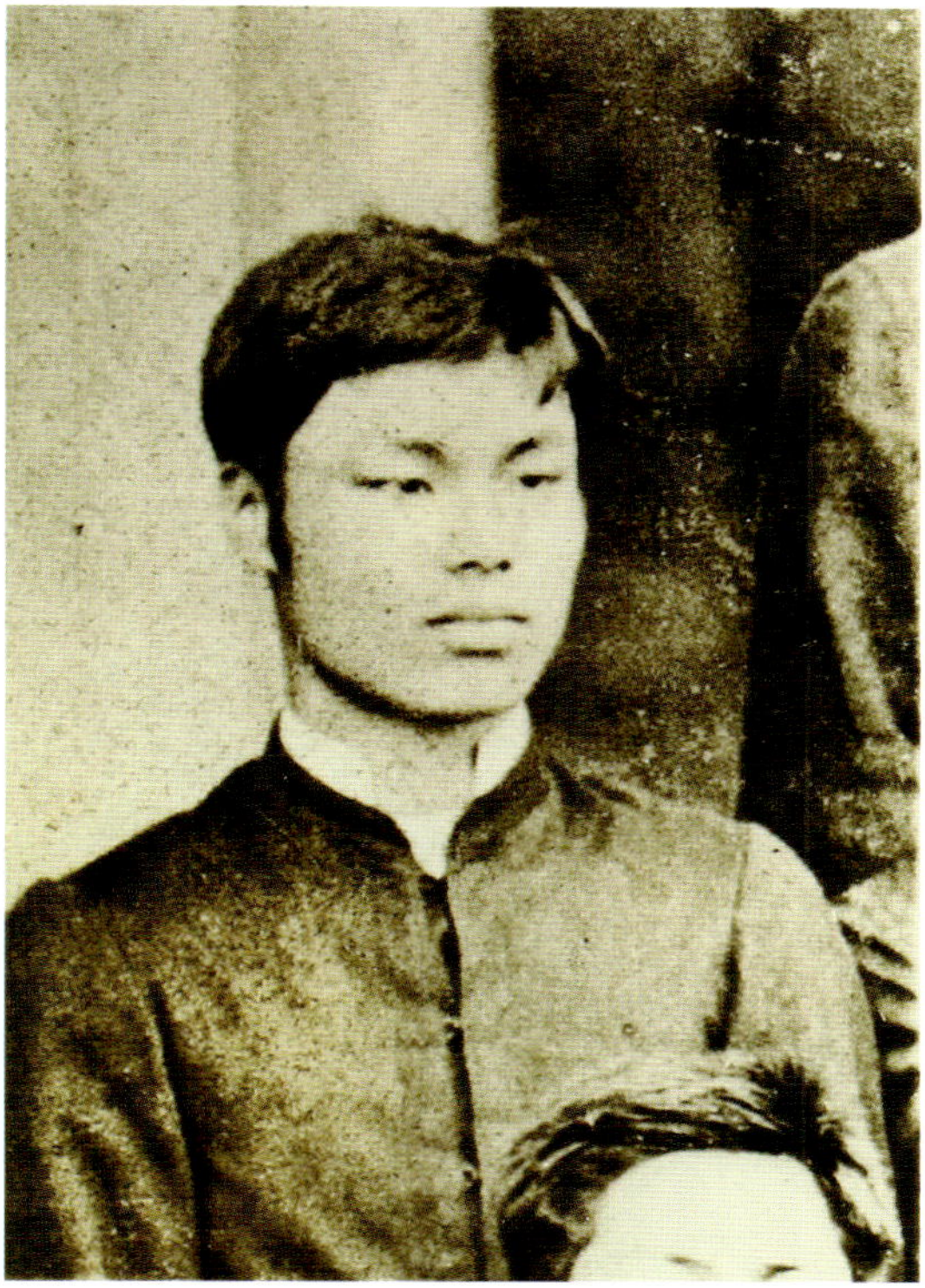

東京外国語学校在学時代

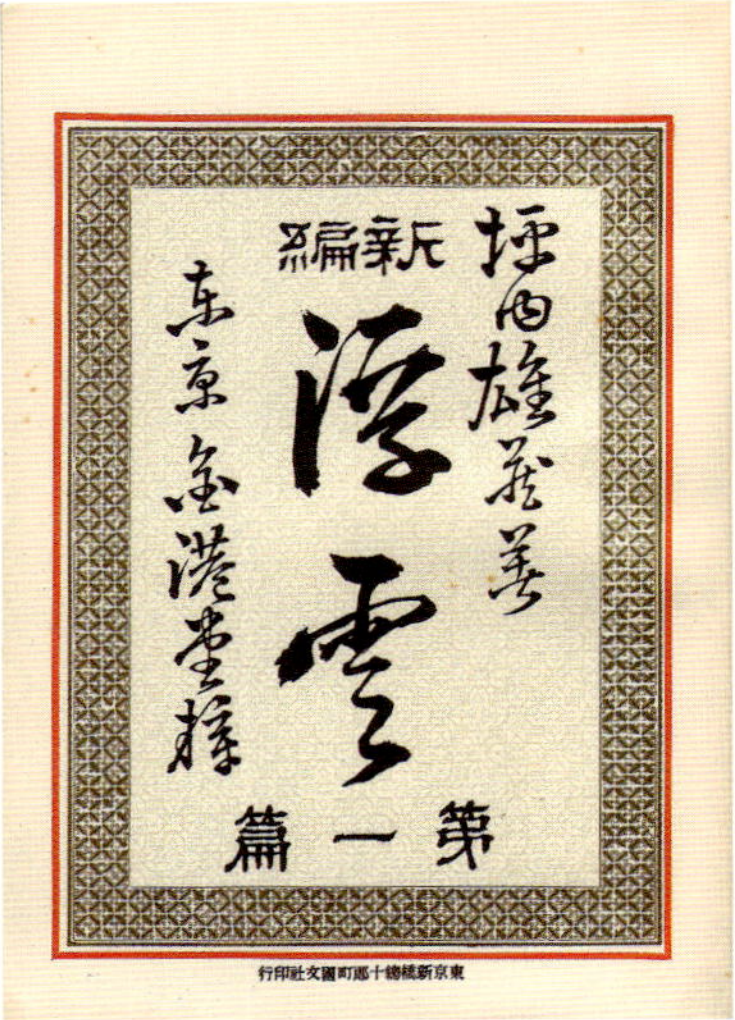

『浮雲』初版

『片恋』口絵

東京外国語学校教授時代
（前列右から２人目が二葉亭）

ウラジオストク
（左側が旧日本領事館，右側が二葉亭も利用した元プタシニコフの店）

墓碑（東京・染井霊園）

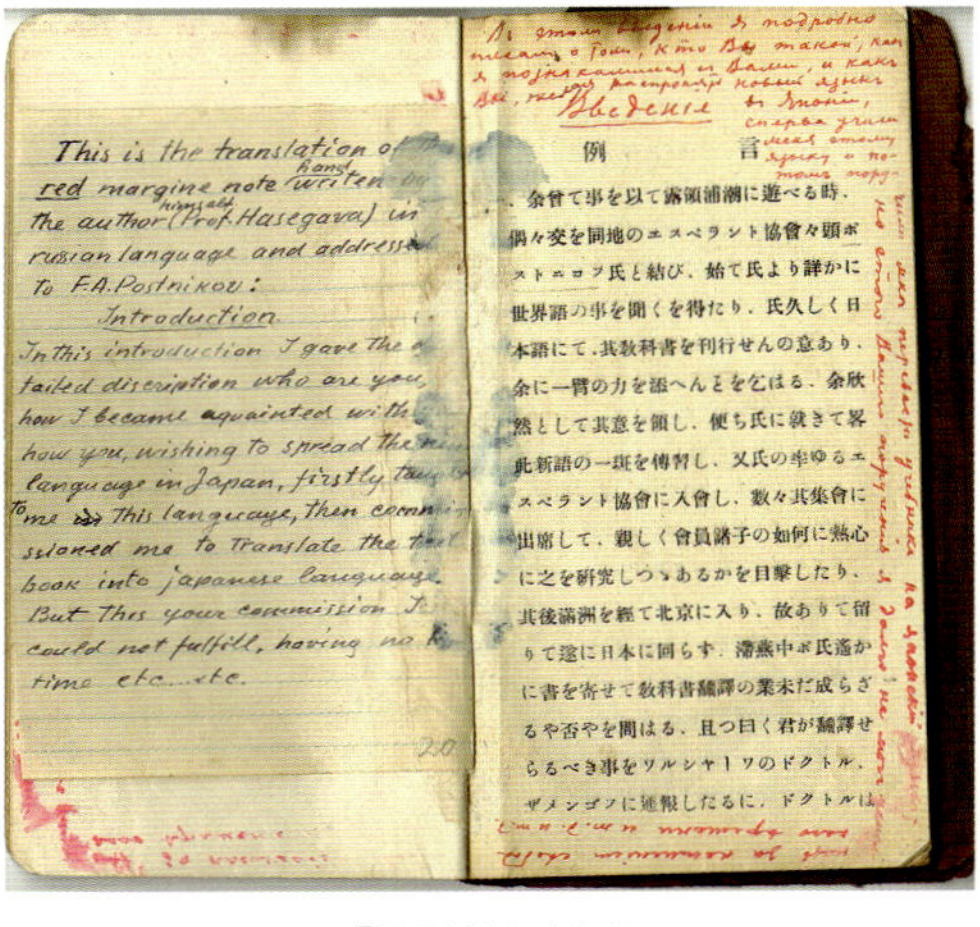

『世界語』例言

二葉亭四迷——くたばってしまえ　目次

図版出所一覧

北方の佳人（『古契三娼』より『徳川文芸類聚第五』国書刊行会、一九一四年）……67
『浮雲』を執筆していた頃、二葉亭が住んでいた神田仲猿楽町の住居（早稲田大学図書館蔵）……76
イヴァン・ツルゲーネフ（『ソビエト大百科事典』第二版）……90
「あひびき」のカット（ビョーム、E.『ツルゲーネフの「猟人日記」の登場人物』ペテルブルグ、一八八三年）……96
レイフの辞書（一橋大学図書館蔵）……101
内閣官報局時代の長谷川辰之助（早稲田大学図書館蔵）……124
最初の妻福井つね（早稲田大学図書館蔵）……127
三十八歳のハーバート・スペンサー（『自伝』ニューヨーク、アップルトン、一九〇四年）……137
（新）東京外国語学校校舎（東京外国語大学百年誌編纂委員会『東京外国語大学沿革略史』一九九七年）……152
二十世紀初頭、二葉亭が訪問した頃のウラジオストク駅（N・マトヴェーエフ『ウラジオストク市小史』リプリント、ウラジオストク、ウスーリー出版、一九九〇年）……163
ウラジオストク二葉亭関係地図（藤本和貴夫ほか編『裏潮旧日本人街散策マップ』在ウラジオストク日本総領事館、二〇一一年）……164
ラザレフスカヤ通りのポストニコフの家（米国アーカンソー州リトル・ロック市歴史協会蔵）……166
ポローガヤ街の日本人娼婦（上）着流しの日本人男性たち（下）（『古都ウラジオストック』ウラジオストク、「ロシアの朝」出版社、一九九二年）……168
二葉亭が訪問した頃のハルビン（哈爾濱建築芸術館編『哈爾濱旧影大観』哈爾濱、

黒竜江人民出版社、二〇〇五年）……174
川島浪速と粛親王（国立国会図書館蔵）……184
ウラジオストクのエスペラント・クラブの写真（米国アーカンソー州リトル・ロック市歴史協会蔵）……189
ブロニスワフ・ピウスツキ（G・マトヴェーエフ『ピルスツキー』モスクワ、モロダヤ・グヴァルディア、二〇〇八年）……196
茶筅髪（石原哲男『歴代の髪型』京都書院、一九八九年）……207
各国の離婚率の歴史的推移（湯沢雍彦他『世界の離婚』有斐閣、一九七九年）……213
二葉亭のスケッチになる「やれゐおりの」（早稲田大学図書館蔵）……220
雪江のモデルとされる、二葉亭所蔵の絵葉書（中村光夫『二葉亭四迷伝』講談社、一九五八年）……224
英訳『平凡』表紙（北星堂、一九二七年、筆者蔵）……227
フランスの画家ルイ・マルテストによる一九〇二年のレフ・トルストイ（『文学遺産』第七五巻）……236
ネミロヴィッチ＝ダンチェンコ（東京大学駒場図書館蔵）……244
二葉亭のロシア行き送別会（早稲田大学図書館蔵）……249
ペテルブルグの「ラスコリニコフの家」（筆者蔵）……256
シンガポールの二葉亭終焉の碑（早稲田大学図書館蔵）……266
『世界語』見開き頁（米国アーカンソー州リトル・ロック市歴史協会蔵）……290

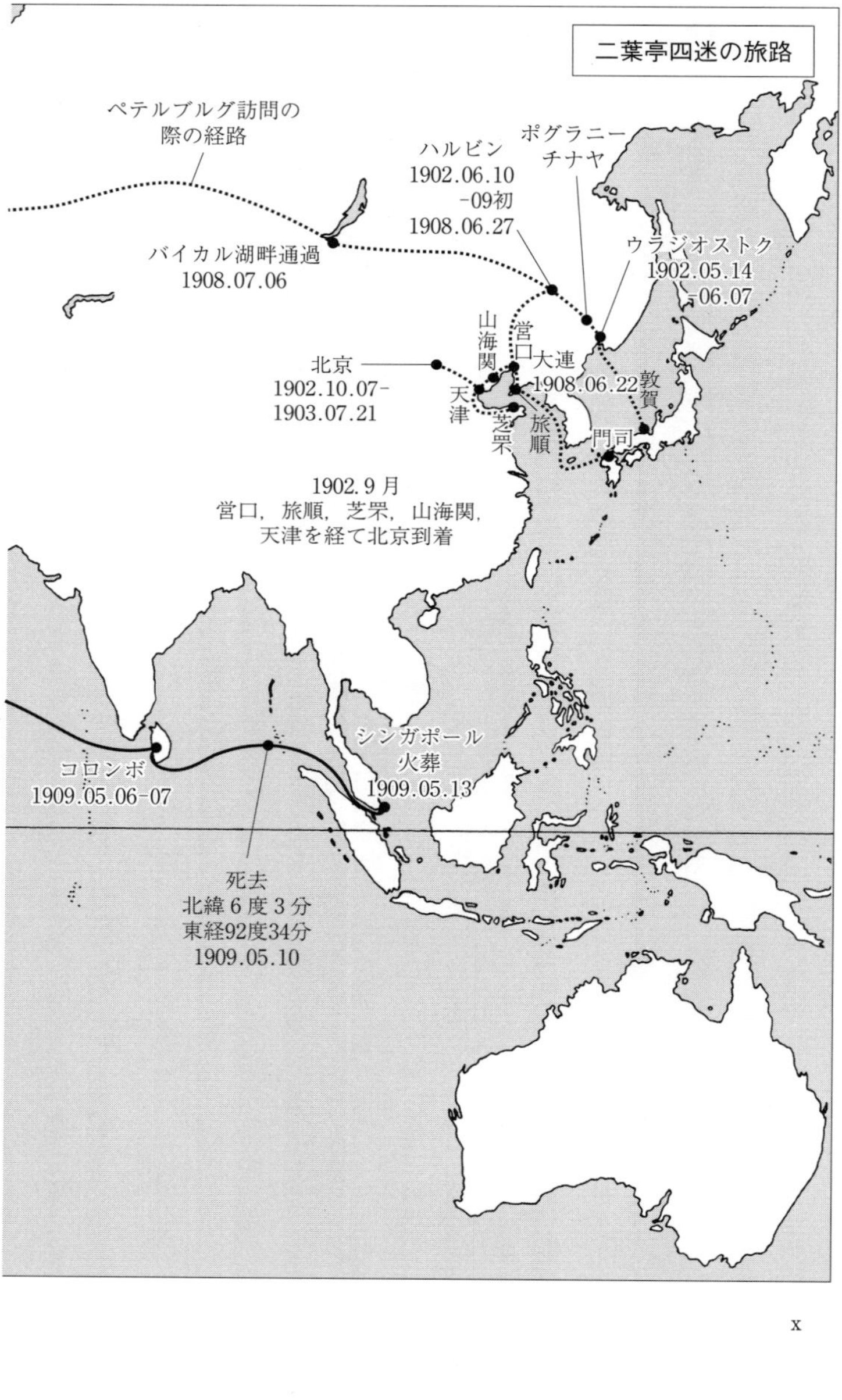

二葉亭四迷の旅路
ペテルブルグ訪問の
際の経路
ハルビン
1902.06.10
-09初
1908.06.27
ポグラニー
チナヤ
バイカル湖畔通過
1908.07.06
ウラジオストク
1902.05.14
-06.07
山
海
関
営
口
大連
1908.06.22
北京
1902.10.07-
1903.07.21
天
津
芝
罘
旅
順
敦
賀
門司
1902.9 月
営口，旅順，芝罘，山海関，
天津を経て北京到着
シンガポール
火葬
1909.05.13
コロンボ
1909.05.06-07
死去
北緯6度3分
東経92度34分
1909.05.10

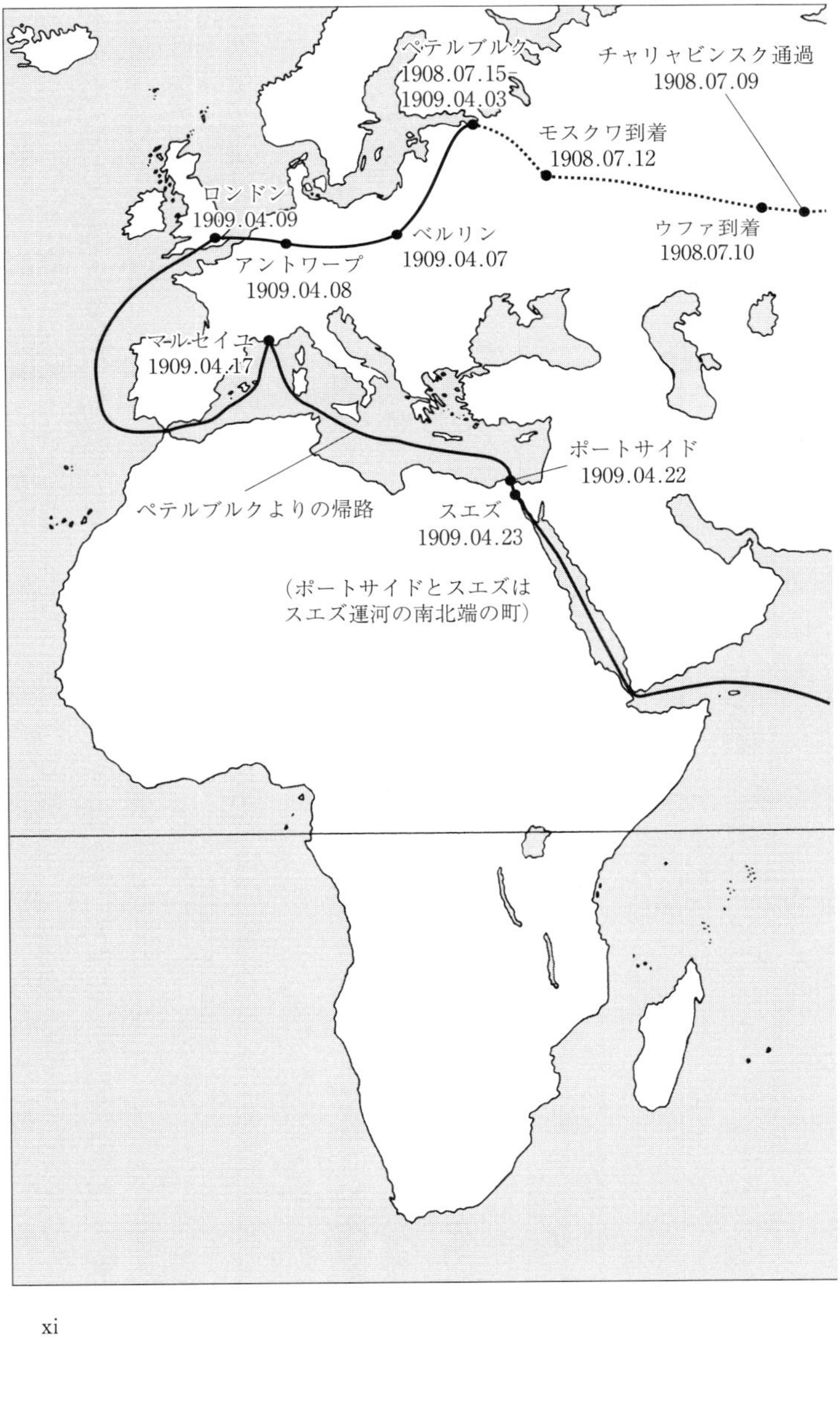
ペテルブルク
1908.07.15-
1909.04.03
チャリャビンスク通過
1908.07.09
モスクワ到着
1908.07.12
ロンドン
1909.04.09
ベルリン
1909.04.07
ウファ到着
1908.07.10
アントワープ
1909.04.08
マールセイユ
1909.04.17
ポートサイド
1909.04.22
ペテルブルクよりの帰路
スエズ
1909.04.23
(ポートサイドとスエズは
スエズ運河の南北端の町)

第一章　「暗中模索」の出発点

1　くたばってしまえ

筆名の由来

長谷川辰之助《はせがわたつのすけ》の筆名二葉亭四迷《ふたばていしめい》が、「くたばってしまえ」の音訳であることは、かなりよく知られているところだろう。名前の由来については二つ説があって、一つは作家自身が自分を罵って言ったというものである。二葉亭その人が自伝的談話の中でこう説明している。

之［芸術の名に値する小説を書きたいという気持ちと、小説で金を稼ぎ独立したいという気持ち］は甚《ひど》い進退維谷《ヂレンマ》だ。実際的《プラクチカル》と理想的《アイディアル》との衝突だ。で、そのヂレンマを頭で解く事は出来ぬが、併し一方生活上の必要は益〻迫つて来るので、よんどころなくも『浮雲』を作《こしら》へて金を取らなきやならんこと丶なつた。で、自分の理想からいへば、不埒な〳〵な人間となつて、銭を取りは取つたが、どうも自分ながら情ない、愛想の尽きた下らない人間だと熟々《つく〴》自覚する。そこで苦悶の極、自《おのづか》ら放つた声が、くたばつて仕舞《しめ》へ（二葉亭四迷）！（「予が半生の懺悔」第四巻二九二頁）*

*二葉亭四迷の著作からの引用は、筑摩書房による全八巻（別巻一冊を含む）の全集の巻数と頁数で示す。

もう一つのヴァージョンは坪内逍遙が伝え聞いたところのもので、「二葉亭四迷と戯号したのは、少年時代に其父に『きさまのやうな厄左者《やくざ》はクタバツテシマへ』と叱られたゝめだ、と彼れ自身しば〳〵口にしてゐた、と伝へられてゐる」という（『柿の蔕《へた》』九三頁）。だが、逍遙自身、この話しに疑いをさしはさんでいて、「彼の父は純粋な江戸ッ子肌でもなく、随つて、如何に激した瞬間でも、そんな口吻を洩らしさうにはなかつた人だ」と述べている。父親吉数《よしかず》は成人してのち、尾州藩屋敷に勤務するようになってから江戸に住むようになったので、「純粋な江戸ッ子でない」どころか、尾張の人である。その意味でも逍遙の疑いはうなずけるところである。もっとも、この、父親説は、二葉亭の名古屋の叔父後藤有常によっても唱えられている（「名古屋に於ける二葉亭」別巻二一五頁）。

二葉亭四迷という号のもとが父親なのか、作家その人なのかはさておくとしても、「くたばつて仕舞へ」という罵り文句がいわれなのは間違いなく、そこに現れた自己否定の身振りは顕著なものだといえる。これほど自虐的な筆名をつけた文学者はほかに見当たらない。しかも、それを宣言し、触れ回っているのは、二葉亭本人なのである。

二葉亭四迷はまさにその号のように、自己否定、自己抹殺を繰り返し続けた人間であった。軍人を志願して軍人になることをえない。小説家たろうとして小説家たりえない。大学教授の地位を得て大学教授でとどまりえない。間諜たろうとして間諜として機能しえない。

二葉亭四迷のさまざまな顔

長谷川辰之助ほどたくさんの顔を持った人物は同時代の人間の中でも少なかったのではないかと思われる。作家、翻訳者、編集員、大学教授、教頭、商店顧問、間諜、新聞記者、学者、実業家……これは顕著な事実なので、彼を知る多くの同時代人によって言及されているところである。しかし、興味深いのは、そうした言及のほとんどが、二葉亭はそうしたさまざまな顔を持っていたが故に、どれも中途半端に終わり、その人生を仕損じたという論調であることだ。二葉亭の追悼文集にはそうした意見が多く見られ、たとえば、平生釟三郎《ひらおはちさぶろう》は「天は渠《かれ》に与ふるに健康を以てせずして却て与ふるに〔経世家と文学者という〕相剋《あひこく》するの意と才とを以てし、此《かく》の如き悲むべき最期を以てす」（「精神と身体と権衡を失したる人」『二葉亭四迷』上三六頁）と悼んでいる。＊二葉亭が生涯、親しく付き合った坪内逍遙や内田魯庵《ろあん》にあっても、こうした見方は変わらず、逍遙は「自らも見誤り、専ら経綸家を以て任ぜんとするに至つた〔。〕（……）文学芸術は比較的不易のものゆゑ、若し君が此方面に終始一貫して力を注いだならば此遺口〔実行を前に思案と調査に時間をかけすぎること〕も必ずしもわるくはなかつたのであるが、実業や外交等の実際問題になつては兎に角手後れとなりがち」であったなどと論じている（「長谷川君の性格」『二葉亭四迷』上二三〇頁）。また、魯庵は「二葉亭は失敗の英雄」だとし、「小説家としては未成の巨人で」、「事業家としてドレほどの手腕があつたかは疑問である」と書いている（『思ひ出す人々』四三七頁）。

＊『二葉亭四迷』という表題の本は多数あるが、ここでは、坪内逍遙・内田魯庵編になる二葉亭追悼文集を指す。以下、『二葉亭四迷』といえば同文集を指すこととする。

こうした見方はさらに現代の批評家たちにも受け継がれている。中村光夫は「〔二葉亭は〕文学者としてもたしかに惜しい素質を台無しにした失敗者のひとり」（『二葉亭四迷伝』九頁）と書いている。桶谷秀昭は「誰が見ても文学者としかいひやうのない人間が、生涯、文学への根底からの懐疑に憑かれてゐた、そこから生まれた悲劇」について語っている（『二葉亭四迷と明治日本』八〜九頁）。

こうした一連の見方は、つまりは二葉亭が二足の（あるいは三足の）わらじをはいてしまったがために失敗したということに帰する。文学なら文学に、政治なら政治に、実業なら実業に専念していたならば、ものになったかもしれないという底のものだ——もちろん、多くの人は、文学に専念してくれていればと思っていた。

それは当然ながら、二葉亭の評伝が文芸評論家、文学研究者によってなされてきたということによるもので、その意味で自分の贔屓に対するバイアスがかかっているわけだが、それを割り引いても、もう一つ問題なのは、唯一の専門領域に専心することを正しいとする、一種の反教養主義というか、プラグマティズムのようなものが、この判断の根底にはあることだ。教養主義的な普遍人、あるいはルネサンス的な万能学者というようなものは、この見方から排除されている。

そして、それは人格の分裂というようなものに対する畏怖でもあったともいえよう。ひとつところに落ち着くことのできない人間、さまざまなものに関心を拡散させていくような人間は異端視されるのである。

二葉亭はまさにそのような異端児であった。そもそもの志士的世界観が文学への興味にとってかわり、しかし文学ではあきたらず実業の世界、政治の世界へと惹かれていく。その過程で、文学理論を渉猟し、哲学・心理学・宗教学に視野を広げ、経済学・地理学・地誌を調べ、そのキャリアも作家、編集員、教師、商社顧問、警察学校教頭、新聞記者と、とめどもなく、ほとんど無計画に移ろっていく。

こう書くと聞こえは悪いが、この分裂性は、二葉亭が総合的な知の巨人であったという見方に置き換えることも不可能ではない。二葉亭の生涯を取り扱った伝記はすでに数種類出ているが、本伝記が少しでも新味があるものだとしたら、それは、二葉亭をそのような重層性、多重性の中で再構築し、再評価していくという方向性の中に見出されることになろう。否定を肯定に変える、そしてそれをまた否定する、「くたばる」ことを繰り返しながら、その中から再生していく、二葉亭の人生とはそのようなものだったに違いない。

2　二葉亭四迷と明治日本――国民国家の成立

江戸・尾張藩上屋敷での出生

二葉亭四迷こと長谷川辰之助は元治元年（一八六四）二月二十八日、江戸市ヶ谷合羽坂尾張藩上屋敷で生まれた。* 同じ年には池田屋事件、禁門の変、第一次長州征伐などが起こっている。すなわち、池田屋で藩士を失った長州藩が上京、挙兵するが、蛤御門付近で会津・薩摩の軍勢と戦い、敗北し、さらにこれが長州征伐につながり、イギリス、フランス、オランダ、アメリカの四国が下関を砲撃し、これを受けて長州藩は幕府に恭順の意を示すという一連の経緯がこの年に起こるのである。一八五三年のペリー来航とその結果である日米和親条約、日米通商条約の締結、そして攘夷運動の高まり、桜田門外の変におけるその典型的現れを経て、幕府の揺らぎと攘夷運動の盛り上がりというものが続いてきたが、この一八六四年の長州の敗北によって、攘夷は頓挫し、運動のリーダーであった長州藩は蛤御門で対峙した薩摩と一転、結んで、倒幕に向けて進むようになる、そんな、歴史のちょうど転回点がこの一八六四年という年であったといえよう。

*これは「落葉のはきよせ」所収の「自伝第一」による。戸籍や履歴書では文久二年（一八六二）二月八日となっているのだが、多くの伝記作者は元治元年説をとっており、ここでもそれに従う。なお、これらは旧暦の日付である。尾張藩上屋敷は現在、防衛庁となっている。

もちろんこの年に生まれたばかりの二葉亭はそのような経過を知る由もない。大政奉還の行われた一八六七年でも辰之助はまだ三歳でしかない。しかし、江戸城は無血で開城し、江戸市内ではとくに大きな戦闘はなかったものの、幼い二葉亭は騒然たる変革の時代の雰囲気を激しく呼吸しながら幼児期を過ごしたに違いない。事実、二葉亭は回想中に次のようなことを記している。

維新の当時因州［因幡の国］兵が藩邸へ入り込んでゐた事があつた。つまり宿営させてやつたのさ。（……）邸内で遊んでゐると、よく兵隊どもが出入《ではいり》に挑戯《からか》つたものだ。そして又兵隊どもが藩士のゐる長屋の方へ遊びに来る。そして又私などをよく玩弄《おもちや》にする。其麼《そん》な事で毎日兵隊どもと一緒になつてゐた。（……）……毎時《いつも》いふ実感論だが、恁《か》く維新の動乱の空気にも、稍《やゝ》実感的に触れてるので、それで一味《み》ハイカラならざる或る（言はゞ豪傑趣味ともいふべき）もの、さては国家問題、政治問題の趣味などが僕等には浸み込んでゐるのさ。（「酒餘茶間」第四巻二七九〜二八〇頁）

とはいうものの、父吉数は御鷹場吟味役として尾張藩上屋敷に勤務しており、十分な禄も得ていたので、辰之助は何不自由ない子供時代を送ったようである。吉数は辰之助の生まれる二年前の文久二年（一八六二）より将軍様のお膝元に暮していたが、すっかり江戸の風にそまっていた。近所に住んでいた山田美妙の回想では「円転滑脱他人に向つて城府を設けず、而も他人と応接する言葉に言ふに言はれぬ愛嬌が有つて、動もするとその興に乗じた場合などはその愛嬌が趣味有る滑稽と変はりもした」（「二葉亭四迷君」『二葉亭四迷』下五二頁）というような闊達な人で、長唄なども好きだったらしい。

二葉亭の江戸音曲愛好はいく人かの証人によって伝えられているが、父の影響があったに違いない。吉数は、維新以後は官員生活を続け、主に会計畑の仕事に従事することにもなる。辰之助は士族の子に生まれながら、江戸の下町趣味も身に付けていたが、彼の複雑な性格はすでにここに兆しているのである。美妙はさらに幼年の辰之助が「無類といふ程の滑稽好き」で、仮面をかぶってヒョットコ踊りなどもするような快活な子供で、長じてからの二葉亭とはまるで異なっていたという指摘をしている。

吉数は長谷川家の嫡子が早くして死に、そのあと跡取りがいなかったので、尾張藩藩士の家から迎えられた養子であった。母志津もやはり尾張藩の下級藩士である後藤家から迎えられた女性であった。養子とその嫁である両親のほかに家には祖母のみつがいるだけで、辰之助は、嫡子で一人っ子だということもあり、おばあちゃん子として甘やかされて育ったようである。

郷里名古屋へ

維新の波は一家のこうした生活を変えてしまう。明治元年（一八六八）、上野戦争の余波で諸藩引き払い命令が出され、辰之助の家族は名古屋に移ることになる（父親は東京に留守居調役として残る）。このとき彼は弱冠四歳九か月である。

長谷川辰之助は郷里尾張で母方の実家後藤家で暮らしつつ育つが、翌年には野村秋足の塾に入り漢学を学び、また母の弟（すなわち叔父）の後藤有常に漢文素読を学んだという。

しかし、東京から名古屋に移ったことで、「文明開化」や「西洋」から隔離されたわけではなかった。「自伝第二」には上記の漢学塾のことを述べたあと、「藩に学有り、英仏両語を教授す。予又之に

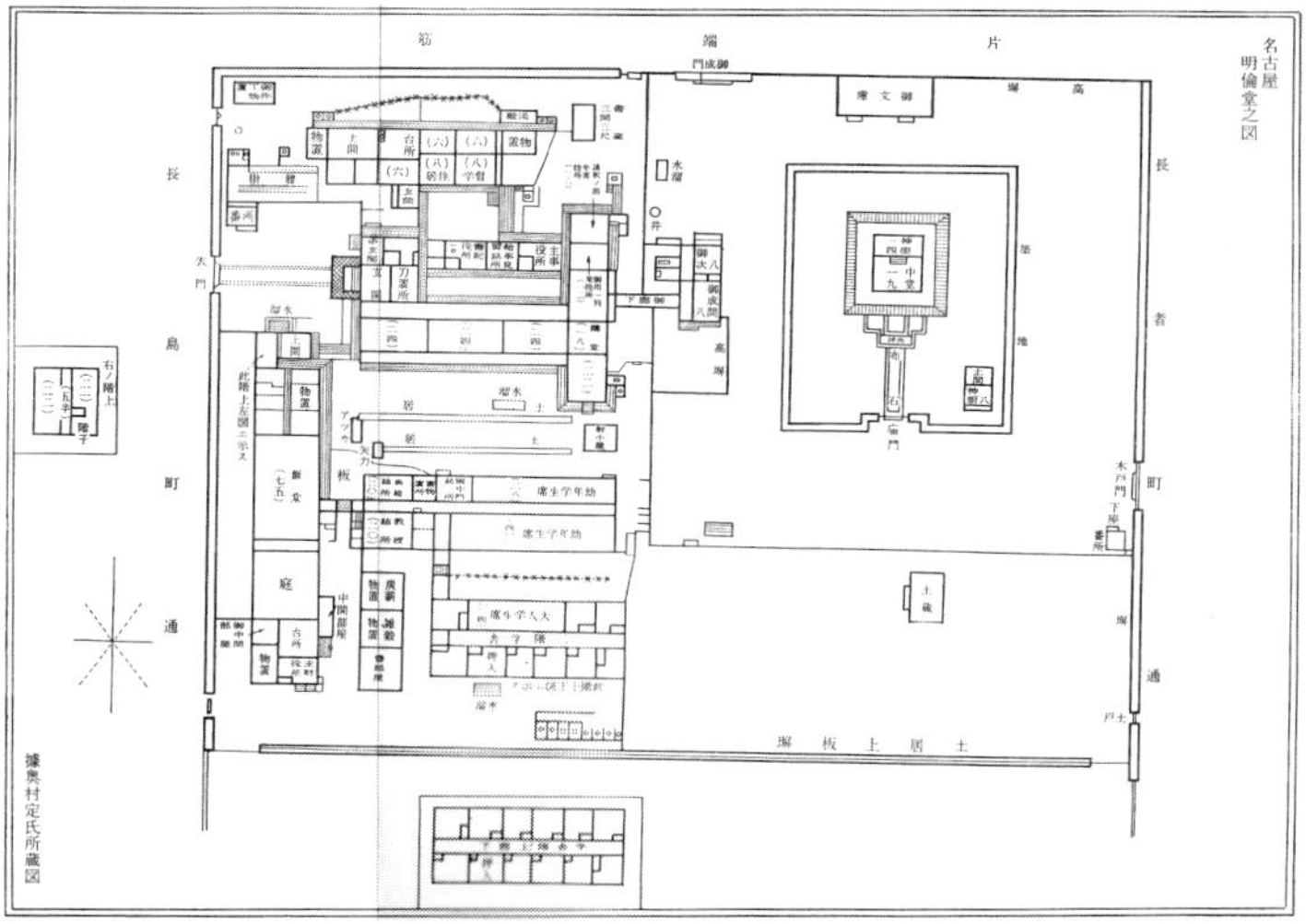

名古屋藩学校（明倫堂）見取り図

入りて仏語を修めり」と書いている。

「藩に学あり」というのは、尾張藩の明倫堂のことで、天明三年（一七八三）創設の藩校である。儒学が講じられていたが、慶応三年（一八六七）には国学と洋学の両方を教授する近代的な総合教育機関への脱皮を図り、明治二年（一八六九）には学校に改称した。辰之助が入学したのはその二年後の明治四年のことである。

藩学校での仏語教育はどのようなものだったのか、残念ながら詳しいことは分からない。尾張藩校では実はほぼ同じ時期に後に二葉亭の師かつ盟友になる坪内逍遙が学んでいた。坪内の伝記に藩校の実態がやや詳しく記されている。柳田泉の『若き坪内逍遙』から引用する。

名古屋に始めて洋学校が創設されたのは、明治三年六月であるという。場所は名古屋南外堀町七間町角旧尾張藩寺社奉行屋敷跡で、名古屋藩学校と称し、英仏二科の語学を教授した。英語学科の教師は日本人横瀬文彦、英人アレキサンドル・インギリス、仏語学校の教師は日本人林正十郎、仏人ドクトル・ムーリエであった。（……）この藩学校、通称洋学校は、明治四年まで続いたが、四年七月廃藩置県（名古屋県）と共に、形式的には消滅となり、同年十月さらに名古屋県英語学校というものが設立された。これは事実上は藩学校の延長であり、これも洋学校と通称された。やはり英仏語学科を教授したが、六年七月仏語学科が廃止された（この仏語科に、四年から五年にかけて幼い二葉亭四迷が在学したのは、真の偶合だが不思議な気がする）。学課は各科ともに、本科と変則に分れていたらしい。その教授或いは教科の点はどうであったか、今日では詳細に知り難い。（五九頁）

辰之助が名古屋藩学校で勉強していたことは明治十三年（一八八〇）に書いた履歴書の草稿から分かるのだが、それによると「四年八月二日ヨリ五年九月廿九日マテ名古屋学校ニ入リ教師林正十郎ニ就キ変則仏学単語篇文典ヲ学フ幷同校教師仏人ムウリヱーニ就キ正則仏学綴字書并習字ヲ学フ」（第七巻五一六頁）とある。

この経験に対して中村光夫は二葉亭が「新しい時代の風にふれ」、「東洋風の倫理観念と（……）西洋風の人間観社会観との相剋」がすでに幼いときから始まっていたことを評価しながら、フランス語の学習については「七八歳の二葉亭が得た知識は何程でもなかつたでせう」としている（『二葉亭四迷伝』三一頁)。二葉亭のフランス語知識の程度を図る物差しはないが、中村の判断が正しいのかどうかについては若干の疑義があるといえよう。名古屋藩学校では英仏二学の専門教育が行われていたのであって、フランス語の学習は今日の大学教育における外国語教育のように、教養のためのものではなかった。しかも、ネーティヴ・スピーカーによるインテンシヴな授業が行われていたのではないかと想像されるのである。中村は「七、八歳の二葉亭がどれほど仏語を修得できただろうか」と懐疑的だが、子供の方が語学の上達が速いのは言語学の常識である。つまり、中村は、「文学的テキストの本格的読解能力」といったことを念頭に語学の習得をとらえていると思われるのだ。これは、二葉亭がやがて東京外国語学校に進学し、授業のすべてがロシア語で行われるというネーティヴな環境での学習でロシア語を本格的に身に付けたという中村の主張と実は矛盾している。だとすれば、二葉亭は名古屋藩学校で、むしろ、ある程度、仏語ができるようになっていたと推定してかまわないと考えられる。(ちなみに微に入るようだが、中村は、二葉亭が名古屋藩学校に在籍したのは「明治四年八月から、翌年の五月まで、わづか一年たらず」とするが、引用した履歴書からも分かるように、正確には明治四年八月二日から五年九月二十九日までの一年二か月に及ぶ。)

まして、外国語学校時代の同窓である藤村義苗の回想によれば辰之助は中江兆民の仏学塾にも一時、在籍していたのである(「旧外国語学校時代」『二葉亭四迷』)。土方和雄の考証によれば、これは二葉亭が中江兆民らと同門下生として高谷竜谷に明治十二年(一八七九)頃、漢学を学んだあとの話しで、明治十三年、辰之助十六歳のことだという(『中江兆民』第三章「仏学塾開設のころ」)。仏学塾に通ったのはほんの短い期間であったようだし、その教程にはフランスの民権思想の講義や漢学学習も含まれていたが、基本科目としてはフランス語の単語・会話・文法が教えられており、二葉亭はここでもある程度、かつて習ったフランス語を思い出し、さらに磨きをかけたに違いない。

「正則」と「変則」

ところで二葉亭が履歴書に書いている「正則仏学」と「変則仏学」というのは何か。

今日の感覚からするとやや奇妙に聞こえるのだが、明治の初期の語学教育においてはネーティヴの外国人教師が学習対象の外国語を用いて教育をするという、いわゆるダイレクト・メソッド（オーラル・メソッド）が正統な、あるべき語学教育の形と思われていた。したがってそれが「正則」と呼ばれ、日本人が日本語の教科書を使って教える、今日のスタンダードはむしろ非正統的なもの、「変則」とされたのである。「大学南校規則」によれば「諸生徒ヲ正則変則ノ二類ニ分ケ正則ハ教師ニ従ヒ韻学会話ヨリ始メ変則生ハ訓読解意ヲ主トシ教官ノ教授ヲ受ク」とあり、また、「文部省沿革記」によれば「正則トハ業ヲ授クルニ外国教師ヲ以テスル者ヲ云ヒ、変則トハ業ヲ授クルニ日本教師ヲ以テスル者ヲ云フ」とある（『日本の英学一〇〇年』より孫引き。三四七頁）。

辰之助が名古屋藩学校に在学したのは、生年を元治元年説にとるとして七歳から八歳にかけてということになる。文久二年説で九歳から十歳ということになるが、いずれにせよ、文学作品の鑑賞や論理的文章の読解が行われていたとは思われず、コロキアルな表現の習得に主眼の置かれた語学授業を受けていたのであろう。（しかし、だからといって、カタコトの習得に終わったのだろうという中村の推測に同意しかねるのは、すでに述べたとおり。)

「正則」教育は、当然、英語科でも行われていた。坪内は同じ頃、米国人マクレランから正則の英語教育を受けている。マクレランが朗読の名手で、シェークスピアなどをたくみに朗読して坪内に深い感銘を与えたことは本人が回想している。それによれば「彼れ[マクレラン]は多少エロキューションに年季を入れた人でゞもあつた歟、たしかに朗読は上手であつた。教科書中にシェークスピアからの抜文が随分あつたが、彼れが『ハムレット』の独白を立つて、身振まじりで、ポケットのナイフを逆手に持つて『ツービー・オア・ナット・ツー・ビー』などと表情までして朗読してくれたのは、不思議に今も尚ほ耳目に残つてゐる。」(「学生時代の追憶」四八頁)

中村光夫は、東京外国語学校で二葉亭が受けたロシア語教育が、徹底してロシア語によるもので、そこで二葉亭はロシア人以上にロシア人になり、ロシア文学の本格的理解も得られたとし、それが彼にとって同校におけるユニークな教育によって得られた僥倖だったという見方を取る。正則の語学教育が二葉亭の文学に持った意味はまさに中村の指摘する通りだが、そのようなダイレクト・メソッド的教育が、そして、文学作品の(原語での)巧みな朗読をともなった授業が東京外国語学校以外でも、かなり広く行われていたことだけは記憶しておかないといけないだろう。

松江と漢学教育

辰之助は明治五年(一八七二)には名古屋を離れ、一時、帰京する。このときの東京での二年半の生活のありようについては史料がなく、その内容は不明である。その後、辰之助は明治八年(一八七五)、今度は父について松江に移る。父はその前年に島根県の、東京支庁勤務の役人になっていたが、この年には県庁の会計官吏として松江に赴任するのである。

松江での学習生活は、内村鱸香《ろこう》（友輔）の経営する相長舎という漢学校と、松江変則中学校での学習との二つに分かれることになる。

すでに説明したとおり、「変則」とは日本人教員によって外国語が教えられることであり、明治九年に設立された教員伝習校変則中学科は和漢科と横文科の二課程を置く構想であったが、横文科は教員の手当てがつかなかったので、結局、開くことができなかったという（『松江北高等学校百年史』三六頁）。松江中学校でラフカディオ・ハーンこと小泉八雲が英語を教えるようになるのは、これからほぼ十五年後の明治二十三年（一八九〇）のことであった。

したがって辰之助は松江変則中学校の和漢学科で学んだことになるが、土地の儒者内村鱸香は私塾相長舎を自ら経営すると同時に松江変則中学校でも教えていた。ほかに数人の教師がいたが、彼らの多くも私塾を開き、和漢学を教えていた。

中村光夫は「二葉亭はここ［松江］で内村友輔の経営する相長舎に入学して漢学を学び、松江変則中学校で英語を中心とする普通学を修めました」（『二葉亭四迷伝』三三〜三四頁）と書いているが、先に明らかにしたように、当時の松江変則中学校は英語の課程を持たなかったし、教師は私塾での和漢学の講義を変則中学校でも繰り返していたと想像される。二葉亭もすでに引用した明治十三年作成の履歴書において松江変則中学校で学んだ教科を羅列しているが、一般科目が列挙されているだけであり、辰之助の松江での教育は外国語の面では取り立てていうべきものがなく——履歴書に記されている、松江生活の最後の頃の、「米人タムソンに就き英語学を修めた」というものを除けば――内村のもとでの漢学の学習が大きな成果だったのだと思われる。* 当該履歴書には「皇朝史略日本外史清史監要［ヲ学フ］」（第七巻五一六頁）とあり、こうしたテキストを内村から教授されていたのだろう。

*池橋達雄によれば、「タムソン」なる人物に二葉亭が松江で英語教授を受けたというような事実自体、確認できないという（「二葉亭四迷の松江時代」五〇頁）。「タムソン」といえば、ヘボンとともに横浜バンドを形成していたデーヴィッド・トムソンが有名であるが、彼が松江で教鞭を執っていたというような記録はなく、二葉亭が履歴書で書いている「タムソン」については――仮にそういう人物に本当に教わっていたのだとしても――不詳である。

芽生えるナショナリズム

長谷川一家の新居は、松江市殿町にあった松江中学校のすぐ隣であった。辰之助が私塾相長舎および松江変則中学校で教えを受けた内村鱸香は文政四年（一八二一）、松江に生まれた漢学者で、江戸の昌平黌で学んだのち、明治七年（一八七四）、松江に相長舎を開いた。辰之助が入塾するのは翌年である。鱸香は「机上の学問のみに甘んずる儒者ではなかった。胸中耿々《こうこう》の勤皇精神があり、当時の志士と意気相投ずるものがあった。彼が江戸にあった嘉永六年［一八五三］には米使ペリーの来航あり、翌安政元年再びペリー来航のこともあり、また嘉永六年にはロシア艦隊の来航、安政元年には英国艦船の来航と矢継早に国事多端の度を増」していた（伊沢元美「二葉亭四迷と内村鱸香」九五頁）。二葉亭が勤皇思想にのめり込んだ形跡はないが、志士的性向、外国の脅威への認識などは、幼い二葉亭に対してこの儒学者の感化がある程度あったのだろう。また、塾で教えられたテキストの中には漢書のみならず「日本政記があって日本の国体を知らしめる史書があったことが知られる」（同九七頁）という（先の履歴書には相長舎では「五経十八史略文章規範日本政記等［ヲ学フ］」とある）。「国民国家《ネーション》」というものを辰之助はこの頃からおぼろげに認知しはじめていたのかもしれない。

事実、二葉亭はそのはるか三十年近く後、はじめてロシアに渡ったとき、敦賀経由で旅しているが、同地で尊皇攘夷派の志士武田耕雲斎の墓を訪ねている。耕雲斎は水戸藩主徳川斉昭に仕え、後には天狗党に担ぎあげられたあげく、敦賀で討ち死にした。内村は水戸浪士に愛読された『文天祥集』を編纂し、相長舎では水戸学の重要文献である『新論』や『弘道館記述義』（弘道館は水戸の藩校）を講義したというから、耕雲斎の話しも出たかもしれない。仮にそうでないとしても、水戸藩士耕雲斎の墓に参ったとき、内村がおそらくは熱っぽく語ったであろう水戸学の思想、志士のつとめ、そして「国体」の理念を二葉亭が想起したのは間違いないであろう。「国体」という概念をはじめて明確にしたのは水戸学であった。たとえば会沢正志斎は『新論』の最初の章を「国体」と題していたし、また徳川斉昭が用いた儒者藤田東湖の起草になる『弘道館記』には「国体以之尊厳」の文字が見られたのである。

敦賀市内の武田耕雲斎墓所

ちなみに尊皇攘夷派の先鋒であった水戸藩では、実は対露関心も高かったという。藩士鈴木黄軒の『甲寅紀略』によれば、安政元年（一八五四）、露艦ディアナ号が難破し、伊豆戸田港で代船戸田号が建造されたとき、同船に乗り込み、ロシアに渡り、造船術を学ぼうという計画が藩内にあったという（西村庚「明治初期の遣露留学生列伝」三二一〜三二三頁）。『甲寅紀略』は秘録で、内村がこれを読んでいた、あるいは講義した可能性はないが、尊皇攘夷とは外威の認知であり、それに向き合い、またそれによって形作られる運動であったことは確認しておくべきで、二葉亭のナショナリズムもそのようなものとして生まれたはずなのだ。

もっともここで注意しておかなければならないのは、志士として、国士としての二葉亭ということがしばしば語られるが、彼は生涯、尊皇にも攘夷にもならなかったことだ。「天皇」に対する言及は彼には特になく、守るべき国体の根拠は万世一系の皇室ではなかった。「日本」とは何か、「日本人」とは何かという問題について、彼が深く思いをめぐらし、体系的な思索をしていたようにも思われない。もちろん、彼は排外主義とも無縁であった。二葉亭のナショナリズムは、その中核となる実体を欠いた曖昧な何かであったのだ。

事実、二葉亭は後に、ロシアを研究する動機になった「維新の志士肌」と文学熱の相剋について語っている（「予が半生の懺悔」）のだが、その中で「維新の志士肌」を彼は「一種の帝国主義」と名付けている。ナショナリズムではなくインペリアリズムなのだが、「一種の」という形容は重要で、二葉亭は決して日本が満州の盟主になり、植民地支配を貫徹するというような形の帝国主義は構想していなかった。二葉亭にとっては、ただ各国が拮抗する場という意味でのみ、「帝国主義」はあったのではないかと思われる。

北威の予感

長谷川辰之助が松江に移り住んだのは明治八年（一八七五）五月六日のことであったが、翌五月七日にはペテルブルグにて樺太千島交換条約が調印されている。二葉亭が後にロシア語を志すことになって理由については彼が自ら「予が半生の懺悔」で語っているところがよく知られている。

なぜ私が文学好きなぞになつたかといふ問題だが、それには先づロシア語を学んだいはれから話さねばならぬ。それはかうだ——何でも露国との間に、かの樺太千島交換事件といふ奴が起つて、だいぶ世間がやかましくなつてから後、『内外交際新誌』なんてのでは、盛んに敵愾心を鼓吹する。従つて世間の輿論は沸騰するといふ時代があつた。すると、私がずつと子供の時分からもつてゐた思想の傾向——維新の志士肌ともいふべき傾向が、頭を擡《もた》げ出して来て、即ち、慷慨憂国といふやうな輿論と、私のそんな思想とがぶつかり合つて、其の結果、将来日本の深憂大患となるのはロシアに極つてる。こいつ今の間《うち》にどうにか禦いで置かなきやいかんわい……それにはロシア語が一番に必要だ。と、まあ、こんな考からして外国語学校の露語科に入学することゝなつた。（第四巻二八八頁）

中村光夫はこの説明を受け入れつつも、時間的経緯については疑いをはさんでいる。彼によれば『内外交際新誌』には樺太千島交換条約にからんで排露を煽るような記事は特に見当たらないという。そもそも『内外交際新誌』は明治十二年（一八七九）創刊で、条約が締結されたときには存在していない。『内外交際新誌』に限らず、当時の新聞・雑誌の類を見ても、樺太千島交換条約に刺激されてとくにロシア脅威論が起こっている気配はない（これは政府がこの条約の締結を隠匿したからでもある）。もちろん、工藤平助の『赤蝦夷風説考』（天明三年［一七八三］）をはじめ、ロシアの極東進出と南下に対する警戒を説いた言説は古くからある。後でも触れるように、二葉亭が後に内閣官房局で同僚となる嵯峨寿安が、北患としてのロシアの脅威を説いた蒲生君平の『不恤緯』（文化三年［一八〇六］）に触発されて、ロシア研究を志し、箱館のニコライを訪ねて行ったのは慶応二年（一八六六）のことであった。だが、そのような散発的な動きを別にして、ロシア脅威論が本格的に、広範に起こってくるのは、明治三十六年（一九〇三）のシベリア鉄道開通以来、すなわち日露戦争前夜であったといってよい。そもそも辰之助は樺太千島交換条約が調印された明治八年（一八七五）には弱冠十一歳であり、新聞・雑誌のナショナリスティックな言説に刺激されて、憂国の念が兆したというようなこともやや不自然である。

一方、二葉亭が『内外交際新誌』をいずれ読むようになったことは間違いないだろうし、同誌は明治十二年から十五年の間だけ刊行された短命なものだったが、その間に、ロシア脅威論をかなり声高に主張していたことも事実である。* 樺太千島条約との関連性については二葉亭は明らかに誤った回想をしているのだが、条約締結から三年後の明治十一年(一八七八)から十三年、陸軍士官学校受験の失敗を繰り返すわけであり、辰之助はそのころからロシアの脅威というものを次第に認知し、憂国の念というものを徐々に目覚めさせていったのであろう。

*すでに述べたとおり、中村光夫は「[『内外交際新誌』の]紙面の調子は国権主義の立場から、内外の形勢を明かにし国内における外人の暴状を摘発して国民の覚醒を促し政府を鞭撻しようとするものですが、その論調は『敵愾心を鼓吹する』といふほど激越なものではなく、また千島樺太交換問題や、ロシアの侵略的意図を特に扱つた様子も見えません」(『二葉亭四迷伝』四三頁)という見方を取っているのに対し、十川信介は、『内外交際新誌』の、たとえば第二号に掲載された「目下東洋ノ大患[であるロシア]」というような記事を例に挙げ、二葉亭の「予が半生の懺悔」における回想を肯定している(『二葉亭四迷』二七〜二八頁)。十川の言うとおり、『内外交際新誌』にはロシア関係の、しかもその侵略主義に警鐘を鳴らす記事が多く、ロシア正教の日本での布教の背後に政治的な意図があるのではないかというような論調が見られたり(「魯教の蔓延」第一六号)、社説に「赤鬚奴輩ハ日ニ跋扈シテ殆ト我内政ニ干与セントトス」というような文言が踊っていたりする(第一九号)。

さらに注意しなければならないのは、この幕末から明治初頭にかけての時代は、外威というものに呼応して、国民国家《ネーション》の観念、日本の「国体」というものについての意識、ナショナリズムそのものが形成されつつあったときだということである。

柄谷行人は日本の「国体」というものに核を与え、それを可視化した装置としての天皇の機能を指摘し、明治になって天皇をもとに「国家」が認識された経緯についてこう論じている。「天皇が意識されるときは決まって国際的な緊張が意識されるときだからであり、天皇を忘れているときは外部との緊張が希薄なときだからである。(……)鎖国時代には、天皇はほとんど存在しないも同然だった。それは水戸学派や国学者にとって存在したにすぎない。だが、幕末に国家的な危機が生じると、天皇が呼び出された。日本の国家としての主権を確保するために、天皇が主権者として呼び出されたのである。」(『一九七〇年＝昭和四十五年』二八頁)

幕末から明治にかけて国際的な緊張の中で「国体」というものが意識されたときはじめて、二葉亭は国家主義者となる可能性を獲得したのである。つまり、二葉亭はすでに確立していたところのナショナリスティックな言説を見出し、自らもそこに参画していったのではない。ネーションとナショナリズムそのものを、彼が同時代人たちとともに作り出して行っていたのである。

陸軍士官学校受験

辰之助は明治十一年(一八七八)には東京に戻り、祖母みつと四谷左門町に住んだ。そこでは森川塾に通い、代数学を学んだ。松江変則中学校では数学(整数より平面幾何学)を学んでいたと書いているから、すでに素地があったはずだが、この数学学習は陸軍士官学校の受験準備の意味があったのではないかと想像される。

辰之助はその年から三年間――すなわち十四歳から十六歳まで――陸軍士官学校を受験するが、三度とも失敗する(彼が受験した頃、陸軍士官学校は市ヶ谷の旧尾張侯邸跡にあった。尾張藩上屋敷で生まれ、父を元尾張藩士にもつ彼にはある種の感慨があったかもしれない)。二度目は学科試験で、三度目は身体検査の結果、落第した。身体検査は身長と視力に基づくもので、二葉亭は成人して六尺豊かな偉丈夫となったが、強度の近視であったことは知られているので、身体検査不合格とは視力検査に落ちたのであろう。士官学校の視力試験は厳しく、左右それぞれの眼が〇・七以上の視力がなければ不合格だった（山崎正男編『陸軍士官学校』一〇頁）。中村光夫は、二葉亭は後に東京外国語学校を受験したときにも学科は成績優秀で合格したことから見て、不合格の理由は肉体的問題、つまり近視のせいであろう、近視は直るわけがないのだから、落ちると分かっていて三度も受験したということは、二葉亭が士官学校にどうしても入りたいという異常に強い意志があったからだろうと書いている。だが、履歴書の草稿を見ると、二度目の受験ははっきり学科成績が悪くて落ちている（「同［明治十二］年十月士官学校入学出願学科不合格ヲ以テ落第ス」［第七巻五一六頁］）。履歴書に学科不合格で入試に落第したということを書く二葉亭の正直さにも感心するが、その頃森川塾に通って代数を学んだり、成義塾で幾何学を教わったりしているので、数学が苦手で不合格だったのだろうと推定されるのである。士官学校はエリート・コースであったから、二度、三度と受験する者は多かった。また、学科試験は国語、外国語のほか、数学、理科、歴史、地理が課されていた。

明治十二年（一八七九）には成美塾に通い、引き続き幾何学の勉強をした。苦手の数学を克服しようとしていたわけである。

中江兆民とともに学ぶ

一方、同年には、芝の愛宕下にあった濟美黌にも通い、高谷衷らについて、『戦国策』、『易経』、『唐宋八家文』などを聴講した。同塾には中江篤介（兆民）がいた。中江はすでに自ら仏学塾を経営しており、客分格で、漢学にさらに精進するために通っていたのであろうと思われるが、辰之助と知り合い、話すこともあったかもしれない。

二葉亭は当時の知識人の中でもとくに漢学の素養に長けていたが、それはこうして見てきたように、松江相長舎、芝濟美黌、さらにその翌年には弘道学社にて片岡古伝について『論語』、『大学』、『文章規範』ほかを学ぶなど、大きな積み重ねの末に生まれたものであった。二葉亭は漢文の徹底的なトレーニングを受けていたのである。若い頃の日記「落葉のはきよせ」にも漢文の習作が散見され、ゴンチャロフの『断崖』の試訳のすぐ前には、竹取物語の漢訳が書き連ねられていたりする。

濟美黌でともに学んだ中江篤介は、辰之助その三年後に入学することになる東京外国語学校の校長を、明治八年（一八七五）二月から五月の間、勤めている。きわめて短い赴任期間だが、教育方針で文部省と意見が合わずに辞めたのである。

中江兆民はフランスに長く留学して、フランス語・フランス文化を極めてよく解し、東洋のルソーなどと呼ばれた。啓蒙思想を導入した思想家というイメージが強く、欧化知識人ととらえられやすいが、実は彼は教育においてはある意味でナショナリストであった。東京外国語学校の校長に就任した彼が大いに主張したのは漢文・古文の教授に力を入れて、読解力を高めるということであった。欧米語を中心とする外国語の実用教育のための機関として外国語学校を設立した文部省の趣意と合うわけがなく、激しい対立の末、兆民はわずか三か月で外国語学校校長の職を辞した。しかし、この一件から分かることは、明治初期の学生がすでに必ずしも漢文を上手に読めなくなっていたという事実である――もちろん、現代日本の学生とは比ぶべくもないが。辰之助はむしろ例外的であったのだ。外国語学校時代に中江と二葉亭が交流したような気配はないが、二葉亭を学生の中に見出していたら、兆民の態度も少しは変わっていたかもしれない。

しかし、漢学の素地を徹底してたたきこまれた辰之助であるが、漢学に将来があるとはもちろん考えてはいない。そこで当時のエリート・コースであり、憂国の念にもこたえてくれる陸軍士官学校入学という目標が生まれてきたのであろう。だが、さすがに三度受験し不合格だった辰之助は軍人のキャリアには見切りをつけたのに違いない。翌明治十四年（一八八一）には、今度は日本の脅威ロシアに備えるため、ロシア語を勉強するべく、東京外国語学校を目指したのである。

第二章　文学開眼

1　東京外国語学校と文学の成立

外国語学校の「植民地」的教育

「外国語大学」という名前を伴う学校は現在の日本には（旧）国公立・私立を含めてかなりの数にのぼる。しかし、外国語の修得に特化した大学というものは世界的に見れば——とくに欧米では——けっして普遍的な存在ではない。米国ヴァーモント州にはミドルベリー大学という、外国語教育の長い伝統と高い評判をもつ学校があるが、外国語大学を名乗ってはいない。筆者の知るかぎり「外国語大学」という名称の大学は米国には存在しないし、英国、ドイツ、フランス、ロシアなどでも寡聞にして聞かない。

まさにこれは外国文化および外国語——というより欧米文明および欧米語——の学習を通じて近代化することが国家的課題であった日本（おそらく、ひいては非西洋の）特殊事情だといえよう（事実、中

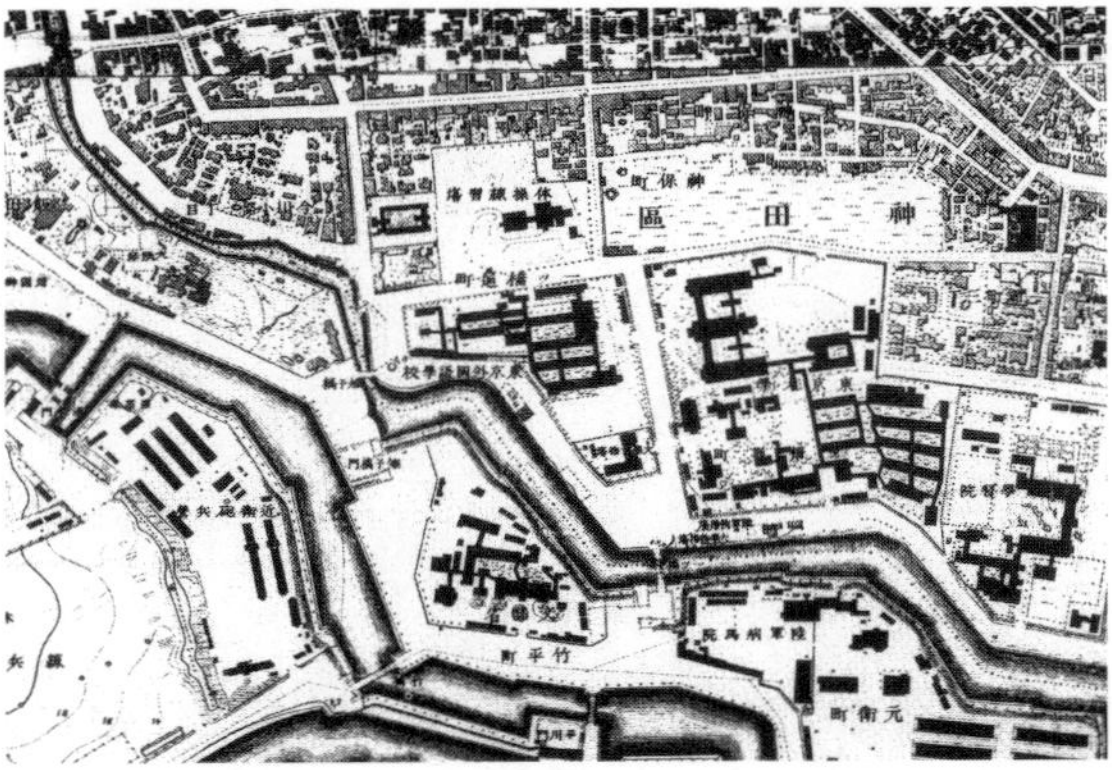

東京外国語学校地図

国や韓国には外国語大学が存在する）。二葉亭は外国語学校に入学することによって、欧米からの知識の摂取とまさにそれによって欧米に拮抗するという、屈折した構えをもつナショナリズムの構造の中に身を委ねることになったのである。

『東京外国語学校沿革』はそうした事情をこう説明している。「専門学校は元来邦語で教授するのが目的だが、当時にあつては学術を欧米から入れる関係上欧米人を雇用して教授せしめねばならなかつた。故に外国語に通ずる事は専門の学問を修むる上に先づ第一必要条件となつたのである。」（一五頁）。その結果、明治六年（一八七三）に東京外国語学校が設立され、それに続いて大阪、長崎、愛知、広島、新潟、宮城でも外国語学校が開かれた。

設立時の語学は英仏独露中の五か国語であったが、英語科はやがて東京英語学校として独立する。のちの大学予備門である。陸軍士官学校入試での失敗を繰り返したあげく、二葉亭は東京外国語学校進学を目指すことになる。

外国語学校露語科の入試は一風変わったものであった。それはまず普通学科試験を行って学生を選抜し、三、四週間の間、学科試験の合格者を試験的に通学させ、ロシア語を学ばせて、発音などで資質のあるなしを判定し、そこからさらに最終合格者を決定するというものだった。陸軍士官学校試験では苦杯をなめた辰之助であったが、今回は優秀な成績で合格した。

東京外国語学校における独自の、そして徹底した語学教育は、中村光夫らの研究によって広く知られるところとなっている。同校では徹底的な正則の教育、つまり外国人による外国語での教育が行われていたわけだが、それは一般教科にも及んでいた。「当時の語学校の露語科と云ふのは、今日《いま》のとは大分違ふ。まあ露西亜の中学校と同じ様な課業で単に語学ばかりでなく、物理、化学、数学、地理、歴史なんでも普通中学の科業は皆露語で教へたのだ。」（「余の思想史」第四巻二五九～二六〇頁）中村光夫はこれを「いはばロシアの中学と同じ教育を、東京でほどこしたわけです」と言い、「植民地的な性格」の教育であったとしている（『二葉亭四迷伝』五〇頁）。

前の章でも見た通り、二葉亭は、彼の語るところによれば、東京外国語学校に、南進するロシアの脅威に備えるために入学した。その二葉亭が外国語学校で「植民地的な性格」の教育を受けなければならなかったというのは、ある意味で皮肉なことである。

ロシア人教師の感化

二葉亭がロシア語を志した事情はすでに「予が半生の懺悔」からの引用で見たが、そこでは、自分が文学好きになった経緯を話すためには、まずロシア語を学んだいわれを説明しなければならないとしていた。そのいわれとは、「一種の帝国主義に浮かされて、語学を研究し」たということなのだが、そこから今度は文学に導かれていく。「当時の語学校はロシアの中学校同様の課目で、物理、化学、数学などの普通学を露語で教へる傍ら、修辞学や露文学史などもやる。所が、この文学史の教授が露国の代表的作家の代表的作物を読まねばならぬやうな組織であつたからだ。」(二八八〜二八九頁)

この「文学史の教授」というのはアンドレイ・コレンコおよびニコライ・グレーである。東京外国語学校編『東京外国語学校沿革』を見ると、外国人教師のリスト中に二人の名前があり、コレンコは明治十七年(一八八四)九月に退職、グレーは同年同月に就職している(コレンコの就職年、グレーの退職年については記載がない)。外国語学校の同窓である藤村義苗によれば、「その頃外国語学校の露西亜語の教師は、日本人では市川文吉、古川常一郎氏の二人で、その外に助教師が三人あつた。外人では露人のアンドレー、コーレンコと呼ぶ人がゐた。この人に就いて学んだのは、一ヶ年位のものであつたと記憶する。」(「旧外国語学校時代」『二葉亭四迷』上二五頁)藤村の記憶が正しければ、二葉亭は明治十六年夏、外国語学校三年に進級した頃から一年ほどコレンコについて学び、翌年九月以降は、十九年一月に退学するまでグレーに、やはり一年と数か月教わったということになる。

これらロシア人教師の感化は二葉亭自身も自らの人生において重要な事実として後に回想しており、研究でも取り上げられることが多いのだが、市川、古川という二人の教師も極めてユニークな存在であり、また二葉亭の将来にもさまざまな形で関わってくる。

市川文吉は慶応元年(一八六五)、幕府がロシアに派遣した六名の留学生団のひとりである。幕府瓦解後、ほかの者が一斉に帰国したあともペテルブルグに残り、後には在ロシア公使館付通訳となった。同地では、東洋研究家で後の在箱館ロシア領事ゴシケヴィッチとともに早くロシアにわたり、ロシア語辞書を編纂した橘耕斎や、ロシアの全権使節として日本を訪れたプチャーチン、その秘書として同じく日本を訪問した作家のゴンチャロフらと交流し、留学の実をあげた。ロシアで実地に活躍した師の姿は「実業」を目指す二葉亭にはまぶしいものに見えたに違いない。

古川常一郎も外務省による留学組であるが、浦汐貿易館付の任務を命じられ、実務を通じてロシア語を習得した口であった。ロシア語に通じることでは市川を凌いでいるといわれていた。外国語学校時代、市川、古川、長谷川はロシア語が他に抜きんでて堪能で、「外語の三川」と呼ばれていたという。古川はやがて、外国語学校を飛び出した二葉亭に内閣官報局の仕事を世話したり、翻訳の仕事を回したり、何度も就職浪人となって困窮していた二葉亭にしばしば救いの手を差し伸べた。

ロシア人教師グレーは「理化学及び医学の心得のある人であつたが、同時にまた文学趣味に富んでゐて、盛んに露西亜文学に就いて教授をしてゐた」という（藤村「旧外国語学校時代」『二葉亭四迷』上二六頁）。そして朗読の名手であったらしく、別の同窓生大田黒重五郎の回想によれば、「其頃の露語科の教科書として用ゐたのは有名な文学書だ。処が名高い文学書は一冊しかないので、グレーと云ふ教師がそれを読んで聞かせて、学生は手ぶらで聴いてゐるのだ。此グレーといふ人は朗読が頗る名人で、調子も面白い、節も面白い。真に妙を極めたものだ。誰でも聞惚れないものは無い。」（「三十年来の交友」『二葉亭四迷』上一二頁）

大田黒の回想は中村光夫が『二葉亭四迷伝』に引くところで、この朗読の名手に導かれて、しかも、ロシア語を耳で巧みな音調とともに摂取するという、文学受容には願ってもない環境のもとで二葉亭の文学趣味が刺激され、開発されていったのだという。大田黒の言葉を借りれば、「上の級になつてからは語学の力も大分付いて来たし、鑑賞力も次第に増して来たし、朗読上手の先生が世界の名著を面白く読んで聞かせるンだから、学生達も日本の小説同様に面白がつて一心に聞いてる。其中で長谷川君は元来文学の素質があつたから一層シミ〴〵と聞惚れて知らず識らず文学に深入して了つたのだ」ということになる（上一二三頁）。

中村の『二葉亭四迷伝』がすっかり古典化してしまったので、グレーの朗読による感化ということが定説化しているが、先にも見た通り、グレーについて辰之助が学んだのは、最後の一年数か月だけであった。それに先立つ一年ほどはコレンコの教えを受けているわけだが、このロシア人教師の文学趣味についても藤村は証言している。したがって、辰之助が「政治」から「文学」に揺れ動いていったのは、外国語学校在学の最後の二年間、明治十六年（一八八三）から十七年にかけてのことだったということになる。

音読と黙読

そもそも、二葉亭、藤村、大田黒らが受けた、耳から入る文学の摂取はグレーという教師に恵まれたせいで得られた極めて特殊な——そして、作家二葉亭にとっては幸福な——形態であったかのように語られるのだが、それは必ずしも正しくない。ロシア文学の世界では朗読・音読は一般的な受容形態であるといってもよかった。

前田愛は「音読から黙読へ」において、明治以降、日本文化において音読から黙読へと読書の形態が移行し、そのことが近代的自我や文学的行為というものの成立といかに関わっていたかについて論じている。同じようなことは西洋文化においてもいえたのであって、多くの社会では近代の成立に伴って、音読から黙読へという現象が見られたのである。

ロシアにおいても事情は変わらないが、そこでは音読の習慣は比較的遅くまで残り、朗読に対する文化的な愛着は強かった。もっとも、これが単にロシアにおける近代化の遅れと対応した事態というだけの話しなのか、それともそこに固有の理由があるのかは判然としない。

もちろん、この慣習はドストエフスキーのように、締め切りに追われながら、雑誌に連載し、その原稿料で自転車操業をしていた職業的作家にはあまり当てはまらない。むしろ貴族階級の作家によく見られたことで、たとえばトルストイはヤースナヤ・ポリャーナの自宅で友人の文学者らを集めた自作の朗読会をしばしば催していた。そこで、彼は原稿をまず披露して、批評を乞うていたのである。

しかも、こうした朗読会は知識人や貴族の間でだけ行われていたのではなかった。農民も好んでお互いに朗読しており、十九世紀においては長い冬の夜の無聊《ぶりょう》を慰めるため、農村では本を読み合ったという（ブルックス『ロシアが読み方を覚えたとき』三〇頁）——いうまでもなく、こういった面では通俗的な読み物が好んで読まれていたに違いなく、ゴーゴリ、ツルゲーネフといったものではなかったろうが。

二葉亭もこのような雰囲気にやがて生で触れることになる。それは後に訪ねるウラジオストクでのことである。紀行文『遊外紀行』を見ると二葉亭は「公開朗読会」（народное чтение）というものにほとんど毎週、出席している。*当時の新聞に出ているプログラムを見ると、二葉亭はチェーホフやオストロフスキーなどの作品の朗読を聞いたはずである。地元のインテリに勧められてのことかもしれないが、グレーの朗読に慣れていた二葉亭にはこのような鑑賞の仕方は当たり前のはずで、十分に楽しめたと想像される。逆に言えば、そのような朗読文化の中に、グレーも、そして、二葉亭もいたのである。

*ちなみに、「公開」は народное という語の訳で、すなわちそもそも「民衆の」朗読会なのであり、ウラジオストクの公開朗読会はインテリゲンチアだけでなく、広く市民一般に開かれていたのだと思われる。さきにブルックが伝えた、農村での朗読会にむしろ近い性格のものではなかったかと想像される。

二葉亭はウラジオストクに一週間強しか滞在しなかったのだが、その間、日曜日にはかかさず公開朗読会に出席していた。おそらくは、かつて深い感銘をもって聞いたグレーの朗読を思い出して、足しげく通ったのであろう。二葉亭は、自分は文学者ではないと言い続け、極東ロシア行きも、ようやく「実業」の世界に勇躍するのだという思いで旅立ったはずなのに、実はいっこうに文学趣味を忘れている気配はないのだ。

文学の発見

話しを東京外国語学校で長谷川辰之助が受けた文学教育に戻そう。

このような、ロシアでの朗読の習慣を考えあわせると、中村が描きだしているような、たまたま朗読の名手であるグレーという特殊なロシア人教師の薫陶を受けたせいで、二葉亭の文学意識・詩的感覚が形成されたという理解のしかたは必ずしも正確ではなく、二葉亭は当時のロシア文学の世界一般にあった、音声を通じての受容と、それにともなう、社会的行為としての文学のありようを、ロシア文学の学生であったがゆえに摂取していったというべきなのである。*

＊名古屋藩学校における教育も外国人による正則教育で、その意味で二葉亭の外国語学校での語学の学習が特殊なものとはいえなかったことはすでに指摘したが、そこでも言及したように、坪内は名古屋藩学校で朗読の名手であった米国人教師に導かれてシェークスピアに開眼している。同じようなことはロシア文学の世界以外でも起こりえたのである。

だが、このことの是非はさておき、二葉亭が「文学」に惹かれていったことは確かなわけだが、それにしても、そもそも二葉亭は志士肌の政治志向だったのが、文学の妙味に触れて、本来の文学者としての資質が花開いていったという理解の方はそのまま受けいれていいのか。

「文学」はそもそも「学術一般」という意味で用いられていた。諸橋の大漢和辞典が最初に掲げる定義もそれで、論語、史記、漢書などから例が引かれている。「今最も広く行はれている」とされる、最後に挙げられた意味が、今日の「文学」であり、諸橋によれば「言語芸術の一種」で「英語のLiterature の語は屢々この意に使用される」という。さらにこれを詳しく説明し、「言語、又は文字を媒介物として人の空想に訴へ、以て美を表現するもの」とし、詩歌、小説、戯曲などがこれに含まれるとする。

「Literature の語は屢々この意に使用される」というのは literature が「文献一般」の意味でも用

いられ、それは十八世紀以前における、この語の一義的な意味であったからである。「空想に訴え、美を表現する言語芸術」という、今日におけるより一般的な意味は、実は近代以降の産物であった。歴史的原則に基づき編纂されたオックスフォード英語辞典によれば、literature の最も古い意味は、中国の場合と同じく「(人文)学一般」で一三七五年の用例が挙げられている。諸橋大漢和辞典が「今日広く行われている」とする意味に相当すると思われる語義はオックスフォード英語辞典でも最後の定義として挙げられており、「形式の美や感情への効果から評価されるような書きもの」とされ、一八一二年が初出になっている。美的言語芸術としての「文学」は西欧でも十九世紀初めになってようやく成立するのであり、日本では坪内逍遙や二葉亭四迷らが西洋の最新の概念に依拠しつつ、明治十年代から二十年代にかけて作り上げていったのである。

したがって、坪内逍遙の「文学開眼」をめぐる広く知られたエピソード、すなわち、柳田泉の言い方を借りれば、逍遙がホートン教授から、「性格批評」をめぐって低い評価をされたため、一念奮起して「このときを出直しとして、新しく［再び］真面目に文学研究にかかった」というような理解も正確ではない（『若き坪内逍遙』一頁）。逍遙はホートンから、「性格批評」の概念をもそのうちに含む、「想像的」で「創造的」でかつ特権的な言説である「文学」というものを学習し、これ以降、さらにその特質についての知識を吸収していき、『小説神髄』などに結実させていったと言うべきなのである。

二葉亭にとって「文学」というものの最初の明確な用法は、明治二十二年（一八八九）に翻訳し、

『国民之友』に掲載した、ドブロリューボフの論文（Nikolai Dobroliubov［1836-1861］）「文学の本色及び平民と文学との関係」に見ることができるであろうが、社会的な影響力という点では、坪内の『小説神髄』こそ「文学」という概念の最も顕著なマニフェストだったと言えよう。同書の「小説の裨益」と題された章の冒頭で坪内は「小説は美術なり」と断定する（この「美術」とは芸術のことで、芸術という概念も同じ頃、成立したのであり、最初は「美術」と称されていた）。そしてさらに「小説の主脳［主眼］ハ人情なり世態風俗これに次ぐ」と論じる（一六頁）。オックスフォード英語辞典の説明にも見られた、「美」的であり、感情に関わるものであるという文学の定義がここに成立しているのである。

二葉亭も同じような主張をしているので、「小説総論」では「無形の意を只一の感動（インスピレーション）に由つて感得し（……）尋常の人にも容易に感得し得らるゝやうになせしハ、是れ美術の功なり。故曰、美術ハ感情を以て意を穿鑿するものなり」（第四巻七頁）とされる。人の感情をイデアの形で把握し、美として提示することが芸術としての文学の働きであるというのである（引用した文章は、実は「唱歌」の働きについていっているが、小説についての文章がすぐ続き、二葉亭がさまざまな芸術の働きを同じものとして分析しているのは明らかである）。

本格的リアリズム論

だが、西洋の辞書類における「文学」の定義と比較して気が付くのは、それらに必ず見られる「想像力の産物」という要件が坪内の規定には抜け落ちていることである。そして逆に「模写」（写実）ということが強調されている。これこそやがて自然主義、さらには私小説を生み出していくことになった誤解の源泉である。西洋の文学理論において、表

ヴィッサリオン・ベリンスキー

象の根底にあるところの観念《イデア》というものを十分に理解しなかったがために、現実の機械的再現という発想がやがて起こってくるのである。

二葉亭にはそのような誤解はなかった。すでに上の「小説総論」からの引用でも明らかなように、二葉亭にとって写実（模写）とは、現実の背後にあるイデアを描き出し、表象化することにあった。現実とはイデアの具体化であり、現実界におけるその現れ――「現象」なのである。このような考えは概ねベリンスキー読書から来ていると見てよい。

ヴィッサリオン・ベリンスキー（Vissarion Belinsky〔1811-1848〕）は革命派の文芸批評家で、ヘーゲル哲学の影響のもと、革新的な傾向をもつ、リアリズムの批評理論を大成させた。東京外国語学校の図書館にも全集が収められており、二葉亭がこれを注意深く読んでいたことは研究者によって明らかにされている。北岡誠司は旧外国語学校蔵書の書き込みを丹念に調べて、二葉亭がやがて、『小説神髄』を超える、自らの文学理論の表現として執筆した「小説総論」にそれがいかに反映されたかを跡付けている。また、没後に発表されたものだが、ベリンスキーの評論「芸術の理念」を「美術の本義」という題で訳出している。「小説総論」で語られる「形（フホーム）」と「意（アイデア）」の対立はベリンスキーのさまざまな著作から借用されたものであったが、「小説ハ浮世に形《あら》ハれし種々雑多の現象（形）の中にて其自然の情態（意）を直接に感得するもの」（第四巻七頁）でなければならなかった。

このような理解は、小説の作中人物の造形にも応用される。『浮雲』はこの文学的理念を実践したのであり、「予が半生の懺悔」で作者はそれを説明している。

『浮雲』にはモデルがあつたかといふのか？　それは無いぢやないが、モデルはほんの参考で、引写しにはせん。いきなりモデルを見附けてこいつは面白いといふやうなのでは勿論無い。さうぢやなくて、自分の頭に、当時の日本の青年男女の傾向をぼんやりと抽象的に有《も》つてゐて、それを具体化して行くには、どういふ風の形を取つたらよからうか。といろ〳〵工夫をする場合に、誰か余所《よそ》で会つた人とか、自分の予《かね》て知つてる者とかの中《うち》で、稍々《やゝ》自分の有つてる抽象的観念に脈の通ふ人があるものだ。するとその人を先づ土台にしてタイプに仕上げる。勿論、その人の個性《インディビジュアリティー》はあるが、それは捨てゝ了つて、その人を純化してタイプにして行くと、タイプはノーションぢやなくて、具体的のものだから、それ、最初の目的が達せられるといふ訳だ。（第四巻二九〇頁）

このように二葉亭は人物を描くということは、現実の人間をそのまま描くのではなく、そこに込められた時代の精神を、「抽象的観念」をとらえることなのだと認識していた。だが、それは観念そのものでもない。それは特定の人物の中に具体化されているからだ。（西洋近代の写実的文芸理論の上では）文学作品において描き出される「現実」は、「観念《ノーション》」でありながらしかも具体的であるということを、二葉亭は明確に把握していたのである。

二葉亭のこうした認識の正確さは、彼の文学上の師匠である坪内逍遙のモデル観と対比するならば、より明確になるだろう。坪内は『当世書生気質』にはモデルがあるという説に対して次のような回答をしている。「モデルは成程度《ママ》まで有るけれども、それは外面的のペキユリヤリチだけであり、而もてゐるが、事件も虚構、性格も似てゐない。任那のペキユリヤリチは山田一郎が立派にモデルである三人を集めて一人にしたり、二人を一人にしたりしてある。小町田は高田といふことに世間ではなつといへる。」（柳田泉『若き坪内逍遙』より孫引き。一五七頁）このようにモデルの問題は単に似ているか似ていないか、組み合わされているか、そうでないかの問題でしかない。つまり、作家がそうしたければ、実在の人物をそのままモデルにして、その通りに描いてもいっこうにかまわないことになる。

リアリズムとは、現実の抽象化を伴うものであり、すなわち、表象の背後にある観念が表現されていなければならないのだということの理解の欠如、これは坪内逍遙に限らず、明治日本のきわめて多くの文学者に見られたのだが、やがて自然主義において継承され、私小説を生んでいくことになるのである。*

＊私小説を生み出した日本自然主義の「奇形性」を論じるのは、中村光夫の『風俗小説論』以来の伝統になっているが、「本家」である西洋の自然主義もここで述べたような非弁証法的性格を持っていた。すなわち、表象を成り立たせている、背後の抽象的一般性というものを捉えず、表層の具体性を一面的に描写す

るという側面を持っていたのである。「［本来的に］『写実的』な作品は人間、自然、そして歴史の間の複雑で包括的な関係を豊かに持っている。こうした関係はマルクス主義にとって、ある段階の歴史のもっとも『典型的』（typical［二葉亭の『タイプ』］）なものを具体化し、露わにする。（……）［これに対して］ルカーチが自然主義というときは、社会の表面的現象を、その顕著な本質に切り込むことなく、ただ写真のように再現するような、写実主義の歪曲――これはゾラに代表される――を言っている。」（T・イーグルトン『マルクス主義と文芸批評』二八〜三〇頁）。

しかし、確かに自然主義者たちが、（西洋）リアリズムの真の意味を見逃していたのに対して、二葉亭の理解はより本格的であったが、それでも、写実主義の手法を成り立たせていた弁証法の理論については必ずしも正確に把握していたわけでもないようである。リアリズムは眼前の「現実」をイデアを抜きにしてただ引き写すことでもなければ、個性を捨象して抽象的観念に至ることでもない。二葉亭は「タイプ」という概念の導入によって、弁証法的理解に近づいているが、しかし、「観念ではなく、具体的のものだ」とか、「個性を捨ててしまう」とかいう言い方からも分かるように、観念と現実の対立の止揚ということを十分に理解していたとは思われない。つまり、彼はこの対立を二者択一としかとらえていない。このことは二葉亭による文学理論の理解がベリンスキーを通したものであり、そのベリンスキーが依拠していたところのヘーゲルを十分に理解していなかったことによるのだろう。このことには二葉亭自身、気が付いていたので、坪内との議論においては「ヘーゲルの哲学がよく解らんから、よくは解らんが」というようなことを自ら言っていたと坪内は回想している（「二葉亭四迷」五一三頁）。

リアリズム論に深入りしすぎたが、「文学」の成立に話題を戻そう。

芸術としての文学

英語のliteratureが十八世紀まで書きもの一般という意味しか持たなかったとしたら、日本語の「文学」も明治初年代までは広く学芸、あるいは書物一般という意味しか持たなかった。「現在、文学というと『創造的《クリエイティヴ》』な文字表現《ライティング》もしくは『想像的《イマジナティヴ》』な文字表現を指すのがふつうだが、十八世紀の英国では、文学はそのようなものに限定されなかった。当時にあって文学とは、社会の中でその価値を認められた文字表現の総体の謂だった。」（T・イーグルトン『文学とは何か』二九頁）十九世紀になって、創造的・想像的なものに文学は限定されるようになり、さらに美学的・芸術的という要件を伴うことによって、今日の「文学」は成立したわけである。同じようなことが明治二十年代頃の日本にも起こったと言ってよい――もちろん、日本では「想像的」という部分が欠落していくのだが。

千葉宣一によれば、「言語芸術」という、今日の意味での「文学」がliteratureの訳語としてはじめて用いられたのは明治十四年（一八八一）刊行の『哲学字彙』においてであるという（「進化論と文学」一九五頁）。『明治のことば辞典』も『哲学字彙』に言及しているが、この哲学用語集では「文学」はliteratureの訳語と説明されているだけであり、果たして具体的にどのような意味が想定されていたのかは明確ではない。『明治のことば辞典』を見るかぎり、明治二十年頃まで「文学」はどの辞典類でも「学問」、「学芸」、「経史詩文」などの意味で使われており、『哲学字彙』もそれに準拠していた可能性がある。はじめて「言語芸術」の意味で辞書類において定義されたのは『明治のことば辞典』によれば、明治二十六年（一八九三）の日本大辞書で「[専ら英語、Literature ノ訳] スベテ、然ルベキ智識ノ程度ノアル一般ノ人ニ理解出来ル文言ヲ用ヰ、最モ普通ナ観念ヲ与ヘ、最モ宇宙ノ真、善美ト考ヘラレル処ヲ発揮スル学。コレニ由ツテ言ヘバ語学、修辞学、論理学、史学、哲学、詩学ナド従来、仮リニ文学ト見做シタ部類ノ中カラ段段ト此定義ニ外レテ独リ残ルノハ詩学ナドニナル」とある。

ここから分かることは、辰之助がグレーからロシア文学作品の朗読を受けていたときには、（「高級言語芸術」という意味での）「文学」という言葉はようよう成立したかしないかという頃であり、また二葉亭の意識にもそのようなものが明確に意識されてはいなかっただろうということである。

「文学」と「政治」

ここで先に引用した「予が半生の懺悔」に戻ろう。二葉亭はこの時代の自らの人生を次のように総括する──「維新の志士肌」からロシアに対する脅威の念を起こし、それでロシア語学習を思い立ち、外国語学校に入った。ところがそこでは文学を学習する必要があり、また朗読の名手グレーがおり、その感化を受けた。「する中《うち》に、知らず識らず文学の影響を受けてきた。尤もそれには無論下地があつたので、いはゞ、子供の時から有る一種の芸術上の趣味が、露文学に依つて油をさゝれて自然に発展して来た。」（第四巻二八九頁）

前節の結論からすれば、二葉亭本人のこの回想も正確ではないことになる。そのような「文学」が明治二十年代以降、『小説神髄』、『小説総論』、あるいは女学雑誌・文学界系の理論家たちの言説によって成立していったのだとすれば、グレーの影響で二葉亭の「文学的下地」が開花したという言い方は不適切で、彼はそのような読書（この場合、朗読を聞くこと）を通じて「文学」を発見し、そして、それを日本の言説空間に定位する作業に参画していったのだと言わなければならないのである。彼が語るところの、もともとあった「文学的趣味」というのは、それを「文学的趣味」と呼べるならば、「物語性」に対する好尚であったり、あるいは漢詩・漢文の背後にあるところの文人趣味であったりしたはずで、それらは坪内や二葉亭が結晶させつつあった「文学」――理想と現実の弁証法的関係を基礎にした空想力によって生み出される特権的言説――とはかなり異なるものだったに違いない。

長谷川辰之助の生涯を理解するこれまでの公式は、生まれと育ちから志士的性向が形成されたが、同時に生まれついての文学的趣味というものも持っていて、それは外国語学校時代に目覚めさせられたのであるが、その後も両者――文学志向と志士精神――は対立しつつ、二葉亭の人生を最後まで引き裂いていったというようなものである。だが、このような物言いは論理的矛盾でありアナクロニズムである。二葉亭におけるナショナリズムは、近代日本がナショナリズムを形成していったのに並行して育っていったのである。同様に、二葉亭における「文学」も近代日本文化が文学という概念および言説を定義し、紡いでいくのに並行して、生まれ育っていったのだ。

「文学」もナショナリズムも、明治十年代終わりから二十年代以降に形成されていったイデオロギーであるとするならば、二葉亭が幼年時代――たとえば、明治の最初の十年間――に身に付けた文学趣味と志士肌の慷慨憂国の念が、彼の一生をずっと引き裂いていったというような理解も不正確である。実業としての政治と、虚業として文学という対立が歴史的に形成されつつある時期に二葉亭は居合わせ、その対立を受け入れ、またその対立に参画し、その言説を自らの作品と人生において再生産していったのだととらえるべきなのである。二葉亭における「文学」と「政治」の乖離という問題構制はその意味であとから遡及的につくられたものだと言わねばならない。

2 『浮雲』における恋愛と家族

陸軍士官学校入学の失敗を取り返し、対露の国策に寄与せんとして入った外国語学校であったし、教師や友人にも恵まれて、ロシア語学習に励んでいた長谷川辰之助であったが、不幸な事情でそれも頓挫することになる。

東京外国語学校退学

明治十七年（一八八四）、東京外国語学校内に付属の高等商業学校が設立された。文部省の「稟告」によれば、それは「内外ノ貿易ノ日ニ進ミ月ニ熾ナルニ際シ商業ヲ処理改良スルニ適スヘキ者ヲ養成スルコト緊要ニ有」り、しかも従来の五語学科のうち、「仏、独、露、語学ノ如キハ既ニ養成スル所ノ生徒モ乏シカラス、又仏、独語学ノ如キハ他ニ学習ノ道モ有之候」からであった（野中正孝『東京外国語学校史』より孫引き。一八〇頁）。この「稟告」の背後には外国語学校を漸次、縮小・解体し、商業教育に移行させるという意図があった。そして、フランス語、ドイツ語は別なところで学べるという文言の背後には東京大学予備門が含意されていた。結局、ロシア語は文部省（そして、明治政府）によって、文明開化あるいは富国強兵のためにはとくに必要のない言語だと認定されたわけである。

この淵源には明治四年（一八七一）から六年にかけて派遣された、岩倉具視を特命全権大使とする遣外使節の判断があるのだろう。使節団の視察内容は後に、随行した久米邦武によって明治十一年（一八七八）に『米欧回覧実記』として刊行されたが、米国、イギリス、フランス、ドイツと欧米先進諸国を見学し、最後にロシアを訪れて帰国した一行は、ロシアは西洋列強の中でも国力も劣り、社会的にも後進であるという認識を持つにいたったのである。明治政府のその後の政策にこの認識は一貫して反映される。

一方、時を同じくして東京府商法講習所が農商務省の管轄になり、明治十七年（一八八四）五月に東京商業学校として再編されていた。明治十八年には同校は文部省の所管となり、八月には仏語・独語科の教員と学生を東京大学予備門に移籍させた。そして、九月には東京外国語学校は東京商業学校に吸収合併されてしまう。

この措置は外国語学校の露語科の学生たちを大いに憤慨させた。ひとつには、それは階級的な問題にかかわっている。東京外国語学校の学生の多くは士族階級の出であった。そして、将来的には国家の大計に関与する仕事につきたいという願望を持っていたので、商業活動を低く見ていた。そこで商家の子弟の多い商業学校との合併を屈辱的なものとみなしたのである。「其頃商業学校の生徒といふものは大抵商業家の若旦那で人物も大人しく、風采も前垂がけで通学するといふ風であつたから、所謂磊落不羈を標榜する衣は肝《ママ》［骭］に至り袖腕に至る的の［武骨な］語学校の生徒とは、其気風も其態度も到底相一致せぬ。」（藤村義苗「旧外国語学校時代」『二葉亭四迷』上三〇頁）東京商業学校校長の矢野二郎は、憤懣やるかたない旧語学校生に対して、学業を完遂するように、そうしなければ今まで勉強した語学も水の泡となると諭した。その勧告を受け入れたものもあれば、憤然と退学の道を選んだ者もあった。辰之助もいったんは説得に応じて、東京商業学校に籍を移したが、最終的にはそこを飛び出してしまう。「僕は商人になる気はない、其に校長の矢野は気に入らぬ」、これが二葉亭の結論であった（矢崎鎮四郎「長谷川二葉亭氏の追懐」『二葉亭四迷』上五三頁）。

これは思い切りのいい、潔い態度とも取れるが、二葉亭のこのような、よくいえば一本気、悪くいえば辛抱のなさはこのあと生涯続くパターンとなる。内閣官報局、徳永商店顧問、北京警護学堂提調、（後の）東京外国語学校教授と苦労して得た地位を、ときには状況に迫られて、ときには自らの希望で、あっさり放棄していくのである。

坪内逍遙

坪内逍遙を訪ねる

怒りにまかせて外国語学校から飛び出したのはいいが、先の計画があるわけではない。だが、文筆で身を立てようというのは自然な発想であった――ナショナリスティックな動機から東京外国語学校に入ったものの、彼自身の回想によれば、そこで文学趣味に目覚めたというのであれば。彼はそこで文学の世界への手引きを求めて、当代、文学理論書『小説神髄』とそれを実践した小説『当世書生気質』で新進気鋭の文学者として飛ぶ鳥を落とす勢いだった坪内逍遙を電撃的に訪問するのである。

つい昭和の中頃まで書物の奥付にはたいてい筆者の検印とならんでその住所が記されていた。今では考えられないことだが、明治時代には読者がそれを頼りに著者を訪ね、その意見を敲《たた》くということは珍しいことではなかった。こうして長谷川辰之助は、明治十九年（一八八六）一月十九日に東京商業学校付属語学部露語科を退学して一週間とたたない一月二十五日に坪内邸の扉を叩いたのである。

二葉亭の、この突撃的な坪内訪問は文学史上よく知られた事件である。坪内の回想によると二葉亭は『小説神髄』を携えて訪問し、疑問を感じた多くの箇所について、どのような根拠で主張をしているのかいちいち尋ねたという。逍遙の方では『小説神髄』中の議論のそれぞれに確固たる典拠があるわけではなく、当時の文芸雑誌などに書かれていたことを漫然と読み散らして、それを盛り込んでいただけだった。そんな体たらくだったので、ろくな回答もできなかったと坪内は伝えている。「僕のあの著述［『小説神髄』］は御存じの通りの浅薄なもの故、二度三度と突込まれると奥行がない。はじめて自分の考への浅いのを知つ［た］。」（「二葉亭四迷」五一二頁）

それに対して二葉亭は近代リアリズムの文学理論を体系的に研究していた。その最大の源泉はすでに言及したベリンスキーであった。彼の文学観は綿密な原書講読に基づき、しかもそれを徹底的に、原理的に突き詰めていくという体のものであった。「其時の君［二葉亭四迷］の態度は批評といふよりは質問といふ謙遜な態度であつた。『此理は如何なる原理から割り出されたのか』とか、『かくの如く言へば斯うも言はれさうなもの』とか、悉く疑問的であつた。」（同頁）二葉亭の深い見識と真理追究の熱意に敬服した坪内はこれ以降、二葉亭を引き立て、文壇に送り込んだだけでなく、私生活に及ぶまで面倒を見、師として、友として、一生二葉亭を支えていくことになる。

『浮雲』の執筆

こうして坪内を驚かせた本格的西洋文学理解をもとに、「日本最初の近代的小説」と評される『浮雲』は書かれた。森鷗外は二葉亭の追悼文集に寄せた文章で語る。「あんな月並の名を署して著述をする時であるのに、あんなものを書かれたのだ。（……）『浮雲、二葉亭四迷作』といふ八字は珍らしい矛盾、稀なるアナクロニスムとして、永遠に文芸史上に残して置くべきものであらう。」（「長谷川辰之助氏」『二葉亭四迷』下三〜四頁）

このように評される『浮雲』の新しさはどこにあったのだろう。

『浮雲』はストーリーとしては、次のようなものである。主人公内海文三は叔父の家に寄宿し、その娘お勢とは婚約者同然の関係にある。そして、お互いに芽生え始めた恋愛感情を抱いている。ところが突然、文三は官を罷免になってしまう。それ以降、娘の母親お政の態度は変わり、お勢の態度もよそよそしくなり、逆に、文三のもとの同僚で、立身主義者の昇に関心を寄せ始めているように文三には感じられる。お勢の真意を測りかね、果てしなく文三は心中の煩悶を続ける。

このストーリーの中に、あるいは人物設定、心理描写、社会批判などに「近代性」が表出されていたと考えられている。だが、作者自身は文体の革新がまず第一に『浮雲』の課題であり、そこにこの作品の功績があると信じていた。すなわち、はしがきに彼はこう書く。

薔薇の花は頭《かしら》に咲て活人は絵となる世の中独り文章而已《のみ》は黴の生へた陳奮翰《ちんぷんかん》の四角張りたるに頬返しを附けかね〔なんとも出来ず〕又は舌足らずの物言《ものいひ》を学びて口に涎を流すは拙し是はどうでも言文一途の事だと思立ては矢も楯もなく文明の風改良の熱一度に寄せ来るどさくさ紛れお先真闇三宝荒神さまと春のや先生〔坪内逍遙〕を頼み奉り欠硯《かけすゞり》に朧の月の雫を受けて墨摺流す（第一巻五頁）

カビの生えた訳の分からない文章を排して、自然な口語体の文を創出したいという意気込みは、むろん高く買わなければならない。ところが、この文章自体、地口《じぐち》や枕詞などを多用したもので、どこが新時代なのだろうと不思議になる。第一篇の書き出しはさらに詰屈《きっくつ》としたものである。「千早振る神無月も最早跡二日の余波《なごり》となツた廿八日の午後三時頃に神田見附の内より塗渡る蟻、散る蜘蛛の子とうよ〳〵ぞよ〳〵沸出で丶来るのは孰れも顋《おとがい》を気にし給ふ方〻〔。〕」（第一巻七頁）「言文一途の事」と言いながら、実際の文章は読本の文体からさほど変わっていないのである。

ではそもそも言文一致とは何であったのだろうか。何故それが必要だったのか。

二葉亭自身は「くち葉集　ひとかごめ」に収められた「日本文章の将来に関する私見」という文章の中で次のように説明している。

言語ハ人の意思の反映にしてまづ無声の言語有りて然る後有声の言語有るを得へく、まづ無形の文字有りて然る後有形の文字有るを得べし、然らバ則ち言語と文章とハ意思の声に形はれ形に形はれたるものといふも固より不可なかる可き歟、（……）文章は談話にあらず談話は文章にあらず、然れども談話を紙に写せバ是れ文章にして、文章を声に現はせバ即ち是れ談話なり、同一の意思が否同一の言語《Word》が或は口にて言はれ或ハ筆にて書せられたれバとて豈にその性質を異にすへき理有らんや（第五巻九〜一〇頁）

後半は議論の体をなしていない――「話し言葉も書き言葉も同じ言葉なのだから違ってはならない。」だが、この乱暴な議論に若干の根拠を与えているのは前半である。つまり、言語とは「人の意思の反映［であり、したがって有声の言語の前に無声の言語があり、有形の文字の前に無形の文字がある］」という命題である。二葉亭は記号表現（音声ないし文字）と記号内容（意味）があってはじめて成立する言語行為というものを否定し、言語化（記号化）される前の純粋思惟というようなものを想定しているのである。したがって、それが外化されるにあたって、音声が用いられようと、文字が用いられようと、もとの思惟（二葉亭の表現では「意思の声」）が一つである以上、それらは同一のものでなければならないと主張しているのである。

二葉亭の言語観・思考観は、二十世紀初頭のロシアの心理学者ヴィゴツキーのそれを想起させる。彼は主著『思考と言語』の最終章でこう論じる。「思惟はほかの思惟から生まれるのではなく、わたしたちの意識の動機付けに関わる領域から生まれる。この領域はわたしたちの意欲や欲求、興味や衝動、情動や感情を包摂している。」（三五七頁）思惟の源泉を意欲・欲求・興味・衝動・情動に見るヴイゴツキーの見方は、言語以前の思惟を「意思の声」とする二葉亭の考えと通じる。そして、ヴィゴツキーは——言語と思惟が相互にダイナミックに、弁証法的に規定しあう関係にあると論じながらも——「思惟の流れ・動きは、言葉の展開と直接には一致しない。思想の単位と言葉の単位は一致しない」（三五四頁）と述べて、究極的には純粋思惟というものを想定している気配なのである。

もちろん、二葉亭はヴィゴツキーの著作を知らなかった。二葉亭はそれ以前に世を去っている。そして、ヴィゴツキーに先立つ言語心理学・言語哲学に触れて、「純粋思惟」という観念を得ていた形跡もない（この領域の著作を二葉亭はとくに読んでいない）。考えられるのは、ヘーゲルの「純粋思惟」の概念をベリンスキー経由で摂取したということだが、現在の段階では、そのような経路を確認することができない。その解明は今後の課題だが、少なくとも、実際の言表に先立つ、言語以前の思惟というものを二葉亭が想定していたことだけは間違いない。そして、このような言語観があるからこそ、「談話」と「文章」は一致しなくてはならないのであった——それはただ「純粋思惟」をときに紙に書き、ときに口に出すという違いだけのはずであるから。

言文一致という「規範」

ところが『浮雲』の文章はどこからどう考えても、「言」と「文」の一致を示してはいない。第一篇冒頭の装飾的で技巧的な文章はすでに見たが、より「自然」と思われる第三篇の冒頭もその文章が決して談話通りでないことに気付くのは難しくない。「心理の上から観れバ、智愚の別なく人咸《ことごと》く面白味ハ有る。内海文三の心状を観れバ、それハ解らう。」（第一巻一三七頁）むろんこのようなしゃべり方をする人はない。二葉亭がそのことに気付いていなかったはずはないだろう。だとすれば、二葉亭は「談話」と「文章」が完全に一致しなければならないと考えていたわけではなく、ある種の呼応がそこに見られればよいと思っていたはずである、二葉亭も熟知していたはずの洒落本や人情本の類では「言文一致」はほぼ達成されていたのである。そのような「言文一致」は二葉亭にとって、究極的に目標とするべきものではなかったことになる。

もちろん、二葉亭は現実には江戸文芸の「言」を参照してはいる。「作家苦心談」では『浮雲』第一回は「[式亭]三馬と饗庭さん(竹の舎[篁村])のと、八文字屋もの[京都の版元八文字屋が元禄から明和年間にかけて出していた浮世草紙]を真似てかいた」と告白している(第四巻一五一頁)。別のところでは坪内逍遙の勧めにしたがって、三遊亭円朝の落語を参考にしたと書いている(「余が言文一致の由来」第四巻一七一頁)。しかし、こうしてさまざまなテキストを範に取って試行錯誤しているということは、それらそれぞれはそのままでは新しい文体とはなりえなかったことを示していよう。では何が問題だったのか。

「余が言文一致の由来」で二葉亭は、自分の文体の実験に向けられたいくつかの批判について言及している。坪内逍遙は「も少し上品にしなくちやいけぬといふ。」徳富蘇峰は「文章を言語[話し言葉]に近づけるのもよいが、もう少し言語を文章にした方がよい」と勧める(一七二頁)。二葉亭その人はこうした助言に不服で、なるべく俗語そのままで表現したい――「有り触れた言葉をエラボレートしやうとか、つた」――と漏らしている。だが、坪内や徳富の意見や、二葉亭の「ありふれた言葉の彫琢《エラボレーション》」といった表現から窺われる意識は、ここで目指されていたのが、「言」と「文」の一致ではなく、旧来の文章語に俗語の要素を取り込んだ、新しい文章語の創出であったということである。言文一致運動とは、文章と談話を一致させる運動ではなく、現代語を用いながら、洒落本や人情本の卑俗に陥らず、特権的テキストとしての現代語表現をいかに、そしてどのようなものを規範として創出し、標準化できるかという模索の作業であったのだ。

その意味で、二葉亭が模範としていたであろうロシア文学史において、これは「俗語運動」でもなく、「言文一致運動」でもなく、「文学的言語 литературный язык」の創出という課題であったことは示唆的である。日常表現をどのようにすれば文学に用いる言語に高め、規範化できるかということが、そこでの課題であった。二葉亭の作業は、同様に、俗語運動ではなく、逆に卑俗な現代語をいかに高級化するか、どのような記号を付与するならば「文学的言語」として認知されるようになるかを実験する作業だったのだ。「だ」、「である」はたとえば、そのような記号であった。例を挙げるならば、『浮雲』の最後のパラグラフ、「出ていくお勢の後姿を見送つて、文三八莞爾《にっこり》した」（一巻一七五頁）において、「莞爾《にっこり》した」とは、「莞爾《かんじ》とす」という漢文書き下し的表現を、「にっこり」というルビをつけることによって、半ば口語化したものと考えるべきなのではなく、「にっこりした」という現代俗語の表現を、「莞爾」という漢語と組み合わせることによって、文章語として通用させようという手段だったと見るべきなのである。山田美妙は『浮雲』における「言文一致体」を批評して、それが不完全である、なぜならば、たとえば、俗文の中に「健羨」や「聞覩」などという「六箇《むつか》敷い漢語」が混入していると不平を鳴らしているが（「新編浮雲」別巻三三三頁）、ことの本質を見誤っていると言わざるをえない。

このように二葉亭は、「談話」を導入しつつ、新たな特権的文体を作り出すことを試みるのである。「文三ハ莞爾した」に続く「故無くして文三を辱めた」とか、「若し聴かれん時にハ其時こそ断然叔父の家を辞し去らう」とかいうような表現は、すべて古語や古典文法を適宜、混入させることによって、高位の文体を新たに作り出す戦略にほかならないのである。言文一致体は、そのような古さにおいてこそ決定的に「新しい」のであった。*

*言語学研究には記述的（descriptive）と規範的（prescriptive）の二つの立場がある。言語の運用をそのまま記述するのが前者であり、正しい使い方を指示するのが後者である。概して米国では記述的な立場が強く、ロシアでは規範的ないき方が強い。ロシアの言語学研究や語学の教科書を見ると、用例はほとんど文学作品から取られている。それは文学においてこそ、ロシア語のもっとも正しく、美しい表現が示されているとロシア人が信じているからである（一方、アメリカ人は文学作品の表現は特殊なもので、言語学が対象にするべきではないと考える）。「文学的言語」という概念はこのような規範意識に関わっている。文学者たちは、平易な日常表現（「言」）をもとにして、それをより高次な、正しく、美しい文学的言語（「文」）に高めたのである。「言文一致体」とはまさにそのような文学的言語を創出する試みであったので、そこでは「言」と「文」の一致は必ずしも要請されていないのである。二葉亭はこのような、ロシアにおける「文学的言語」の理念を熟知していたのだろうと思われる。

社会批評としての『浮雲』

文体が形式面での新しさだとすれば、描写の対象は内容における新しさであった。たとえば『浮雲』では本格的社会批評が試みられており、それは前近代の日本文学には見られない特長であった。

『浮雲』がゴンチャロフの『断崖』にならって新旧世代の衝突を描いたものであったことについては作者自身の述懐があり、それに関する研究も多いが、ここには官僚制、啓蒙主義、女子教育など、新時代の制度や思想の的確な描出とそれに対する批評があった。物語を通じての社会批評というものは徳川時代の文芸ではそれほど発達してはいなかったし、そもそものような行為が「文学」的営為の主眼として認知されていたかどうかはきわめて疑わしい。これに対して、文学の目的が、時代の、現代社会の特徴と動向を明らかにすることにあるのだというような問題意識は、ロシアの文芸評論受容を通じて、二葉亭には明確に意識されていたことであろう。たとえば、ドブロリューボフは二葉亭訳の論文の中でこう言っている。「社会の傾向を明かにし人々に之を識認さすることに於ては文学は与ツて大いに力ある、――といふ事だけは間違は有りますまい。」(「文学の本色及び平民と文学との関係」第四巻二八頁)

そして、この「社会の傾向」とは、登場人物の性格付けによって表現されるのだというのも、二葉亭がロシア文学から学んだことであろう。明治初年代の日本社会のさまざまな問題は、文三なり、お勢なり、お政なり、昇なりといった人物たちの造形を通して表現されるのである。すでに引用したところだが、『浮雲』の登場人物にモデルがあるかどうか尋ねられて、その造形の秘密を明かした、「予が半生の懺悔」の中の有名な箇所がある。それによると、「いきなりモデルを見附けてこいつは面白いといふやうなのでは勿論無い。さうぢやなくて、自分の頭に、当時の日本の青年男女の傾向をぼんやりと抽象的に有《も》つてゐて、それを具体化して行くには、どういふ風の形を取つたらよからうか。といろ〳〵工夫をする」（第四巻二九〇頁）、そうするとその結果、「タイプ」が得られると述べている。その「典型《タイプ》」が現代の若者のありようを表現することになるわけである。

二葉亭はこのように西洋近代文学における「性格」の概念を正確に把握していたわけだが、それとは違って、坪内がその理解を欠いていたことも、今日では広く知られた文学史上の事実である。東京帝国大学文学部の授業でホートン教授に性格批評を求められて、その意味が分からず、見当違いの解答をして悪い点をつけられたいきさつである。

シェークスピヤの『ハムレット』の試験に王妃ガーツルードのキャラクターの解剖を命ぜられて、初めての時には其意味が解りかね、「性格を評せよ」といふのだからと、主として道義評をして、わるい点を附けられ、それに懲りて、図書館を漁り、はじめて西洋小説の評論を読み出した。（「回憶漫談」三四五頁）

ガートルードの性格を儒教的な、勧善懲悪の立場から評したのだが、それでは彼女の性格に表現されている人間の、あるいは同時代の社会のありようというものを分析することにはならない。それが近代西洋の文芸批評で求められているものではないことに気付き、勉強を始めたというのだが、その成果が『当世書生気質』に現れているかというと疑問である。「気質」というタイトルに示されているように、そこで逍遙は類型的で発展性のない性格、つまり、必ずしも社会の傾向を反映したものではない性格しか描出できなかった。それに対して『浮雲』では性格はダイナミックなものである――登場人物たちの性格や行動は社会の現実と弁証法的な関係を持っており、作品の展開につれて発展し、変化していく。

そのような理解を与えたのは、やはりベリンスキーをはじめとするロシア文学理論の摂取であったと思われる。たとえば、二葉亭が読んでいたことが分かっている「『知恵の悲しみ』論」には、「詩的なもの〔『ポエジー』だが『文学』と読み替えてもよいだろう〕は現実である、あるいは現象の中における真理である」(一九六頁)という書き出しで始まる段落がある。文学は現実をとらえるのが使命だが、その現実の背後には理想的な観念があり、それが具体化したものが現実だという認識があるわけである。そして、理念と現実は対立しつつ、同時にお互いを規定して、動的な、弁証法的な関係をとって、展開していく。「理想とはある一つの観念の、自然の中のあちらこちらに散在し、そしてある一個の人間に集約して現れる特徴の集合体ではない。なぜなら、特徴の寄せ集めは機械的なものでしかなく、それは文学的作品のダイナミックな特徴と矛盾するからだ。(……)理想とは、個別性を獲得するために自らの一般性を否定するような、一般的な(絶対的な)観念である。そして、それは個別的現象になったならば、再び一般性に帰ろうとする。」そう論じておいた上で、ベリンスキーはシェークスピアを例にとって、自分の議論を説明する。「『オセロ』の観念とはいかなるものか。愛が裏切られ、愛と女性の美点に対する信頼が踏みつけにされたことの結果としての嫉妬の観念である。それは詩人が作品の基礎として自覚的に選び取ったものではなく、知らず識らずに詩人の魂に入り込み、それがオセロやデズデモーナの性格に発展していったのだ。」このような表現は、先に引用した「予が半生の懺悔」の中の性格論とよく対応しているといえよう。そして、ベリンスキーが例に出しているのは『ハムレット』ではなく『オセロ』だが、このような理解を持っていた二葉亭がホートン教授から性格批評を求められたなら、おそらくは教授をうならせる解答をしていたであろう。

なお、「性格」というものの理解はベリンスキー読書のほかにも外国語学校で受けた文学教育に大きく負っているのだと考えられる。これについては同窓大田黒が証言を残している。それはグレーの文学講義で、教師が名調子で朗読し、「読み終るとハラクタレスチカ（Characterization）即ち性格批評、作中の主人公又は女主人公の批評を作らせて、之で文章の練習をさせた」（「三十年来の交友」『二葉亭四迷』上一二頁）という。このような練習を通じて、「道義評」とは異なる、性格の把握を二葉亭は獲得したのであろう。

『浮雲』の描く「恋愛」

また、『浮雲』の新しさは二葉亭が描く恋愛の形にもあった。

そもそも「恋愛」というものは西洋文学におけるロマンティックな愛の形を知って、近代日本の文学者たちが明治二十年代頃に「恋愛《ラブ》」という翻訳語を作り出すことによって新たに認知された新しい観念であった。したがって二葉亭が描いた「恋愛」が新鮮なものであったという言い方

『浮雲』第1篇第3回挿絵

は正しくない。むしろ、明治二十年（一八八七）に出版された『浮雲』第一篇は、「恋愛」という新しい感情の形態をはじめて提示したのである。

もっとも『浮雲』の中に「恋愛」という言葉は使われてはいない。だがそこで描かれている男女の関係が、同時代の詩人や思想家――たとえば巌本善治や北村透谷――らによって「恋愛」という言葉によって定式化されつつあったものとほぼ同じ内容をもつものだったことは疑いない。

主人公文三は叔父の家に寄宿しているが、その娘――つまり文三の従妹――お勢の、事実上の許婚であるかのように遇されている。しかし、二人はそのことを、お勢の親がそのように決めたということではなく、お互いに人間的好意を抱いているからだというように認識している――あるいはそのように捉えたがっている。

男女がそれぞれの人間的資質を評価し、そこに惹かれることによって恋愛感情が生まれ、そしてそれが婚姻関係の基礎になるというのは、近代的なロマンティック・ラヴ・イデオロギーの柱の一つである。そのため、やがて職を失ってお勢の態度が自分に対して冷たくなっていくと、文三はその事態が理解できない。人間として愛し合っていたはずだったのに――お勢は、親の取決めのためではなく、尊敬の念から自分を愛していたはずなのにと合点のいかない文三は、「相愛は相敬の隣に捿《す》む。軽蔑しつゝ迷ふといふは、我輩人間の能く了解し得る事でない」（第一巻八二頁）と心に思っては煩悶するのである。

好悪の感情が相手の人格の高さに向けられた尊敬の念であり、精神的なものであるというのもロマンティック・ラヴの特異な発想であった。

そして、ここにはまた西洋の宮廷風恋愛に発し、ロマンティック・ラヴにも受け継がれたところの女性崇拝の観念も存している。文三はお勢の美しさにうたれるとともに、その人格的高潔を尊敬し、崇めているのだ。文三の元同僚で、お勢をめぐる恋敵でもあるような昇は揶揄して、文三がお勢のような「女本尊」に思いつかれて羨ましいと冷やかすが、「本尊」という規定は的外れではないのである。

そこで恋愛感情は、高尚な理想を共有する仲間あるいは友人同士のような形態をとるようになる。第三回「風変わりな恋の初峯入り」でお勢に不器用な愛の告白をしようと試みる文三は、お勢が彼を慕っているかのような口吻で話すので、そのことに力を得るものの、それでも彼女と「親友の交際」ができないという。何故と問われて、文三は相互の真の理解が欠如しているからだと訴える。恋人同士は相手の主義主張や信念というものを理解しあえる友人であり同志でなければならないのだ。

このような感覚は全く新しいもので、十八世紀頃からの西洋文芸における恋愛関係のパラダイムを受け継ぐものだといえよう。例には事欠かないが、ルソーの『新エロイーズ』で主人公が愛するジュリーにしきりに「わたしの友よ」と呼びかけているのを挙げれば足りるであろう。* これに対して、江戸文芸の男女は、お互いに分かり合っていい友達になろうなどとだれも思わないし、欲したりもしない。そもそも江戸の恋の基本形は、遊女とその狎客《こうきゃく》との間のそれであり、そこでは尊敬であるとか、友情であるとか、精神性であるとかが問題になる余地はなかったのである。

＊『新エロイーズ』は、トルストイが、『クロイツェル・ソナタ』のような、晩年の禁欲主義的な著作で「詩的な、高尚な恋愛」を批判したときに仮想敵とした作品であった。この問題系には第五章第二節で『平凡』を論じる際に立ち返る。

これに対してロマンティック・ラヴ・イデオロギーは明治二十年代前後から啓蒙主義者、キリスト教系思想家・文学者などの著作において次第に紹介され、奨励されていった。「恋愛」という言葉を決定的に印象づけたのは北村透谷のエッセイ「厭世詩家と女性」（明治二十五年〔一八九二〕）であった。恋愛至上主義。情熱恋愛、精神的愛と肉体的欲望の二元論、女性崇拝などが透谷の一連の恋愛をめぐるエッセイの根幹を形成していた。「恋愛は人世の秘鑰《ひやく》〔秘密の鍵〕なり」という「厭世詩家と女性」の書き出しが明治の文学青年たちに圧倒的な感銘を与えたことはよく知られているが、透谷はこうして「恋愛」という新しい言葉と、それによって表現される新しい概念を一般化したのである。

二葉亭は『浮雲』の中でも、またほかの著作でも「恋愛」という単語を用いてはいない。だが、それと同じ含意で使われていた、すなわち精神的な意味での「愛」・「愛する」が『浮雲』にしばしば使われているのである。文三がつぶやく「相愛は相敬の隣に捿む」という表現は、女学雑誌系の書き手の口調を想起させるものであり、二葉亭はこの雑誌を読んでいたのであろう。巌本善治は『女学雑誌』に掲載したエッセイ「理想之佳人」でこう論じている。「嗚呼真正の愛は、必ず先づ相ひ敬するの念を要す。既に之を敬せず、之が霊魂を愛せずして、何如で真正なる伉儷《ふうふ》の娯楽《たのしみ》を得んや〔したがって、『恋愛』とは婚姻に至るものでなければならなかったわけである〕。男女はもしいよ〳〵清潔に、いよ〳〵高尚にあらんと欲せば、須らく互ひに相敬愛すべし〔。〕」（一四頁）。

お互いに理解しあっていないから親友にはなれないと文三に言われたお勢だがそれを肯んじず、彼のことをよく理解していると切り返す。これに対して文三はあくまでもお勢は彼のことを理解していないと言い募り、例として、自分には親より大事な者がある、それをお勢は知らないと伝える――もちろん、貴嬢のことをだれよりも思っているのですよという謎かけである。

お勢は答える。

「（……）親より大切な者は私にも有りますワ

文三はうな垂れた頸を振揚げて

「エ貴嬢にも有りますと

「ハア有りますワ

「誰……誰れが
「人ぢやアないの、アノ真理」（第一巻二三頁）

愛を確かめ合えるかという期待に肩透かしをくらわされてへこたれる文三だが、むしろそのことでお勢にさらに尊敬の念を強め、「真理、ア、貴嬢ハ清浄なものだ、潔白なものだ」と感嘆してやまないのである。ロマンティック・ラヴはこのように「真理」というような、精神的・人格的価値と同じ範疇にあるものだったのだ（もちろん、文三とお勢の「真理」探究と、坪内逍遙が『小説神髄』の中で、小説の目的は真理の究明にあると述べたこととの間には深いつながりがある）。

ロマンティック・ラヴは精神的なもの、「高潔」なものであるから、当然に、逆に肉体的なものに対する軽蔑を伴っていた。潔白な恋人たちは卑猥な衝動を自らに禁じなければならない。文三は「お勢の前ではいつも四角四面に喰ひしばつて猥褻がましい挙動はしない。」（第一巻二七頁）さらに「尤も曾てぢやらくらが高じてどやぐやと成ツた時今まで憘《うれ》しさうに笑ツてゐた文三が俄かに両眼を閉ぢて静まり返へり何と言ツても口をきか」ない上、ついには「我々の感情はまだ習慣の奴隷だ」と言って、お勢を部屋から追い出してしまうのである。「ぢやらくら」とは大言海によれば「男女相互に、痴話をすること」とある。「どやぐや」に対しては小学館日本語大辞典は『浮雲』のこの箇所を引用して、単に「騒がしいこと、また混乱すること」という定義を与えているが、ここには明らかな性的コノテーションがあって、親しげに話しをしたり、じゃれあったりしているうちに、むらむらしてきて、肉体的接触が始まりかけたのだと解釈していいだろう。そして、この衝動は鎮めなければならず、それができなければ江戸の男女と同じことで、恥ずべきことだと文三は考えるのである。

人情本的世界の否定

「習慣」という言葉には別な箇所では「二千年来の」という形容が付けられているが、実際には、江戸の、とくに後期、化政期以降の男女関係がイメージされていると考えられる。もっと端的に言えば人情本の世界、そしてそれを代表する為永春水の『春色梅暦』で描かれているような世界であった。

『春色梅暦』は明治の初年代の文学者にとって必読の書——といって悪ければ、だれもが深く馴染んだ文芸世界であった。第五章第二節で見るように、自伝的な側面を持つ『平凡』で二葉亭は『梅暦』を耽読したと語っているし、森鷗外は『ヰタ・セクスアリス』で同じような経験を述べている。「[十三歳の頃]馬琴を読む。京伝を読む。人が春水を借りて読んでゐるので、又借をして読むこともある。自分が梅暦の丹治郎のやうであつて、お蝶のやうな娘に慕はれたら、愉快だらうといふやうな心持が、始て此頃萌した。」（五五頁）

文三とお勢が「二千年来の習慣」を破ると言うときには、この人情本的世界が含意されていると考えなければならない。『浮雲』が新旧の世代の対立を描き、文三と文三の元同僚でありライバルでもある昇が新世代を、お勢の両親孫兵衛とお政が旧世代を代表するということはすでに指摘されている——もっとも、文三は旧士族の道徳感を引きずっており、昇は新しいメリトクラシー（能力主義）の世界を巧みに泳いでいく「新しさ」を持つなど、新旧の対立が一意的でないことも指摘されている。

男女関係を軸に取れば、この対立にあって文三とお勢は「西洋主義」に基づく、新しいロマンティック・ラヴを追求し、昇とお政は江戸の性愛観・婚姻観——人情本や女大学の世界——に立脚している。娘を評して、「是れが奥［手］だからの事サ　私共がこの位の時分にやアチョイとお洒落をしてサ小色の一ツも挊了《かせい》だもんだ」（第一巻三七頁）などと言う母親のお政はお勢に「また猥褻」と顔をしかめられる。それはお勢にとって「恋愛」が色男と娼妓・芸妓の間のものではなく、高尚で純潔なものでなければならないからだ。そこでお政が「多年の実験から出た交際の規則」、つまり若い男に冗談を言われたらこう、お世辞を言われたらこう、からかわれたらこう対応しなさいなどのレッスンを与えようとすると、お勢は「明治生れの婦人ハ芸娼妓で無いから、男子に接するに其様な手管ハ入らない」と抗弁する。さらにお政が「手管」ではなくて「娘の心掛」だと諭すと、「そんな事ハ女大学にだツて書いて無いと強情を張る」のである（一六二〜一六三頁）。

この点についてはお勢の方が実は正しいので、確かに女大学には「そんな事」——男の上手なあしらい方など書いていない。そこに書いてあるのは、反対に、いかに娘時代も、また結婚してからも、男の誘惑から身を守り、性的な領域から身を遠ざけるかということだけである。つまり、お勢の母親であるお政は、本来ならば、女大学的原則に基づいて、娘に貞操を説かなければいけない、たとえば、厚化粧をするな、あるいは男に言い寄られたらきちんとはねのけよというようなことを言わなければならないはずなので、色事の一つもたしなめと言っている母は逆に江戸時代の男女間の秩序に依拠していないのである。お政が旧時代を代表しているとしたら、それは『女大学』的なそれではなく、

『梅暦』的なそれに拠ってのことなのだ。

昇も同じで、道学者流ではない立場から、文三とお勢に対して、よろしくやりなさい、いや、よろしくやっていて羨ましいという意味を込めて、文三を『梅暦』のまなざしから丹治郎と呼ぶのである。「内海［文三］は果報者だよ　まづお勢さんのやうな此様な（……）頗る付きの別品加之も実の有るのに想ひ附かれて叔母さんに油を取られたと云ツては保護して貰ひヤ何だと云ツては保護して貰ふ実に羨ましいネ　明治年代の丹治と云ふのは此男の事だ［。］」（一一〇頁）

昇は揶揄してはいるが、お勢に好かれて羨ましいというのは本心を語っている。丹治郎のように振る舞うことは彼の理想であるのだ。そしてその理想とは美人に「保護」してもらうということであり、これは西鶴の好色一代男というよりは、ジゴロ的な性格の強かった、人情本の色男たちの特性なのである。

猥褻な江戸の「習慣」を脱して、「西洋主義」の、「清浄」、「潔白」な「恋愛」を構築しようとしている文三にとっては、しかしながら、この喩えは侮辱でしかない。そこで彼は「［君は］僕の事を明治年代の丹治即ち意久地なしと云ツた（……）瘦我慢と云ツて侮辱したも丹治と云ツて侮辱したも帰する所は唯一の軽蔑からだ（……）お勢《カズン》を芸娼妓の如く弄ばうが」（一一二～一一三頁）と食ってかかるのである。先に引いた「理想之佳人」で巌本善治は、「［芸娼妓は］只だ是れ男子の掌中に弄ばる、木丸《もくがん》［さるぐつわ］と為る［。］（……）［高尚な霊の愛においては］断じて、一方は之れを弄び、一方は之を懼る、の思ひある可らざる也」（一二～一四頁）と論じていた。文三が徹底して女学雑誌的発想から見ていることが分かるだろう。

「丹治」と名指されて「意久地なし」と言い換えるのは、人情本のヒーローが、女性に寄生するやさ男であったからだが、「［お勢のような］きわめつきの別嬪に慕われてうれしかろう」という発言も文三の意に適わない。それは文三と、少なくともこの時点でのお勢の理想が、精神主義的な男女関係を構築することにあり、それは肉体的魅力よりも、人格的高潔に基づくものでなければならなかったからである。

肉体の否定

先に言及した、女学雑誌系の啓蒙思想家たちの恋愛論にもそのような信念ははっきり表明されており、女性は外面的よりも内面的に美しくなければならなかった――そして、まさにそのような人格・知性・徳性の美によって男性に尊敬され、愛されなければならない。巌本善治にいたっては、女性の肉体的美を望ましくないものとして斥けさえする。再び先ほど引用した「理想之佳人」を見てみよう。ここで巌本は佳人を称揚するのだが、彼は美人と佳人とは違うものなのだと言う。「美人」は単に肉体的な美の持ち主に過ぎないのに対し、「佳人」は精神的な美と人格的に高尚さを備えた女性であると論じるのである。

老を偕にし穴をも同うせんとする終生の同伴者に於ては、之を愛するの点、蓋し鼻筋にあらず、蓋し口元にあらず、又其の花顔、柳姿、にあらずして、一種の言ふ可らざる、深奥の趣あつて存する故なり。（……）所謂る美人なるものは、未だ大丈夫が其の全心を挙げて之を愛すべきの人にあらず、（……）彼の忘るべからざるは、眉目口鼻の後《うしろ》に一種の霊顔を現はし、優乎たる身体に傍ふて一種の霊体を示し、心志高潔、愛情濃密なる佳人にてある也。故に吾人は、美人を顧みずと雖ども、佳人に至ては之を慕はざるを得ず。（一六〜一七頁）

こうして「佳人」は「精神的に美しい（が、必ずしも肉体的には美しくない、いやむしろ積極的にそうではない）女性」という新しい意味に限定され、「美人」の方は「肉体的に美しい（が精神的には美しくない）女性」というものに収束していく。これに対して、江戸文芸の世界では「美人」と「佳人」は同義であり、しかも、概ね遊女を指していた。そこで、山東京伝は『古契三娼』において、「佳人」のいる場所、それすなわち吉原だと言うのである。

二葉亭は明らかに巌本流の女学雑誌系の言説を取り入れて、その上で文三、お勢、昇の思想・性格の対立を描き上げているわけだが、その点で彼は逆説的ながらロシア文学を裏切ることになる。というのは二葉亭が『浮雲』を書くに際して参考にしたとされるゴンチャロフの『断崖』やドストエフスキーの『罪と罰』、あるいは並行して多く翻訳していたツルゲーネフの作品には透谷や巌本が標榜していたようなロマンティック・ラヴの理念が典型的に表現されているとはいえないからである。

北方の佳人
すなわち吉原の遊女。

たとえば『浮雲』第一篇と第三篇をはさむようにして出版された「あひゞき」と「めぐりあひ」だが、どちらも恋愛を扱っているものの、「あひゞき」は農民の娘が村の洒落男に弄ばれる話しだし、「めぐりあひ」こそ、異国の地で語り手が垣間見た美しい女性と運命的に繰り返しさらに二度出会う話しだが、謎めいた女性の容姿の美に惹かれるのみで、そこに精神的なもの、人格的なものは何ら介在していない。そのうえ、相手には男がいて、語り手である主人公の片思いに終わるわけで、これも女学雑誌的な恋愛とは異なる。また、出版こそしていないものの、ツルゲーネフの『父と子』を試訳したことは、自らの、また坪内らの回想から知られるところだが、この作品ではニヒリストであるバザーロフとオディンツォヴァの関係は、「清浄」で「相敬に基づく」といったものとはほど遠い。*さらに、もう少し後の訳業だが『片恋』もやはり清らかな乙女アーシャの男に寄せる一方的な恋の物語であり、これも「恋愛」の理念から逸脱している。ロマンティック・ラヴは男の方が女を恋い慕う(「女本尊」として崇める)ことが新しかったはずなのだ。

*もっとも、主人公のアルカージーとカテリーナの間の、情熱的とはいえないが、円満な関係は、女学雑誌の理想にかなり近いとはいえるだろう。

ロマンティック・ラヴの源泉

では、『浮雲』との直接的な影響関係がもっとも多く語られるゴンチャロフの『断崖』はどうか。すでに紹介したように、『浮雲』の中心人物、文三―お勢―お政―昇は、『断崖』のそれ、ライスキー―ヴェーラ―タチアーナ・マルコーヴナ―マルクを置き換えたものであるという説は、さまざまな修正を受けつつ、多くの研究者によって受け継がれている。しかし、『断崖』にはヴェーラやマルクが登場する本筋の前に長いプロローグがあって――というよりは、全五編のうちの第一編全体がそれにあたるので、プロローグというよりは、一つの独立した物語になっている――その部分はライスキーがソフィアという女性を口説こうとする、恋のさやあての物語になっているのである。しかも、ソフィアは、お勢が文三のそれであるように、ライスキーの従妹なのである。つまり、文三とお勢の関係は、ライスキーとソフィアのそれがモデルになっているとみなしてもいいのであるが、そのような立論は今までなされていない。もっとも確かにヴェーラもライスキーにとって従妹なのだが、文三とお勢の関係を描くにあたって二葉亭が、ライスキーとヴェーラではなく、ライスキーとソフィアの関係の方をかなり意識していたのではないかということについてはテキスト的な証拠もある。そのことについては後に詳述する。

『浮雲』の第一篇から第三篇にかけての変容はさまざまなレベルで議論されている。文体の変化はわけても注目されるところだが、スタイルの変容は語りのモードの変化でもある。

『浮雲』は三人称の語りをもつ小説だが、第二篇、第三篇と進むにつれ、語りの人称はそのままながら、物語は次第に文三の視点に統一されてくる。文三の物差しですべてが測られるようになり、文三以外の人間たちは蓋然性しか持たなくなる――つまり、文三にとってはほかの人――とくにお勢――は何を考えているのかよく分からず、見当をつけるしかなくなるのである。

明確なのは自分の意識でしかなく、他者の意識は蓋然的には判断できても究極的には不可解であるというのは、デカルト的なコギトの出発点であった。「われ思う、ゆえにわれあり」というテーゼで確認される自己の思惟だけが確実な認識であり、知識であるという信念、これは今日の現象学にまで受け継がれている世界観である。

もっとも、二葉亭がデカルトを読んでいた気配はないが、このような世界観は十九世紀西洋思想一般の受容を通じて、二葉亭にとっては馴染み深いものであったに違いない。現に第三篇において、文三がお勢の真意が分からないということを内容とした心理的葛藤が描かれるが、その説明には英国の心理学者サリーの著書が参照されている。

心理学の影響

人の心といふものは同一の事を間断なく思ツてゐると、遂に考へ草臥《くたびれ》て思弁力の弱るもので。(……)ふん、「おぷちかる、いるりゆうじよん」かと云つて、何故《なにゆえ》とも莞爾《にっこり》した。「「いるりゆうじよん」と云へバ、今まで読だ書物の中でさるれえの「いるりゆじよんす」ほど面白く思つたものハ無いな。二日一晩に読切つて仕舞つたつけ。あれほどの頭にハ如何《どう》したらなるだらう。余程組織が緻密に違ひない……」サルレーの脳髄とお勢とは何の関係も無さそうだが、此時突然お勢の事が、噴水の迸《ほとばし》る如くに、胸を突いて騰《あが》る。(第一巻一七二～一七三頁)

このサリーは、外界(他者の意識も含めて)が確かな存在であるのか幻覚であるのかという問いは、心理学の課題であるとともに哲学のそれでもあり、そして、その問いはデカルトに発するものであるということを著書『幻覚《イリュージョンズ》』の中で明確に述べていたのである。

ジェームズ・サリー（James Sully〔1842-1923〕）はイギリスの心理学者で、当時、大きな権威を持っていた。二葉亭も、第三章第一節でまた触れるが、モーズレーとサリーの二人は愛読してやまない心理学者であったらしく、友人と語り合う際にもしきりに言及していたという。『いるりゆじよん』は幻覚の種類やその原因などを広く考究した一八八一年の著作である。

文三が「同一の事を間断なく思ツてゐると、遂に考へ草臥て思弁力の弱るもの〔だ〕」という感想に至るのは、天井の木目にふと目を止めて、それが「水の流れた痕」に見えたり、「心の取り方に依つてハ高低《たかひく》が有るやうにも見え」たりすることに気付く、その観察に導かれてのことである。もっとも、サリーの『幻覚《イリュージョンズ》』には木目の話しはない。だが、『浮雲』の例とやや似たような観察として次のような記述が第五章「感覚上の幻覚」の「認知の幻覚」という節にある。「われわれの想像力に基づく解釈の力によって、雲、岩、木の株などに、簡単に人間の姿の一部が読み取られるのである。」（八七頁）また、人は心が望むところのものを見るようになるという一般的な主張も見られる（一〇六頁）。サリーが同書で取り上げている幻覚は各種の原因によって、さまざまな感覚に生じるものであるが、その中で視覚上の幻影《オプティカル・イリュージョン》の例は一つだけ出されている。それは列車が動き出したときに、列車（とそれに乗っている観察者）の方が動いているのではなく、地面の方が動いているように見える事例である（「この種の効果の興味ある例が『オプティカル・イリュージョン』に見られる。つまり、眼球が連続して動いたあとに停止している物体の運動を誤って知覚してしまう場合である」〔五七頁〕）。これは、もちろん、二葉亭が『浮雲』第三回で言及している「おぷちかる、いるりゆうじよん」とは異なるものである。

二葉亭はサリーの議論を小説の文脈に合わせて、適宜、都合のいいところや表現をつなぎあわせて使っていることが分かる。

二葉亭が『浮雲』の中でサリーの著作の連想へと導かれていく錯覚《イリュージョン》の例は、実はサリーが主に論じる錯覚——感覚上の錯覚——とはとくに合致しないのであるが、興味深いことに、サリーが同著の後半で論じる「内省の錯覚」にはむしろ『浮雲』と通じる考えがところどころに示されている。たとえば、サリーは、人が記憶や判断に照らしてはじめて断定できるはずのことを、そうはしないで単に感じたままに信じこんで「今は私の人生最良の瞬間だ」などと思ってしまうことを、内省の錯覚だとしている（二〇二頁）。サリーは、こうしたことが、愛情など、現在の自分自身の感情の認知にも見られることだとし、愛が不死で、どんな試練にも耐えると「感じて」しまう例を挙げている。これは、お勢の愛情に対する文三の独りよがりの思い込みに通底しているといえよう。また、サリーは、「人間の心が偽りのものを真実であり、はかなく一時的なものを永続的なものと勘違いすることは全く不思議でない」と述べ、こういったことの背景には二つの偏向があるとし、一つは現在の気持ちの強度や根強さを（誤って）誇大視してしまうことであり、もう一つは、ある種の感情を抱きたいという思いを、実際にそういう感情を抱いているのだと誤る傾向だと書いている（二〇五頁）。この記述も、『浮雲』で描写された、文三の、お勢に対する、思い込みの強い感情に呼応するものと言えよう。

サリーはさらに続く章では「洞察の錯覚」を論じている。ここでサリーが「洞察」（insight）と言っているのは、仕草や口ぶりで他人の感情を推察することを指しているが、彼はそれがしばしば過つものであり、見誤りの理由は往々にして観察者が自分の気持ちを読み込むからだという。

われわれは、自分自身の考え方や感じ方を他人にも帰そうという気持ちをあらかじめもって他者に接することが多い。こういう先入主は、われわれがその他者の同情を得ようとしていたり、自分の見方を支持してほしいと思っていたりするときほど強いものである。(……)そこでわれわれは他者に自分の考え、ものの見方、感じ方などを直観的に押し付けようとして、相手がこうして性急に作り上げられたその人のイメージからはるかに遠いことが分かるとショックを受けてしまうのである。(二二三頁)

恋する男は感情の高まりの中で、恋人の目に、彼のあらゆる望みに応じる気持ちを読み込む。人は彼の現在の考えを他者に投影し、他者が、彼が知っていることをやはり知っていると想像するのである。(二二四頁)

このような思い込みは、他者の考えについてだけではなく、その人格全体についての「錯覚」についてもいえる。サリーは「信念の錯覚」という章では、他人の人格についてわれわれはごく部分的にしか知ることができないし、また、その知識のもとになる判断も往々にして間違うわけであり、そこには大きな錯誤の可能性があるという。また、他者の人格について想像力を働かせるとき、それが

「事実や経験ではなく、感情や願望に導かれる」ことがあることを指摘している。こうした「知見」は、二葉亭が、お勢に対する文三の考えを語るにあたって――つまり、文三がいかに希望的観測からお勢を見誤ってしまったかを説明するにあたって――かなり影響を与えたのではないかと思われる。

とはいうものの、二葉亭が、心理学の知見の助けによって内面を探求する心理小説が書けるようになったというような理解はおそらくは正しくない。少なくとも十九世紀後半から二十世紀初めくらいにおいては、心理学と文学の関係は、お互いが並行して「内面」というものを発見し、それを語る語彙を作り出し、「内面世界」というものを構築していったと考えた方がよい。事実、サリーは、自らが説明する心理学的現象の根拠となる事例をディケンズなどのイギリス文学作品やゲーテなどのドイツ文学作品から取ってきているのである。客観的な事実としての人間心理の観察が心理学から文学に伝えられて、文学における人間理解が深化したということではなく、心理学はむしろ文学から学んでいるのである。

幻影の近代

ここでサリーの説く「幻覚」のほかの側面も見ておいた方がいいかもしれない。「ヨーロッパには幻影が出没している。それは共産主義の幻影だ」というのは名高い『共産党宣言』の書き出しであるが、『資本論』の冒頭も幻視について語る。「資本主義的生産手段が一般的であるような社会の富は、商品の膨大な集積のように見える（erscheint)。個々の生産物はその基本的な形態のように見える。」F・ウィーンはこの二つの書き出しを比較した上で、こう論じる。「われわれは幻影や幽霊［apparition、すなわち『そのように見えるもの』］の世界に入りつつある。『資本論』

には『幻影のような客観性』、『本質的でない幽霊』、『純然たる幻覚』、『あやまった見かけ』などという表現がちりばめられている。幻影のベールを透かしてみることによってのみ、資本主義が糧としている搾取を暴き出すことができる。」（『マルクスの「資本論」』三九頁）

そのような幻影と幽霊の世界とは、たとえば、文三が、何故、自分が免職になるのか理解できない社会であるともいえよう。また、それは見た目と内実が乖離することが規範になっていく社会でもあろう——文三がお勢を「見誤まら」ざるをえないように。*マルクスが考えるように、因果関係が隠蔽され、「幻影」化するのが資本主義社会（とそれを支える官僚制）の特徴であるとすれば、そして、それが「幻覚」への関心を呼んでいるのだとすれば、明治二十年代の日本社会を描いた『浮雲』の中に「いるりゆじよん」が大きなテーマとなっているのももっともなことであるのかもしれない。**

*このような観点から考えたとき、昇がその性格を変えることはなく、文三にとっても一貫して分かりやすい——そして、厭うべき——人間であり続けていることは興味深い。お政については若干の変化がある——文三にとってやや理解不能の変化が。このような性格の流動性、そして、その不可視性の多寡が、『浮雲』の登場人物の重要性を決める一つの物差しになるだろう。

**当然のことながら、ここで言おうとしているのは、『浮雲』が何らかの形で『資本論』の影響を受けているということではない。マルクスが認知したような社会の問題が文三を通じても読み取りうるということを言っているのである。しかしながら、外国語学校同窓の矢崎の証言によれば、二葉亭はマルクスに事実、一定の関心を持っていたらしい。もっとも、坪内逍遙は考証して、矢崎の証言に疑念をさしはさんでいるが（「二葉亭の事」『柿の蔕』）。

『浮雲』を執筆していた頃，二葉亭が住んでいた神田仲猿楽町の住居

デカルト的主体としての文三

だが話しを心理学の領域に戻そう。先に、このような心理学的な知見——他者の意識は確実には知り得ず、しばしば受け取り手の「幻覚」になってしまうという考えは、サリーにおいては単なる心理学的概念ではなく、デカルト哲学の世界観によって基礎づけられているのだということを指摘しておいた。サリーは序文では「心理学は主体の哲学につながっていかざるをえない」と書き、また、心理学と哲学の関係をとくに取り扱って論じた最終章では「哲学は認識の構造を探求することによって、真理の最終的基準を建立しなければならない」（三四六頁）と述べている。さらに、「心の働きによらない、独立した現実というものは存在しているのか」（三四九頁）とか、「心からは独立した、外界に対する一般的な信頼は幻覚に過ぎないのか」（三四九頁）などという問いも発している。自我の外にあるものの認識、そしてその明証性・蓋然性の問題を考えるにあたってサリーがデカルトを参照しているのは明らかで、そのことはたとえば次のような記述から窺える。「われわれの、幻覚のさまざまな現れについての研究が、哲学の始まりと言われている心の持ちよう、その根源的な疑いの態度——これはデカルトが De omnibus dubitandum（『あらゆるものは疑わしい』）という名高い格

言で表現したものだ——を惹き起こすのにふさわしいものだとすれば、幻覚を修正する過程を検討することは、正確な知識の条件を決定することに心をいざなうためにふさわしいものだといえよう。幻覚という概念そのものは確実性の基準を含意しているのだ。何らかのものを幻想と呼ぶことは、何らかの真理の、承認された基準に基づいて判断することによってしか行いえない。」（三五〇頁）

デカルトにとって意識は言語以前のものであり、逆に言語を使ってはじめて外化されるものであった。他者の思惟（意識）は自我にとって不透明だが、その言語的表出によってはじめて手がかりを与えられ、それを理解する可能性が開ける。もちろんこの可能性は限定的なものでしかない。だが、デカルトの唯我論的世界では、意識はそのようにお互いに孤立している——文三がお勢から孤立し、その心の中に入って行けないように。逆にわたしの意識は言語によって表出されることによって、はじめて他者の意識にとって理解可能になる。言葉での「説明」はここに近代的意義を持つようになる。『浮雲』、とくに第三篇で文三がお勢の真意（愛情）を測りかね、何とか口に出して説明してほしいという屈折した気持ちを抱き、それが物語の主要なベクトルとなることは、この文脈から理解しなければならない。「屈折した」というのは、彼が延々とこの説明を与えようか与えまいか——そして、相手の説明も求めようか求めまいかと悩み、同じ場所を旋回しつづけるからである。*もちろん、第一篇にもこのような契機はあった。第三回では、文三は告白しようとして、告白しきれない——「今一言……今一言の言葉の関を踰《こ》えれば先は妹背山（……）独りクヨ〳〵物をおもふ胸のうやもや、もだくだを払ふも払はぬも今一言の言葉の綾……今一言……僅《たつた》一言……其一言をまだ言はぬ［。］」（第一巻二六頁）また、「あひゞき」にも同じような、説明をめぐる緊迫した停滞と逡巡がある。アクリーナがヴィクトルから愛の言葉を引きだそうとする場面で、「今別れたらまたいつ逢はれるか知れないのだから、なんとか一ト言ぐらゐ云ツたツてよさゝうなものだ、何とか一ト言ぐらゐ……」（第二巻一三～一四頁）と身悶えするのである。

＊人情本の主人公——そして読者——にはこういう逡巡は生じない。それは人情本が恋のマニュアルとして機能しているからである。つまり、このような逡巡を回避して、どのような現実的発話をなすべきかについての模範的解答を示すことが、人情本というテキストの機能の一つなのだ。二葉亭はそのことに気が付いていて、『平凡』でそれについて言及している。「此梅暦に拠ると、斯ういふ［男女が差し向かいになって、女性がほかの女性の結婚話を始めたような］場合に男の言ふべき文句がある。何でも貴嬢は浦山敷思《うらやましく》はないかとか、何とか、ヒョイと軽く戯談《じやうだん》を言つて水を向けるのだ。」（第一巻四八四頁）これこそ『浮雲』でお政が、「若し情談をいひかけられたら、かう、花を持たせられたら、かう、弄られたら、かう待遇《あしら》ふものだ」（第一巻一六二頁）と説いていたところのものである。

しかし、『浮雲』第三篇はまさに全篇がこの、文三の、「一言」をめぐる逡巡をめぐって展開していると言っていい。さらにいえば、第一篇においては、言い出す勇気がなくて躊躇するというだけの話しだが、第三篇では、相手の真意が決定的に分からない、不透明である、それがゆえに話してみなければ分からないし、また、話すのが怖いという意識に置き換わっているのだ。＊

＊文三の「恋愛」は内面で完結しており、それを外化することは、マニュアルを持たないロマンティック・ラヴの必然的ありよう——真摯な恋愛は計算されたものであってはならない——からすると著しく困難な

のである。「恋愛」はしたがって一種の「コミュニケーション不全症候群」である。この点をとらえて、筆者はかつて文三をオタクのプロトタイプであると論じた（『色男の研究』第十一章）。

恋愛と「告白」

さて、この「一言」を「説明」とも言い換えてきたが、それは文三が、explanation が必要だという言い方をしているからである。だが、『浮雲』の本文では explanation の語には「示談《はなしあひ》」という注釈がついている。

もちろん、文三は、二人の気持ちについて、将来について、本当に「話し合い」たいわけだが、普通に考えると、英語の explanation は「説明」であっても「話し合い」ではないだろうと考えたくなる。

しかしながら、実は explanation には「話し合い」という意味もあって、ウェブスターの新国際英語辞典第三版を見ると、「誤解を解いたり、違いを調停したりするための話し合い［discussion］」という意味も挙げられている。

したがって二葉亭の注釈は決して間違ってはいない。とはいえ、ここであえて、やや特殊な、よもすれば誤解を与えかねない意味で explanation という語を用いたことには、何か特別の理由があるように推測されるのである。その背後の根拠とは、おそらく、ロシア語の単語、具体的には explanation の訳語と普通考えられる объяснение という語である。このロシア語の単語はやはり「説明」でもあり「話し合い」でもあるのだが、英語と違ってさらに「愛の告白」という意味をも持っているのである。* 詳しく言えば объяснение в любви（愛を打ち明ける）だが、объяснение 一語だけでもそのような意は伝わる。そして、この意味での объяснение はゴンチャロフの『断崖』の中でもちゃんと使われているのである。

＊Iu・ロトマンはロシアの婚姻についてこう書いている。「十八世紀のロシア貴族社会の風習にあっては依然として婚姻生活に入るには伝統的な形態が支配的であった。婿は両親の承諾を得て、そのあとで花嫁に告白［объяснение］するのである。結婚前の愛の告白、ひいては若者の間のロマンティックな関係一般は概して慣習化しつつあったが、それでもそうした関係は礼儀作法の標準からすれば不必要なもの、あるいは望ましくないものとさえ思われていた。若者は親の要求の厳しさを難じ、父母のそうした態度を無教養の結果とみなし、それに対して『ヨーロッパ的開明性』を対置した。」（『ロシア文化の話』一〇四頁）

それは第四章で、ライスキーが従妹のソフィアにさんざん粉をかけるところである。「愛」の話しをしましょうとしきりに水を向けるライスキーに対して、ソフィアは一向に乗ってこない。愛と人生を楽しむことの重要性を説くライスキーだが、「また『人生』の話ですか。あなたはその言葉ばかり持ち出すんですね。まるでわたしが死人だとでもいいたいみたいに。（……）今は守らなくてはいけない事の話をしましょう…恋の話はそのあとで」（第五巻三三〜三四頁）とソフィアはかわす。業を煮やしたライスキーは、「いいえ、オリンポスは滅びてはいませんよ。クザン［cousin］、あなたは全くオリンポスの女神そのものですよ。* さあ、これでぼくの告白［объяснение］は終わりました。」（三四頁）**

＊訳は筆者による。井上満の日本語訳はここを次のように誤って訳している。「あなたはオリムプスの女神

にすぎないんです。これで話をうちきりましょう。」(『断崖』第一巻五七頁)ライスキーは、ソフィアを女神以外の何者でもない(Вы, кузина, просто олимпийская богиня)と言って讃えているのである。そこを誤訳したので、「告白」(объяснение)の意味も取れなくなってしまい、「話」と訳しているのである。

＊＊マーレー・ライアンによる『浮雲』の英訳において「『話し合ひ』と肚を決めた」は"I've got to talk to her" となっており、「説明」の含意を読み落としている。

なお、「説明(告白)」は実は『罪と罰』のテーマでもある。予審判事ポルフィーリーはラスコリニコフが殺人犯だと分かっていて、その上で彼を追い詰め、自白に追いやろうとしている。物語を動かしていくのは、ラスコリニコフが告白するかしないかというサスペンスである。そして彼はついにソフィアに打ち明ける。妹の報告によれば、「兄さん[ラスコリニコフ]はあの女[ソフィア]に一部始終を告白したんですよ。(……)もの取りのために殺したんで、それを実行したんですよ、金とそれから何やかや品物を取ったんです……これを兄さんはそっくりくわしく、ソフィヤ・セミョーノヴナに話したんです[объяснял]。」(米川正夫訳『罪と罰』四八六頁)二葉亭は「文の上ではゴンチャロフを、想の上ではドストエフスキーを最も参考にした」と述べているが、それはこの点——内なる真理とその外化、そしてそれをめぐる苦悶というテーマ——でもいえるのだ。

もっとも、ライスキーの告白は、実はヴェーラに対しても向けられているので、二葉亭はそちらからヒントを得たという考えも可能である。事実、十川信介は「[文三が]お勢に最後の『エキスプラネーション』を試みようとするところ」は『断崖』のライスキーとヴェーラに等しいと論じている(「『浮雲』の運命」)。ただし、十川はロシア語の原典にあたって、『浮雲』の explanation と『断崖』の объяснение の関係を理解した上で、「文三のお勢に対する『エキスプラネーション』」がライスキーのヴェーラに対する態度に等しいと論じていたのではないと思われる）。

実際、たとえば、『断崖』第二編第十六章では、ライスキーがヴェーラから「告白」を引き出そうとしたというようなことが書かれているし、第二十一章では、ライスキーが「ヴェーラはどこ？　彼女のところに言って説明しなければ」と言い、その後、実際にヴェーラに会って「あなたと話し合い[объясняться]たいんだけど」などと言っている。だがこれらのセリフは井上満の日本語訳で「腹を割って話す間柄」とか「話をつける」などと訳されているものであり、それこそまさに「話し合い」とみなすことができ、二葉亭が『浮雲』の中で、あえて英語で explanation と注釈した「話し合い」（объяснение）の性的なコノテーションはここには十分には込められていないのである。お勢との「示談《はなしあひ》」を explanation と表現した二葉亭は、ライスキーのソフィアに対する愛の告白（объяснение）の方を念頭において、その意味を裏に込めていたのだろうと考えるべきであろう。

『断崖』を裏切る『浮雲』

こうしてライスキーのソフィアに対する恋愛感情が、文三のお勢に対するそれにモデルを与えていることを検証してきたが、先にも触れた通り、実をいうと、この二つのテキスト――『断崖』と『浮雲』――の関係は模倣の面と同時に裏切りの面がある。

それは、ライスキーのソフィアに向けた感情がロマンティック・ラヴといえるようなものではあまりない点にある。

もちろん、ゴンチャロフの「恋人」たちには、文三とお勢の「新しい恋愛」の形に合致する特徴もある。何よりもライスキーはソフィアという「女本尊」を崇めている。オリンポスの女神を讃えるように、恋人を崇拝しているのだ。

さらに、恋人を友人に擬す感覚がどちらにも見られる。文三がお勢の「親友」になりたいと思うように、ライスキーは（彼の恋愛感情が報われないと知ったとき）、ソフィアに友情を誓う。「僕は［あなたの］友情の騎士とも英雄ともなりますよ。第一の従兄となりますよ！　僕は考えてみて、従兄弟姉妹同志の友情は非常に気持のよい友情だと思いますので、あなたの友情を受けるのです［。］」（『断崖』第一巻二七九頁）これは、一見、恋人になることをあきらめて友達になろうとする、つまり恋愛と友情が別のカテゴリーに属しているという意識を示しているとも取れるが、その実、両者が交換可能、つまり同じパラダイムのものであることを表しているのだ。このことは「友情の騎士」という言葉からも明らかであろう（宮廷風恋愛《クルトワジー》は騎士道恋愛《シヴァルリー》の謂である）。

しかし、ライスキーが文三と決定的に違うのは、女性に精神的な尊敬の念など向けていない点である。彼が崇拝するのは肉体的な美なのだ。ソフィアとの結婚を勧める友人のアヤーノフが――そもそも、ライスキーはソフィアと結婚したいなどと全く思っていないのだが――「君はあの従妹さんの中に、美より他に何か特別なものを発見したかね？」と訊くと、「美より外にだって？　だって、それがすべてじゃないか！」と答える（『断崖』第一巻二〇頁）。そして、ドン・ファン主義というものが人類の最も根深い傾向なのだと公言して憚らない。

文三も確かにお勢の美しさに打たれている。「［お勢の］半面《よこがほ》を文三が竊《ぬすむ》が如く眺め遣れば眼鼻口の美しさは常に異《かは》ツたこともないが月の光を受けて些し蒼味を帯んだ瓜実顔にほつれ掛ツたいたづら髪

二筋三筋扇頭の微風に戦《そよ》いで頬の辺を往来する所は慄然《ぞっと》とするほど凄味が有る［。］」（第一巻二五頁）

だが、文三のお勢に対する「愛」は、究極的には、彼女の精神・人格に対する尊敬の念に基づくものとして認識されており、そのほかの感情——たとえば、肉体的美に引きつけられる気持ち——は非・正統的なものとして排除されなければならなかった。それがロマンティック・ラヴ・イデオロギーの要請であり、すでに見た通り、巌本善治などは思想家の潔癖さをもって、真の美は肉体の美ではなく精神の美であり、最も素晴らしい女性は醜女でなければならないと断じたのである。これに対して、『浮雲』においては、相反するはずの精神美と肉体美は、アポリアとしてテキストの中に矛盾・対立したまま取り込まれることになる——つまり、お勢の精神に対する尊敬の念があるからこそ彼女を愛しているはずなのに、そのお勢はなぜか肉体的にも美しい。これに対して『断崖』の場合には、精神の素晴らしさと肉体の美は明白に対抗イデオロギーとして提示される——すなわち、ソフィアは肉体美さえ持っていれば、ほかにはいかなる美点も必要がないとライスキーには意識されているのである。

従兄妹と養子への愛

ところで、ライスキーとソフィアの関係になぞらえて、文三とお勢の関係が構築されたのではないか、その一環として、二人は従兄妹の関係に設定されているのではないかということをすでに指摘しておいた（厳密にいうと、ライスキーとソフィアおよびヴェーラは又従兄妹の関係である。ロシア正教会では従兄妹同士の縁組は許されていないが、又従兄妹なので、この場合、結婚も可能である）。だがお互いは「従兄」、「従妹」あるいは「兄」、「妹」と呼び合っており、親族関係の親疎にかかわらず、ただ血のつながった仲という意識であり、しかも、それが潜在的な性的関係として本人たちにも、周囲にも認知されている（ちなみに、ロシア語での「従妹」は двоюродная сестра、「又従妹」は троюродная сестра であり、あえて訳せば、「生まれにおいて二次的［三次的］な妹」となる。したがって、兄弟姉妹の延長線にあるわけで、「妹」という呼びかけは無理なく出てくるのである）。

親族同士の恋愛（そして婚姻）というのは十九世紀ロシアの貴族社会ではかなり一般的なことだった。文三とお勢の関係とライスキーとソフィア（あるいはヴェーラ）をつなぐ糸は「話し合い」だけではなく、この親族関係でもある。ライスキーがソフィアをしきりに「クザン（フランス語で cousin）」と呼ぶように、文三もお勢を「カズン」と呼ぶのである。

そして、また日本でも親族間での縁組は一般的なことであった。だが、日本にはロシア社会にはなかった一つの特殊な事情がある。それは親族間での養子縁組の問題である。

近世から近代初期の日本は養子制度が顕著に発達した社会であった。それはある意味で厳格な家父長制度が確立していたことの反映でもある。長子相続が厳密に行われていた結果、次男以降が養子に出されざるをえず、逆に男の跡取りがない家は養子をとらざるをえなかった。この場合、女の子供しかいない家では娘（一般には長女）の夫として養子を迎えることになるわけで、つまり、婿養子である。このようなケースは極めて多かった。ある研究によれば「江戸時代から明治の初期には日本人男性のうち、四人に一人が婿養子であったらしい」という（官文娜「婚姻・養子形態に見る日中親族血縁構造の歴史的考察」一六一頁）。

一方で、ある種のメリトクラシーが原則として採用されており、嫡子であっても、無能な長子は容赦なく廃嫡され、有能な男子が代わりに嫡子に立てられていた。これは近世日本の家父長制の脱構築的な特徴だといえよう。

さらに、日本の制度の特異な点は、婿養子の場合だが、将来、娘の夫として迎えるべき者が幼いころから物色され、養子として迎えられ——この段階では婿養子ではない——、娶らせられる予定の娘とともに子供として育てられることが多いということにあった。これは、先に述べたメリトクラシー的傾向とやはり合致しているので、つまり、育てているうちに不適格と判断された子は放逐されるわけである。このようにして、将来の夫婦は兄妹として育ち、馴染みあうという仕掛けになっていた。

養子の境遇に育った明治・大正の文学者は非常に多い。私生児として生まれ、生後すぐに養子に出された室生犀星は顕著な例だが、小栗風葉、落合直文、原抱一、高村光雲など枚挙に遑がない。また、父や兄弟が養子に出た者や、自ら養子を取った者を数えるならば、森鷗外、幸田露伴、坪内逍遙などもその範疇に入り、むしろ全く養子と縁がなかった者を探す方が難しい。兄弟の数が多く、長子相続が規範である以上、当然の事態であるが、二葉亭の直近にも養子はいたのである。辰之助自身は嫡子で一人っ子であったが、父親は養子として長谷川家に迎え入れられた者であった。したがって、養子をシステムの重要な一部とする家族制度を二葉亭は、もちろん、熟知していたはずである。

このような社会的状況の帰結として、明治の文学者たちが著していた小説の中では養子関係を設定に導入する例がきわめて多い。たとえば、小杉天外の『魔風恋風』では主人公の東吾は夏本家に養子としてすでに入っており、将来娘の夏本芳江の婿になることになっている。だが、東吾は魅力的な女学生萩原初野に恋をしてしまう。また、自ら養子であった小栗風葉の『青春』では婿養子というテーマはないが、主人公関欽哉は幼い頃から関家の養子となっているという設定である。

『浮雲』についても同種の構造が観察される。もちろん、文三は園田家の養子ではない。園田家には跡取りの男児がいる。お勢の弟の勇であるが、まだ十二歳で寄宿制学校の生徒であり、家にはいない。しかし、この男児の不在の中で、お勢は現在、園田家の唯一の子女であり、そこに親戚筋から文三が迎えられていて、いずれお勢を娶らせるべく住み込んでいるのである。これは明治の養子制度のありように準じている。しかも、江戸から明治にかけてのメリトクラシー的な養子制に鑑みて考えるならば、勇が世継ぎとして何らかの理由で不適格であるとされて、長女の婿になる文三が継嗣とされる可能性も十分にあるのだ。

二葉亭にとって恋愛関係を養子――しかも、擬似親類的な語彙の中で、つまり、従兄妹同士の仲で――の制度の中で考えるというのは、基本的な発想のあり方であったらしい。そして、この婿養子的恋愛の構造は、そもそもロマンティック・ラヴのイデオロギーに合致しないのだ。人格的に尊敬し、気質的に合致する、理想の恋愛対象が、たまたま婿養子として縁組される相手である偶然がどれほどあるのか。そのような相手は、運命的恋人として立ち現れたのではなく、家族制度によって与えられたのだ。そうした状況で「近代的」な恋愛を完遂しようとすれば、与えられた者を運命的な者として想像しなおし、構築しなおすしかないのである。そして、こうした行為が社会的・歴史的状況の合理化にすぎなかったとすれば、それがやがて挫折し、失望を生むのは当然のことで、したがって、文三は「お勢を見誤った」とついには思わざるをえないのである。* また、別の選択肢として、与えられた結婚相手が理想の恋愛対象ではないとして、婚姻外的恋愛に走るのも当然の帰結であり、『魔風恋風』や『青春』で起こっているのはそういうことなのである。二葉亭も『其面影』において、やがてそちらのパターンを描くことになる。

*文三の意識における婚姻と恋愛のこのような――ロマンティック・ラヴ・イデオロギーからは実は逸脱した――結びつきは確認しておくべきであろう。彼はお勢が、かつて自分に向けていた尊敬の念を失い、したがって、愛することをやめたように見えることにだけショックを受けているのではない。園田家においては準公認の婿であったはずなのに、それが簡単に解消されてしまったこと、「家大人《おとつさん》はネ行々はお前を文三に配合《めあは》せる積りでお出でなさる」はずだったのが、「彼様《あん》な奴のお嫁に成るものか」（第十二回）という話しに変わってしまったことに動揺しているのである。

だが、養子制度が日本では明治・大正を通じて婚姻関係の基礎であり続けた限りにおいて、そして、ロマンティック・ラヴが恋愛と婚姻のダイナミックスを通してしか成り立たなかった限りにおいて――つまり、結婚相手を恋愛対象と思い込む作業を強いられるのか、逆に、恋愛対象は、決められた結婚相手ではないという転換に向かうのか、いずれにせよ――文学者たちは、その枠組みの中で恋愛関係をイメージし続けるしかなかった。二葉亭もまさにそのような作業を継続したのであり、『茶筅髪』、『其面影』、『平凡』といずれ行われる創作活動においても、養子と、養家の娘の恋というパターンは執拗に繰り返されることになるのをわれわれは後に見るだろう。

3 初期の訳業の多言語性

豪傑体から周密体へ

東京商業学校を退学し、「文学活動」に身を投じた二葉亭だったが、小説の執筆とほぼ並行してロシア文学の翻訳にも取り組んでいた。最初の企てとして、本人や坪内の回想からツルゲーネフの『父と子』をある程度訳し、『虚無党気質』という標題で刊行しようとしていたことが分かるが、何らかの事情で出版されていない。またゴーゴリの短編を翻訳して坪内に見せたことも分かっている。夫婦の会話の口調をめぐって、坪内と論争になった経緯はよく知られている。坪内は二葉亭の訳し方があまりに下卑ていて「裏店調」だと批判したのに対し、二葉亭は、西洋の夫婦は平等だからそのように訳す必要があると抗弁したのである（坪内逍遙『柿の蔕』二二四頁）。

日の目を見たのは明治二十一年（一八八八）のツルゲーネフの「あひゞき」と、同じ作者による「めぐりあひ」の訳である。前者は『猟人日記』の中の短い一エピソードを訳したもので、後者は原題が『三つの邂逅』という短編小説を訳したものであった。

どちらも短い、軽い作品であったが、これらの翻訳——とくに「あひゞき」——が当時の日本の文

イヴァン・ツルゲーネフ

学者や知識人に与えた衝撃は『浮雲』に劣らない、あるいは『浮雲』以上のものがあった。よく知られているのは国木田独歩の『武蔵野』の中での言及で、「あひゞき」から長々と引用した上で、落葉林の美しさを理解できるようになったのはこの作品のおかげであったと語っている。ほかにも田山花袋や柳田国男ら、多くの若い文学者に広く愛読された。

だが、今日の読者がこれらの訳を読んでみてまず異様に思うのは、訳語として単に英語を与えたり、あるいは——これは「めぐりあひ」の特徴だが——無数の長々しい注釈を伴ったりする異形の訳文である。たとえば、「あひゞき」では、男はTurquoise製の飾りのついた指輪をしているし、娘は彼にBur-marigoleの花を摘んで渡す。「めぐりあひ」では「すかし戸」と訳しておいて、それに「原語は『ジヤアルウジイ』といつて板片を幾枚も合はして透かせば透かせるやうに作ツた窓の戸の一種です此訳ハ未定」（第二巻二三頁）という詳しい、やや持って回った注釈がついている。

訳出にあたって、原文をなるべく完全な形でそのまま移す、そのためにはコンマ一つピリオド一つも落とさないと述べたのは有名な話しで、彼の翻訳を研究する際にしばしば言及されることである。「外国文を翻訳する場合に、意味ばかりを考へて、これに重きを置くと原文をこはす虞《おそれ》がある。須《すべか》らく原文の音調を呑み込んで、それを移すやうにせねばならぬと、かう自分は信じたので、コンマ、ピリオドの一つをも濫りに棄てず、原文にコンマが三つ、ピリオドが一つあれば、訳文にも亦ピリオドが一つ、コンマが三つといふ風にして、原文の調子を移さうとした。殊に翻訳を為始めた頃は、語数も原文と同じくし、形をも崩すことなく、偏《ひと》へに原文の音調を移すのを目的として、形の上に大変苦労した〔。〕」（「余が翻訳の標準」第四巻一六七頁）

明治初年代には多くの欧米文学作品が翻訳されたわけだが、そのすべては実際には、筋を大幅に変えたり、登場人物の名前を日本風にしたり、設定や舞台を変えたり、ときには大きく異なったストーリーにしてしまうという「翻案」であった（それは、看板に偽りありという事態であったというよりは、そもそも翻案と翻訳の区別が曖昧であったのだ。同じことは英語の translation にもいえる）。そういう翻訳は「豪傑訳」と言われたりした。それがやがてだんだん原文に「忠実な」訳が翻訳の正しいあり方だと思われるようになっていった。「周密文体」と呼ばれるものが、藤田鳴鶴らの『繫思談』（明治十八年［一八八五］）によって出現し、その後の翻訳の標準的文体になるのである。すなわち同書の訳者は序文に言う。

稗史ハ文ノ美術ニ属セルモノナルガ故ニ構案ト文辞ト相俟テ其妙ヲ見ルベキモノナルコト論ヲ待タザルニ世ノ訳家多クハ其構案ノミヲ取リテ之ヲ表発スルノ文辞ニ於テハ絶テ心ヲ用ヰルコトナク全ク原文ノ真相ヲ失フモ肯《あへ》テ顧ミザルハ東西言語文章ノ同ジカラザルニモ因ルベシトハ雖モ美術ノ文ヲ訳スルノ本意ヲ亡失セルコト之ヨリ甚シキハナシ訳者竊《ひそか》ニ茲ニ慨スルコトアリ相謀テ一種ノ訳

文体ヲ創意シ語格ノ許サン限リハ努メテ原文ノ形貌面目ヲ存センコトヲ期シコレガ為メニハ瑣末ニ渉レル邦文ノ法度ノ如キハ寧ロ之ヲ破ルモ肯テ顧ミル所ニ非ズ（柳田泉『明治初期翻訳文学の研究』より孫引き。六〇頁）

この原文の「形貌面目ヲ存セン」という課題を、二葉亭は窮極にまで突き詰めたのだといえよう。

読本の伝統

これに対して、「豪傑体」の翻訳はプロット、設定、舞台の変更などを自由に行ったわけだが、そうした改変は文体の変更と補完しあっていた。それらの翻訳は全て白話小説、または江戸の読本のスタイルおよび文体で行われたのだが、それに応じて、白話小説ないしは読本流の物語に内容的にも読み替えられたのである。文章としては漢文書きくずし体であったし、各章は必ず漢文による外題を持っていた。たとえば、当時、最も影響力の強かった翻訳の一つである、丹羽純一郎訳の『花柳春話』（明治十一年［一八七八］〜明治十二年）の冒頭を見てみよう。

第一章　猟夫モ亦能ク憐ム二窮鳥ヲ一
　　　　世人休メヨレ疑李下ノ冠

爰《ここ》ニ説キ起ス話柄《ワヘイ》ハ市井ヲ距《サ》ルヿ凡ソ四里許ニシテ一ツノ荒原アリ。緑草《くさ》繁茂《ぼふ〳〵》、怪石突兀《クワイセキトツゴツ》、満眼荒涼トシテ四顧《しはう》人声ナク恰《アタカ》モ砂漠ノ中ヲ行クガ如ク唯悲風ノ颼々《ソウ〳〵》トシテ草蕪《サウブ》ニ戦《ソヨ》グヲ聞クノミ。

（三頁）

『花柳春話』はブルワー・リットンの『アーネスト・マルトラヴァース』（一八三七）と『アリス』（一八三八）を組み合わせて訳したものだが、この冒頭は『マルトラヴァース』の書き出しに相当している。原文は直訳すると以下のようになっている。

一八□□年、英国北部の工業都市のひとつから四マイルほど隔てたところに、大きな荒れ果てた公有地があった。これほど荒涼たる場所は考えるのが難しいだろう。黒くて石だらけの土から草がぼうぼうと生えていた。慰みもない荒野の広がりの中には木一つない。自然そのものが、近くの鉄工所から来る絶え間ない騒音に怯えて、このさびれた場所を見捨ててしまったようだった。（一頁）

「見捨てる desért」を「砂漠 désert」と誤読してしまったのはご愛嬌だが、文意としては概ね対応している。とはいいながら、工場についての言及は全て省略され、「自然」の概念もない。要するに訳者の理解の範疇で、彼に馴染みの深い漢文の定型的表現（「怪石突兀」、「満眼荒涼」など）に置き換わっているだけなのが分かるだろう。そして、その定型的表現に従うため、原文には見られないような語句（たとえば「四顧人声ナク」、「悲風ノ颼々」）も挿入されている。また、白話小説の語りの形に合わせるべく、「爰ニ説キ起ス話柄ハ」などという決まり文句も付け足されているのである。

こうして、明治初期の、「豪快」な外国文学翻訳は、概ね白話小説ないしは読本の「期待の地平」に合わせて読み替えられていったわけだが、これが白話小説・読本ではなく、黄表紙なり人情本なりのスタイルや内容に移し替えられてはならなかった内的必然性は何もなかったと言ってよい。それが選ばれず、白話小説ないし読本の形式が採用された理由は、後者が外国種とそもそも結びついたジャンルであったからという以外の何物でもないだろう。そして、明治になって「文学」というものの創作を担うことになるのは、戯作の流れをくむ作者たちではなく、白話の物語を生産していた士族層の後継者たちであった。それは、概ね旧士族層が西洋の文芸へのアクセスを独占していたという事態とも対応している。

「言文一致体」の階級性

その彼らに、物語を語る文体として、話し言葉と書き言葉の一致などという、彼らにとって非常識な課題が課されたとき、これらの作家や翻訳者らが当惑し、右往左往したのも当然のことだろう。「俗語」の採用ということが言われたわけだが、すでに述べたように、それは新興の中上流階級の話し言葉と、彼らが許容する範囲での俗語（下町言葉や方言）を、文章語として取り込む作業に他ならなかったのだ。そのことは、たとえば、二葉亭と並んで言文一致体の創始者であるとされる山田美妙の次の述懐を見れば明らかだろう。

何さま下流の語法は簡略かもしれません。だが、どうも伴ふ第一の弊と言ふのは語気の荒つぽい事です。それは元々下流の語法であるゆゑ、仕方の無い事です。この荒つぽく、ぞんざいな処を直すやうに目立たせぬやうに為ると自然に普通語法からはなれて来て、夫《それ》では折角言文一致にした甲斐が有りません。ことに簡略である無くもよく〳〵見れバ大した事でも無く、上流中流の語法に比較してほんの僅《わづか》バかりの相違であるのです。すると差引きしたところで其弊で其利は掩《おほ》へず、終にこの下流の語法は用に立たぬと見究《みと》めをつけました。（……）それで上流か中流かの内で撰ぶと、中流が前後によく通して丁度いゝ頃合で、」それからして私も「ぬれ衣《ころも》」、「蝴蝶」いづれも中流にしました。つゞいて嵯峨のや、思案、漣などの人々及び其他も大抵この風に為《な》ツた。（「言文一致体を学ぶ心得（二）」六三二頁）

言文一致体の真の目標は、二葉亭も含めて文章改良論者たちがそう考えていたように書き言葉と話し言葉の一致にはなく、新たな文章語の創出と標準化にあったことは、すでに『浮雲』を分析した節でも指摘しておいた。ここでさらに明らかになったことは、それが、新たに形成され力を強めつつあった中流階級を代弁しうる語りの文体と会話文を標準として策定する作業だったことである。そうした中から二葉亭の「だ」体や、山田美妙の「です・ます」体が、さらには、明らかに話し言葉ではない、紅葉の「である」体が生まれてくるのである。それはつまり標準的な、「国民」的言語としての文学的言語（литературный язык）を創出する過程だったのだ。

こうした文学的言語の創出を、二葉亭は『浮雲』や初期の訳業を通じて、試行錯誤を繰り返しながら、作り上げていった。それはもちろん困難な作業であったが、中流の「国民」の意識をうまく表現

「あひびき」のカット

するような文体を提供することに成功したからこそ、二葉亭の、とくにそのツルゲーネフ訳は、冒頭でも挙げたような、強い感動と刺激を同時代の文学者たちに与えたのである――彼らの多くはそのような階級的出自と、それに応じた文学的立場を持っていたから。

未知のレアリアとの苦闘

しかし、二葉亭が翻訳において直面していた困難は、新しい文体の創出の問題だけではなかった。もっと単純な、だが、同じく大きな困難を伴う、語彙論的問題があった。それはレアリアの関わることで、つまり、そもそも日本文化・社会に事物として存在していないものは訳しようがないという事態である。

たとえば、「あひゞき」ではトルコ石が小道具として登場する。この宝石はその名を負った国では産出されず、トルコ経由で西洋にもたらされたのでそう呼ばれるだけであるが、ヨーロッパでは古典古代からすでに知られ、愛用されていた。日本にはじめて伝えられたのはいつのことか詳らかにしないが、『明治事物起源』には「黄玉［トパーズ］の始」として「従来本邦人の宝石として珍重せしは、水晶瑪瑙《めなう》等数種に過ぎず」とあるので、明治初年代にはまだ馴染み深いものではなかったのだろう。*
鈴木敏の『宝石誌』という本には、「我国維新以来欧米との交通開け、倍々頻繁となるに及ひ、彼の国に於て珍重又は流行する宝石も又従て本邦人の愛用する所となり、加ふるに男女衣服の制亦之を欧米に模倣すること尠からされは指輪、頸飾、針、扣鈕、襟留、束髪の装飾等に宝石を用ゆること多く、現今本邦人の上流にある紳士、淑女は勿論、花柳社会に身を委する男女にして指環又は簪櫛、笄、帯留其他装身具の装飾として多少宝石を保蔵せさるものな［し］」と書いている（三頁）。尾崎紅葉はこうした新しい流行、新奇な価値観を踏まえた上で、「ダイアモンドに目がくらんだ」女お宮を作り出したわけである。

＊明治文学全集総索引には「トルコ石」は見出しにあがっていない。筆者の管見に入った限りでは、日本文学作品に見えるもっとも早い用例は、宝石に異様な関心を寄せていた宮沢賢治で、一九一六年に「密林のひまより碧きそらや見し明きこゝろのトルコ玉かな」という歌を詠んでいる（板谷栄城『宮澤賢治　宝石の図誌』七九頁）。

「あひゞき」でもきざで軽薄な男がトルコ石の飾りのついた金銀の指輪をいくつも指につけて登場する。バラ色の首巻や金モールのついた帽子とあいまって、その過剰な装飾と、そこから漂う虚栄心は読者を辟易させる。彼がまとう懐中時計や青銅のフレームの眼鏡も、彼の浮わついた新しもの好きを示すメタファーとなっている。男は、眼鏡を珍しがって、それが何かと尋ねるアクリーナを小ばかにするが、自分はそれをうまくはめることさえできない——片眼鏡なので。男の皮相で、浅薄な流行志向、モノ崇拝のさまを訳出しながら、二葉亭は日本の「文明開化」の同じような問題をそこに感じ取っていたことだろう。

とはいえ、このように表層的な物質文明を批判する小道具としてбирюза（トルコ石）もあったわけだが、二葉亭には、トルコ石がダイヤモンドと同じく宝石であるとの理解はあったものの、そのものについての具体的な、現実的な知識はなく、何かはっきりとしたイメージを持っていたわけではなかった。「トルコ石」の英訳 Turquoise だけを掲げ、「宝石の一種」と注釈した二葉亭には、原作における文明批判を伝ええない、隔靴掻痒の感があったに違いない。

二葉亭の用いた参考図書

ロシア語のテキストに頻出する新しい、未知のモノに遭遇して、それを調べようとしたとき、常識的に考えれば訳者はまず露和辞書を参照するであろう。だが、「あひゞき」および「めぐりあひ」の翻訳に際して二葉亭が露和辞典を参照していたかどうかはよく分からない。当時のもっとも信頼できる露和辞典である、古川常一郎の『露和字彙』は明治二十年（一八八七）に、すなわち「あひゞき」・「めぐりあひ」発表の一年前には刊行されていたので、参照はできたはずだし、二葉亭四迷が辞書編纂の手伝いをしたとも推測されているので、その可能性は低くない。だが、これまで見てきた、未知のレアリアの理解という点で、この辞書がどれほど役立ったかは疑問である。たとえば、『露和字彙』で бирюза を引いてみても、「天色宝石ノ名」とあるだけで、具体的な知識はほとんど与えてくれないのである。

だとすれば、二葉亭はロシア語の国語辞典を参照したであろうか。ロシア語の辞典としては当時の東京外国語学校にはダーリの詳解辞典が備え付けられていた。* 民俗学者であり作家でもあったV・ダーリは民俗学的な記述も詳しい『生きた偉大なロシア語詳解辞典』を一八六三年から六八年にかけて出版した。この辞書はそれ以来、ロシアにおいてもっとも信頼された参考図書であり続け、現在でもロシア語学者、ロシア文学研究者に愛用されている。しかし、そこで与えられている「トルコ石」の定義は「中央アジア産の非透明な空色の宝石」というだけで、二葉亭が、そのものが何であるのか特定する助けには、やはり、あまりならなかったであろう。

＊前節で見たように、東京外国語学校は明治十八年（一八八五）に東京商業学校に合併された。まず仏語科および独語科が東京大学予備門に移籍させられ、残った露・清・朝語科が東京商業学校に吸収されたのである。その際に外国語学校のロシア語蔵書は商業学校に移管されたと考えられる。一橋大学旧外国語学校蔵書目録は欧文で *The Monthly Bulletin of the Hitotsubashi University Library* の特別号として一九五九年に刊行されている。ただし、それは「旧外国語蔵書」というタイトルにはなっておらず、「一九〇二年までに購入されたロシア語図書目録」というロシア語の表題で出されている。したがって、編入以降の図書が含まれている可能性もある。また、筆者が実際に一橋大学図書館で一九八四年に調査したところでは、目録に漏れている大量の、未登録の（旧外国語学校蔵の）ロシア語図書があった。その中には先述の『露和字彙』や一八九六年刊行の『露和袖珍字彙』なども見られる。しかし、刊行年からいって、二葉亭はこれらを参照できていないはずである。一橋大学の、前述目録以外の旧外国語学校蔵書のリストは資料編に収める。

東京外国語学校ではロシア語の教科書が少なかったので教師による朗読の授業が行われていたことはすでに見た通りだが、辞書の数も同じような状況だった。長谷川辰之助よりはやや早く、明治七年（一八七四）頃学んだ安藤謙介は回想している。「語学の辞書も数が少なく、否、殆ど無い位で、自分などはレーフの大辞典中の露英語の訳語を対照して辞書を作り勉強した。」（野中正孝『東京外国語学校史』より孫引き。九一頁）二葉亭の在籍中も状況はさして変わっていなかったと思われ、彼も、知らない単語にぶつかったとき、露英辞典を参照してみたに違いない。

二葉亭はとかくロシア語の専門家であるというイメージが先行しているのだが、東京外国語学校でロシア語を学習していた段階では、実は、英語を介してロシア語を理解しようとしていたような気配がある。英語の習得が先行していたのである。北岡誠司は旧東京外国語学校蔵書に収められたベリンスキーの全集を精査して、二葉亭が「『智慧の悲しみ』論」など、数多くの論文を、下線を引いたり、書き込みをしながら読んでいたことをつきとめ、それが「小説総論」にどのように反映されたかを論じた。筆者の調べたところでも、これらの書き込みには действительность に reality、идеал に ideal などと二葉亭が注釈をつけているのが見られた。二葉亭はロシア語での哲学的な概念などを理解するにあたっても、英語に導かれていたことになる。

二葉亭がどのような露英辞典を使ったかは定かではない。安井亮平は「あひゞき」への、先に取り上げた箇所の注釈で二葉亭が使った露英辞典はアレクサンドロフのものと思われると書きつつ、旧東京外国語学校蔵書には同辞典が収められておらず、二葉亭の旧蔵書中にはあるのだが一八九七年出版の第二版であり、「あひゞき」訳出の段階でアレクサンドロフの辞書（初版は一八八五年）を参照していたかどうかは結局、確認できないとしている（『日本近代文学大系』第四巻四六三頁）。

だが、二葉亭が参照したのは、すぐ先の引用で野中も言及していた、旧東京外国語学校蔵書中にもあるレイフの『新露仏独英対照辞典』ではなかったかと思われる。*

レイフの辞書
表紙と単語「忘れな草」が収められている頁。

＊この根拠は後述する。レイフの辞書は表題が示すように西洋四か国語を対応させた辞書で、二葉亭はこのうちの露英の部分を参照したと思われるが、フランス語の訳にも注意していたかもしれない。とはいえ、二葉亭が「あひゞき」および「めぐりあひ」を翻訳したのは東京外国語学校退学以降のことだと思われるし、レイフの辞書の方は二葉亭の旧蔵書中にはないので、露英辞書についての考証はすべて作業仮説でしかない。

二葉亭はレイフの辞書を引いて、бирюза というロシア語の単語が英語では turqoise と称されることを知ったであろう。しかし英語の turqoise は、当時もっとも浩瀚《こうかん》な辞書であった、柴田昌吉・子安峻の『英和字彙』で調べても、「宝石の名」となっているだけである。結局、二葉亭はこれがいかなる宝石なのか、どのようなニュアンスを持つ事物なのかの理解にたどりつくことはできなかったわけである。しかし、ロシア語をそのまま出すのでは翻訳したことにならないし、「宝石の一種、詳細不詳」と訳すこともできかねただろう。だとすれば turqoise と英語で訳して、一応の責を果たしたことにして、あとは読者が、少しは馴染みの深い英語表現を通じて理解してくれることを期待するしか、二葉亭には選択肢がなかったことになる。英語の名さえも分からなければ「詳細不詳」とするしかないので、事実、「めぐりあひ」ではそのような事態が生じた。Черныш という語があり、現代の露和辞典を見ると「クサシギ」または「クロライチョウ」などと訳されているが、この単語はレイフの対照辞典にも出ていない。鳥だということはダーリの詳解辞書を引いて分かったのだろうが（もっともダーリは、鳥だとは書かず、「コアオアシシギ科の、小さな斑点のある、黒いオバシギ」などと、さらに聞き慣れない鳥の呼び名を羅列する説明をしているだけなので、ここから鳥だという理解が得られたかどうか疑問であるが、「羽搏きを立てて」とあるので、文脈からは見当がついたのであろう）、訳にあたって二葉亭は真正直に「鳥の名、詳細不詳」と書いているのである。「チョールヌイシ（鳥の名にハ相違ないが訳ハ調べても分りません）。」（第二巻三四頁）（ちなみにこの語はアレクサンドロフの露英辞典にも見出し語として挙がっていないが、筆者が参照できたのは一八九七年刊行の第二版のみである。）

和名が分からない、あるいはそもそも相当する事物がないという問題は草の名前などにも言えて、たとえば、「あひゞき」で娘がいろいろな草花を摘んで男に渡す場面がある。

［一］ホラ Bur-marigole［bur-marigold の誤り］――そばツかすの薬。チョイと御覧なさいよ、うつく

しいぢや有りませんか、あたし産れてからまだこんなうつくしい花ァ見たことないのよ。ホラmyosotis、ホラ菫……ア、これはネ、お前さんにあげやうと思ツて摘んで来たのですよ」、ト云ひながら、黄ろな野草の花の下にあツた、青々としたBlue-bottleの細い草で束ねたのを取り出して「入りませんか？」［二］（第二巻一一頁）

ここで英語で挙げられている植物名は原語ではそれぞれ череда、незабудка、василёк であるが、最後の василёк 以外はダーリの辞書にさえ挙がっていない。露和辞典でも同じような状況で、『露和字彙』では незабудка（忘れな草）は「紫草科ノ草名」とされているだけである。*

＊なお、ニコライ神学校で一八七五年頃『寿路和里』という露和辞書を編纂していたという（中村喜和「日本におけるロシア語辞書の歴史」七五頁）。外国語学校の同窓生藤村は、二葉亭が「駿河台の神学校で出来てゐた」辞書を、学生時代に完全に写し終わっていたと回想しているが（「旧外国語学校時代」『二葉亭四迷』上二七頁）、『寿路和里』のことを言っているのであろう（籾内裕子氏のご教示よる）。この辞書は筆者は未見なので断定はできないが、藤村は「是は不完全なもので、先づ極く初歩の学生には多少便利であつたらうけれど、すでに一二年も露語を研究した者にとつては、少々骨が折れても、彼国《あちら》の辞書即ち露語を露語で解釈してあるものを用ゐる方が便利」だったと書き、また、中村喜和も、これは「辞書というより単語集であった」と述べており（「橘耕齋伝」五一五頁）、二葉亭がツルゲーネフ翻訳に際して活用したとは思われない。ただし、ずっと後になって、二葉亭は明治三十四、三十五年頃と推定される手帳一に「セルギー神父宅に寄らねばならない」と記入しており、ロシア語をめぐってロシア正教会との関係が続

いていたことが分かる。この記入のすぐあとには、「辞書」の特定の頁（かと思われる数字）を書き残し、また「返す」という記述があるが、何を指しているのか不詳である。

二葉亭はやはりレイフの辞書でこれらの、ロシア語の植物名の英訳 bur-marigold、myosotis、blue-bottle にたどりつくことはできた。だが、これらの語を『英和字彙』で引いてみると、bur-marigold は見出し語になく、myosotis はただ草の名とだけあり、blue-bottle は青蠅となっている。見出し語にさえなってなければ和名は分かりようがないが、草の名というだけの説明でも役に立たない。blue-bottle には二つの意味があって、植物と昆虫なのだが、「青蠅」というのは虫の方である。もし二葉亭が『英和字彙』を参照していたのなら、途方にくれていたであろう。blue-bottle はやぐるまぎくで、馴染みのある草花であるはずなのに、そこにたどりつく道のりが整備されていなかったのである。myosotis は忘れな草で、これもお馴染みであるが、実は、こちらの方は明治年間に日本にはじめてもたらされたものであるらしく、やはり二葉亭にはこれが草だと分かっても、とくに具体的なイメージを持つことはできなかったに違いない。いずれにせよ、これらのものは、日本にレアリアとして存在していない、または、訳し方が定まっていないなどの理由で、訳せなかったのである。

もっとも、「忘れな草」はロシア語では незабудка で、「忘れないで не забудь」という表現から作られた名前になっているわけだから、何かよく分からない草の名だからというので英語で myosotis としておけばよいというのは、言葉の使い方に細かい神経を持っていた二葉亭にしてはやや迂闊の感がある。自分を見捨てて都会に出て行ってしまおうとしている男と最後の「あひびき」をしている女が、名残を惜しんで「忘れな草」を渡しているのだから、そのニュアンスを全く伝えていないのは訳としては不十分といわざるをえない。明治二十九年（一八九六）の改訳でも「ネザブットカ」と読み下しているだけであり、「な忘れそ」という含意に気がついていないか、無視している。

さらに言えば、『露和字彙』では別な語形として **незабудь меня** が続けて見出し語として与えられている。**незабудь меня** は「わたしを忘れないで」という文章そのものであるわけだから、これを見たならば、この草の名の含意に気が付かないわけはないので、やはり二葉亭は『露和字彙』は参照していなかったのではないかと推定される。

オックスフォード英語辞典を見ると、「忘れな草」という名と、この花が恋人に忘れられないための呪術的力を持つという迷信が十五世紀には存在していたという。日本でも訳語はかなり早くから出ており、巌谷小波の「すみれ日記」（明治二十八年［一八九五］）には、ドイツ滞在中の主人公が少女メリーにこの花の名を問われ、「勿忘草（フェルギスマインニヒト）よ」と教えられる場面がある（第六日）。* しかも、主人公はわざとそらとぼけて知らないふりをして教えてもらうが、本当は「花の名も知れば、又其用所も知て居る」というのである。** すなわち、「忘れないで」というゆかしい名を持つ花があることは、明治二十年代中頃までには少なくともドイツ文学者の間にはかなり普通に知られていたことのようなのだ。

＊先にも引いた明治十八年の『英和字彙』では forget-me-not は、瑠璃草（忘れな草とは同じむらさき科だが異なる草花）と誤って訳されている。いずれにせよ明治十八年（一八八五）の段階では「忘れな草」と

いう日本名はまだできていないようである。

＊＊二葉亭は恋人に忘れてもらわないようにおまじないの花を渡すという設定を見逃したようなので、訳文「あひゞき」理解の問題には直接かかわらないが、日本と中国には逆に忘れるためのまじないの花というものがあるのは、興味深い比較文化的事実である。萱草《かんぞう》、和名はわすれぐさで、大言海は詩経の「之ヲ食セバ人ニ憂ヒヲ忘レ令ム」と『今昔物語』の「萱草ト云フ草コソ、ソレヲ見ル人思ヒヲバ忘ルナレ」という二つの用例を引いている。

いずれにせよ二葉亭はこの「忘れな草」という名の含意をまるで訳しそこねてしまうのだが、アレクサンドロフの露英辞典では forget-me-not が незабудка の訳語として最初に挙げられているのに対して、レイフの対照辞典では myosotis が与えられているだけで forget-me-not は挙げられていないのである。アレクサンドロフの露英辞典を参照していたならば、さすがに「忘れないための草」という意識が生まれていたのではないかと考えられる。二葉亭が露英辞典としてはアレクサンドロフのものではなく、レイフを参照していたのではないかと推測する根拠である。また、先に引用した、辞書の数が少なかったので、レイフの露英辞書を参照していたという安藤の証言が傍証になるだろう。

このように「あひゞき」、「めぐりあひ」の翻訳には、レアリアの問題、そして訳語の定着の問題などがあったわけで、その意味で、二葉亭の、英語の注釈だらけの異様な訳文――とくに「めぐりあひ」において――もある程度は理解できるのである。

一方、二葉亭による、英語での注釈の背後には、何かほかに特別の意図があったのではないかとあえて推測したくなるようなケースもある。

たとえば、「めぐりあひ」に出て来る「心（heart）」というような訳し方である（「彼《あ》の男だ――と思ふと、何だか可笑《をか》しく心が（heart）むづついた」〔第二巻二六頁〕）。一見、「心」という何の変哲のない単語に加えられたheartという訳語は全く無意味であるかに見える。だが、ここでは「心」については「頭」との区別が二葉亭の念頭にあったのかもしれない。

文化的背景の差異

日本文化においては伝統的に精神的活動の中枢は「心」であった。それが、十九世紀になって西洋の解剖学的知識が導入されたことによって、精神は「脳」または「頭」に位置すると思われるようになってきた。第三章第一節で述べるが、この見方は明治の後半には非常に支配的な考えとなり、知識人の固定観念になる。「脳」への偏執が始まるのである。たとえば、二葉亭がおそらくは読んだのではないかと想定されるティンダルのベルファースト講演には、脳が思考の中枢であるという思想が明確に表現されている（二五頁）。二葉亭もこの偏執に取りつかれ、それは後々まで彼の人生を苦しめることになる。

二葉亭がツルゲーネフの翻訳をしていた時代は、おそらく、この過渡期に当たる。そこで、ここには少なからぬ混乱が見られるのである。たとえば、二葉亭は、やや後の明治二十五年（一八九二）に、米国の心理学者G・T・パトリックの"Psychology of Prejudice"という論文を「偏見心理論」と題して「出版月評」に載せている。その中に「［われわれは対象を、過去に獲得した知識との比較で認識する。

馬を見て、それと分かるのは、馬についての知識をすでに持っているからだ。つまりわれわれの認識は内面から来ている。」われわれは文章を見るとき全部、見ないでも意味が分かる［すでに言語的知識のストックがあるから］。それが友人からの手紙であれば行間を読む［すなわち、対象として存在していないものも読み込む］。まさにわれわれは自らの頭［head］で読むのである」（六三三～六三四頁）という文章がある。二葉亭はこれを「若し読む所のもの吾親友の来書なれば、復た能く所謂言外の意を了す。蓋し吾心を以て之を読むなり」（第四巻四〇頁）と訳している。つまりheadを「心」と訳しているのである。二葉亭はこの時点ですでに精神的活動の座は心（臓）ではなく脳あるいは頭だとはっきり認識しているに違いないが、それでも、精神の働きを指して「心」と書いてしまうのである（もちろん、こうした言葉の使い方は今でもなくなってはいない）。同じように「偏見心理論」からは"The mind becomes more and more a microcosm"（六三六頁）を「心は自ら一境界を成して年々に固定す」（第四巻四四頁）と訳している。*

*なお、二葉亭はパトリックの論文には感服して訳出したものの、やがて若干、疑義を持つようになったようである。「今になりて熟考すれハパトリック氏の説にも少々同意しかたき処もあるやうに被存候　即ち同氏は固く信すといふことあるを知りて厚く信すといふことあるを知らさるに似たり又固執といふことあるを知りて至誠といふことあるを知らさるに似たり［。］」（明治二十三年［一八九〇］七月九日付内田魯庵宛書簡）「至誠」というような単語からは二葉亭が心酔のあまり全文を記憶していたという、吉田松陰の『留魂録』が想起される。「誠」は松陰の思想のキーワードであった。「孟子の『至誠にして動かざる者は未だ之れ有らざるなり』の一句を書し、手巾へ縫ひ付け携へて江戸に来」（六五頁）たと松陰は語る。

二葉亭は、パトリックに関するこの感想に続けて、しかしながら固執を破ってもまだ至誠にまで至らない段階では「志欲動くも常に反対の観念ありて之を阻格」（「偏見心理論」）するような状態になる、そのことを「世の仁人義士に少しは此様の説をも聞かせたし」などと魯庵に書き送っており、松陰の思想が念頭にあったことを強く思わせる。こうして英国流の懐疑主義を東洋哲学の立場から二葉亭は読み替え、書き替えようとしていたのである。

このように、「心」ではなく「脳」が精神的・心理的活動の源泉だと考えつつ、ときに、「心」をその意味で使ってしまっていた二葉亭であるが、「めぐりあひ」の訳文で、「心」に heart との注釈を英語で付け加えたときには、これが、心理には関係なく、たんに「心臓」の生理学的機能が問題になっているのだということを、誤解のないようにはっきりさせたかったのではないか（「心がむづついた」という訳の原文は、単に「心臓が鼓動した」である）。

さて、Mental は現代の英和辞典でも「心の」と訳されている。心理学は心の理《ことわり》を明らかにする学である。Psyche も spirit も「息」、すなわち「生命」という発想から作られた単語で、「魂」を意味している。「精神」は欧米の伝統では「心（臓）」と結びつくことはなかったのである。

これに対して、明治の日本では mind が「精神」と訳されたこともあったが、同時にしばしば「心」と訳されたのである。二葉亭自身、パトリックの論文を訳する際にそのような訳し方をしていたことはすでに見たし、また、モーズレーの『精神生理学』*Physiology of Mind* の表題を『心生理論』と訳している。

だが、二葉亭にとって、「心」は、知性の源泉である「脳」とは違って、感情の源泉でなければならなかった。それは二葉亭がやがて究極的真理の追求のはてに懐疑主義の泥濘にはまり、そこから抜け出すために「実感」というものを持ち出さざるをえなかったこととつながっているのだろう。そしてその実感とは、やがて『其面影』を執筆する段階では生命のエネルギーの肯定というものにつながっていき、そうした力をもった女主人公が「心（ハート）」ある女性としてイメージされていくのである。「心」は二葉亭にとって重要なキーワードであった。「めぐりあひ」の「心（heart）」に示されたこだわりは、それをはるかに予言しているのかもしれない。

一見、無意味な英語の注釈の例として「心」を取り上げて、その背景を探ってみたが、やはりそこに文化的な意味付けを読み込めそうなほかの例に、「仇な姿の（well-formed）」がある。この訳の原語は **стройный** であるが、これは今日の和露辞典を見ると「やせた、ほっそりとした」と訳されている。しかし、実はこの単語は十九世紀から今日にかけてその外延がかなり変わってしまった語である。**Стройный** をロシア語の辞書で見るならば一般に「プロポーションのいい、均整のとれた（**пропорционно и красиво сложенный**［アカデミー四巻本辞書］）」という説明がなされている。だが、「プロポーションがいい」とは「ほっそりとした」の謂と考えていいのか。

十九世紀ロシアにおいては、おそらくは違っていたのである。「プロポーションのいい」女性は、ぶくぶく太っていては困るが、骨皮筋衛門でもだめだったのだ。ありていに言えば、豊かな胸と細くしまった腰と、肉感的な臀部を有した、言わばセクシーな女性でなければならなかった。二葉亭は挿絵などで見てそのことを知っていたのか、あるいはよく分からなかったので、「仇な姿の」と訳しておいて、深川芸者の柳腰のさまを想像されては困ると思ったのであろうか、well-formedという英訳を付したのであろう。幕末から明治初頭の美人のイメージは大体、鈴木春信が描くような、やせぎすで腰のほっそりした女性だった。

多言語的翻訳

二葉亭の翻訳は、こうして、露英辞書も活用し、日本語・ロシア語・英語を参照しあうというトリリンガルなものであった。「めぐりあひ」の場合はさらにイタリア語、ドイツ語が付け加わるわけで、二葉亭の翻訳は、多言語的な往還の中で意味を形成していたのである。すでに指摘したように二葉亭についてはとかくロシア文学の比類なき権威という印象が先行し、ロシア語を当代の誰よりも深く理解したことにのみ関心がいきがちであるが、実は二葉亭は達者なポリグロット（多言語話者）であった。二葉亭の初期の訳業（「あひゞき」、「めぐりあひ」、『片恋』、改訳「あひゞき」、「奇遇」［改訳「めぐりあひ」］）には訳文中、ロシア語のほか、フランス語、イタリア語、ドイツ語*が使われており、それもかなり頻出しているのである。もちろん、これはツルゲーネフの原文にそれらの外国語の表現が見られるからであり、さらに言えば、十九世紀ロシア文学そのものの多言語性ということを考慮する必要があるが、訳者二葉亭はそうしたポリグロティズムを軽々と引き受けているのである。

*後述のように二葉亭は呉秀三の教えを乞い、心理学研究に資するために彼からドイツ語を学んだという。明治二十七年（一八九四）七月（？）の内田魯庵への書簡に「只今ロングフエローのエヴアンシエリンの

独訳を読かけ居候が今一二枚と相成居候へハこれを卒読次第今晩にも拝見可致卜たのしみ居申候」などと書き送っている。『エヴァンジェリン』（*Evangeline*）はカナダ沿岸地方からの、英国による住民追放をモチーフにしたロングフェローの叙事詩だが、英語も達者であったはずの二葉亭がなぜ原作ではなく、独訳で読んでいたのかは若干、不審ではある。ドイツ語の学習を兼ねていたのかもしれない。いずれにせよ、この頃にはすでに相当自在に読みこなせていたはずである。明治二十九年（一八九六）、生活費に苦しんで、坪内に何か翻訳の仕事を斡旋してくれるよう依頼した書簡中に、二葉亭はいくつかの作品を候補として示すうち、ゲーテの『ウィルヘルム・マイスター』の名も挙げ、これをカーライルの英訳を参照しつつ原書から訳せば「独逸語の修業にもなりて大に好都合」と述べている。このように二葉亭はロシア語、英語、ドイツ語、フランス語の四か国語はかなりよくできていたと思われる。また、ハルビン・北京時代の手帳には相当に熱心な中国語の学習のあとが窺われる。さらに、これはどの程度に習得したものか不明であるが、やはりその頃に手帳を見ると、ドイツ語によるモンゴル語の文法書、会話帖、辞書などを購入している。中国東北部や極東ロシアにはタタール人が多数居住しており、彼らとのコミュニケーションにモンゴル語を役立てようと思ったのであろう。

二葉亭は決してロシア語・ロシア文学の中に閉じこもってはいなかった。日記、手帳、書簡からは彼が西洋古典を広く渉猟しているさまが見て取れる。おそらくは逍遙の感化によるのだろうが、シェークスピアを原文で読んでいたようであるし、ミルトンやゲーテも愛読していたのである。*

＊「落葉のはきよせ　二籠め」には、「余嘗て聞く英文学嘗て鄙陋猥褻に陥りたる事有りしかシエクスピヤ出て丶之を洗へりと　然るに其シエークスピアの作詩を通覧するに今人の指摘して猥褻なりとすへき所往〻にして之れ有り（……）He mounted on her belly など今の詩人か云へバ人誰かその無沙法なるを驚

かさるもの有らん［°］」（第五巻四八～四九頁）この引用は『ヴィーナスとアドニス』からの不正確な引用であろう。五九四行目に He on her belly falls, she on her back とある（大阪大学大学院文学研究科山田雄三氏のご教示による）

異化的翻訳

ところで二葉亭の翻訳は、近年、翻訳論の領域で非常に強い影響力を及ぼしてきた、L・ヴェヌーティーの「異化的翻訳」という理論に照らしてみると、ある興味深いことが分かる。ヴェヌーティーによれば英語圏において翻訳の標準とは、英語として完全に自然であること、つまり翻訳とは翻訳と認知されないもの、完全に「透明」であるものがよいとされてきたという。これに対してヴェヌーティーは「異化的翻訳」、つまり翻訳であることを露わにし、そのことによって目標言語を変容させ、新しいテキストの可能性を引き出していくものに価値があることを説く。

この理論から見たとき、二葉亭の（特に初期の）訳業は、完全に「異化的翻訳」である。原文にピリオド一つあれば訳文でもピリオド一つにし、コンマ一つあればコンマ一つにし、単語の数まで揃えるというのは、訳文の日本語として自然さを犠牲にして、訳文の中に別の言語の異種性を持ち込み、露呈させるということである。日本語の訳語ではなく英語の単語を与えるのも異化的作業であるし、本文中に多数の訳注を組み込む、しかもときに長々しい解説を加える――「すかし戸」に対して「原語は『ジャアルウジイ』といつて板片を幾枚も合はして透かせば透かせるやうに作ツた窓の戸の一種です此訳ハ未定」とか、「チョールヌイシ」に対して「鳥の名にハ相違ないが訳ハ調べても分りません」とか――などということも、すべて訳文の異質性を際立たせている。

このような訳文の異化性は二葉亭には顕著だが、同時代のほかの翻訳では一般的な態度ではなかった。日本語として完成されていることは多くの場合、翻訳の要件であった。明治翻訳文学史における、二葉亭と並び立つ双頭ともいえる森鷗外の訳業についてもそれはいえる。鷗外の翻訳は和文として完璧な美を備えていた。尾崎紅葉も原文の意味なり文体なりリズムなりを伝えるというよりは、訳文そのものの文章の彫琢に骨身を削っていた。正岡子規はエッセイ「閒人閒話」で自ら創作した「花枕」という小説が人から外国種の翻案あるいは英語の小説の翻訳だろうと（肯定的に評価された上で）忖度されたことに憤慨している――翻案なり翻訳なりでなければ文学作品として認められないのは、日本文学の恥であると。子規の抗議は、創作と翻訳と翻案の区別が、少なくともこのエッセイが書かれた明治三十一年（一八九八）までは、きわめて曖昧なものであったことを示している。それは翻訳に際して原文の異種性をなるべく消し去って、馴化し、日本語化することが――そして、そのような原文の「日本化」をさらにつきつめれば「翻案」が生じてくることになる――当然の慣行だったからである。

これに対して二葉亭の態度は原文の絶対視、神聖視に基づくものであり、外国文学の芸術性の物神化から来るものであった。二葉亭の態度は同時代の文学者――とくに豪傑流の訳にこだわりを持たなかった翻訳者たち――に比べて異例である。内田魯庵の回想によると、二葉亭は原文の神格化を次のように説明していたという。「あの時分はツルゲーネフを崇拝して句々皆神聖視してゐたから一字一句どころか言語の排列までも原文に違へまいと一語三礼の苦辛をした。」（『思ひ出す人々』一九九九頁）

ここまで極端な異化的翻訳は二葉亭だけで、二葉亭その人も、「あひゞき」の改訳では、すでに日本語としての自然さ、「透明さ」に重きを置くようになっていく。だが、二葉亭が提示した、原文尊重とそのことによる異化的訳文は、大筋においては日本の翻訳全般においてやがて標準的なものになっていくのである。日本の翻訳文学においては、完全に「透明」な表現、すなわち、日本語として自然であり、翻訳であるとはさらさら思われないような訳文が理想となることは決してなかったのである。

こうして、「翻訳性」が有標である、すなわち、翻訳文であることが文章からはっきり読み取れるような訳文が、むしろ一般化するのである。そのことは、たとえば、「あひびき」の現代訳における「[男]の顔にはわざと人を軽蔑したような冷淡ぶりを見せている蔭から、いかにも満足そうな、満腹した自尊心がちらついていた」（佐々木彰訳下巻一〇九頁）などという表現を読めば、思い半ばに過ぎよう。このような文章は、見るからに「翻訳」なのであり、文体がそのことを明示しているのだ。そしてやがて、逆に日本人作家が、あたかも翻訳と受け取られるような文体で執筆する、つまり、「翻訳体」と呼ばれるような文体の成立さえ見ることになるのである。

これはヴェヌーティーが想定しているような、透明な翻訳の標準化という事態とはまったく異なるものである。このことは端的に言って、英語圏では英語が特権的地位を持っていたのに対し、日本では日本語ではなく西洋語が特権的地位を持っていたという、一種のコロニアルな状況と結びついているに違いない。* 英語もどきの、ロシア語もどきの日本語は、日本においては拒絶されないのである。

＊中村光夫が、二葉亭が在籍していた頃の東京外国語学校における教育を指して、「植民地的性格をもつ、直訳的教育」（『二葉亭四迷伝』五〇頁）と呼んでいることを想起しよう。さらにいえば、このことからすれば、帝国時代の日本が植民地として支配していた地域の言語、たとえば朝鮮語から文学作品を日本語に翻訳した場合には、反対に「透明」な翻訳、つまり日本語として自然な文体が優先されたであろうことを想像させるが、筆者の知見の枠外にあり、大方のご教示を俟つ。

翻訳の中のセクシュアリティー

ところで、このように文体、訳語、思想の面でよかれあしかれ大いに時代に先んじていた二葉亭の翻訳であるが、ことセクシュアリティーにかかわる問題では、実は『浮雲』からかなり後退しているのである。

前の章でも見た通り、二葉亭は『浮雲』において当時のもっとも「進歩的」で、「開明的」な恋愛観であるロマンティック・ラヴの理念を、北村透谷や巌本善治らとならんで、いや、むしろ彼らに先んじて表現していた。しかし、ツルゲーネフ作品の翻訳においては、それは後景に退いてしまう。『浮雲』の節でも指摘したことだが、そもそもテーマから言って、「あひゞき」は、純粋だが無知な田舎娘が村のダンディーを気取る男にもてあそばれ、捨てられる話しであり、また「めぐりあひ」は主人公が不思議な出会いを繰り返す美女に――しかも、彼女にはほかに好きな男がいる――憧れるという話しである。「めぐりあひ」はロマンティックといえばロマンティックだが、『女学雑誌』や『文学界』によった思想家や文学者たちが説いていた、男女の相敬、人格主義、精神性の強調と肉欲の否定などを旨とする「恋愛」の理念――これは『浮雲』においては十分に表現されていた――はここには見られないのである。

思想面での後退は表現面にも反映している。たとえば、『片恋』で主人公アーシャが好きな男に向ける「死んでも可《い》いわ」というセリフがある。このセリフのことは日本近世文学研究者の暉峻《てるおか》康隆が取り上げていて、江戸の「好色」の理念とはまるで異なる態度がここに示されているとするのだが、暉峻の議論にはこみいった錯誤がある。彼によれば「明治もまだ若い頃の二葉亭四迷が、『初恋』を訳した時に、もともと漢文調の未熟なこの訳語〔『愛する』という語〕に抵抗を感じて、――あたし、あなたを愛しているわ。アイ・ラヴ・ユウ。と、いうところを、――死んでもいいわ。と訳したことは有名である。」（『好色』一一五頁）

興味深い逸話で、当時の文化的状況を的確にとらえてもいるのだが、不正確なところの多い記述でもある。まず言えば、二葉亭に『初恋』という翻訳作品はなく、あるのは『片恋』で、これはツルゲーネフの『アーシャ』を訳したものである（ツルゲーネフにはほかに『初恋』という作品もあるので、暉峻はそれに引きずられて、誤ったのであろう）。しかも、『片恋』には確かにアーシャが主人公である語り手に愛を告白して「死んでも可いわ」という場面があるのだが、そこの原文は暉峻が言うように“I love you”（あるいはそれに相当するロシア語の«Я люблю вас»）なのではなく、«[Я –] Ваша»（「わたしはあなたのものよ」）なのである。

「わたしはあなたのものよ」なら明治二十年代の日本人女性のセリフとしても特に不自然ではないので、二葉亭がなぜこれを「死んでもいいわ」と訳したのかは必ずしも釈然としない。むしろ、「死んでもいいわ」は江戸文芸的な響きがあると言わざるをえない。たとえば、二葉亭が若くして愛読していたはずの『春色梅暦』第三編巻之九には髪結いのお由が旦那の藤兵衛の膝にしがみついて「死んでもよいヨ」(一七三頁)という場面がある。二葉亭はこのようなセリフを翻訳に転用したと見て間違いあるまい。同時代のだれよりも近代文学の本質を理解し、西洋社会のありかたも熟知していたとされる二葉亭四迷だが、実はこんなところに「前近代性」を露呈してもいるのである(籾内裕子は「あひゞき」における、「邪慳な」、「堪忍して」などの人情本的表現を指摘している〔『日本近代文学と「猟人日記」』〕)。

暉峻が「死んでも可いわ」の出典先として勘違いしていた『片恋』には「妹が……その……貴君に眷恋《けんれん》してゐますよ」(第一四回)との表現がある。*これは主人公に対して、ヒロインであるアーシャの兄が入れ知恵をするのである。北村透谷らは「色」、「粋」、「恋」などという言葉が「元禄文学」の猥褻な恋愛観・性愛観にとらわれていると考え、彼らが唱導するところのロマンティック・ラヴのイデーを表出する言葉として「恋愛」という単語をloveの訳語として「作り出し」、広めたのであった。これに対して「眷恋」は『説文解字注』では「眷恋、思慕也」とされていて、思い焦がれるの意であり、むしろ旧時代の文芸の響きがあった。そもそも「愛する」がロマンティック・ラヴの表現として使われたとするならば、「恋する」は伝統文芸の連想を引きずっていた。そこで「眷恋」も尾崎紅葉ら――北村透谷がいうところの、元禄文学の精神を引きずった文学者――によって好んで用いられたのである。「否に決めようと思へば扨又眷恋として棄つるに忍びざる処もある。」(『二人女房』上の巻七）これは主人公のお銀が縁談を持ち掛けられていて、相手が再婚なので嫌で、結婚しない（「否」）と決めたいところなのだが、ほかの点ではとくに不平もないので、やはり未練の心が出るというのを「眷恋」という言葉で表現しているのである。

＊ここの原文は«Моя сестра, Ася, в вас влюблена»、つまり英語だと“My sister has fallen in love with you”のような表現となっている。暉峻は二葉亭が「ラブ」という語を訳せなかったので「死んでもいいわ」と直したと（誤って）論じたが、そこの原文にはlove（любить）の語はなく、「わたしはあなたのものよ」であった。この箇所の原文にはloveに相当する語があるので、ここなら暉峻の議論もなりたったかもしれない。

翻訳における江戸回帰

このように二葉亭はツルゲーネフの翻訳において、ロマンティック・ラヴの表出に関してはすでに『浮雲』の地点から後退するのである。二葉亭の師坪内逍遙は『当世書生気質』の中で繰り返し、「西洋」的・「近代」的恋愛を標榜してきた。そして、騎士道風恋愛をほめたたえ、女性崇拝によって男性が偉業を達成するという、新しい観念を提示した。「泰西《ウエスタルン・カントリー》で中古に武官制《シバリイ》の盛えたのも、また近代の社会に於て、貴女達《レディス》が財嚢を与へるなんぞは、皆是佳人を善用して、士気を振はしむる方便だアネ。是に因て之を観れば、佳人を愛するは人情の常だ。」（三四一頁）だが、表現はそれを裏切っていた。そもそも主人公小町田の恋の相手は芸者なのであり、坪内の文学では「ラブ」は花柳的世界にとどまっているのである。「其田の次たらいふ女が、小町田のラブしちよる女ぢやネ。（……）小町田を芸妓《シンガア》の狎客《ラブ》ぢやと知つちよつたのか。」（三二一頁）『浮雲』は坪内の限界を打ち破り、思想の面でも表現の面でもロマンティック・ラヴを十全に提示したのであるが、その一、二年後に発表される翻訳ですでに二葉亭はそれに見切りをつけているかのごとくなのである。それは二葉亭が、お勢にとっても、文三にとっても、恋愛における「近代」が皮相な、無内容なものでしかないと、究極的には判断したことを示すのであろう。第五章で見る通り、二葉亭はこの後、二十年を経て、『其面影』と『平凡』で創作活動を再開するが、そこでは西洋的・近代的恋愛はもっと徹底的に放棄されていた。だが、その萌芽はすでに明治二十一年（一八八八）には萌していたのである。

第三章　実業の世界へ

1　内閣官報局——真理追求の軌跡

恩師の許の梁山泊へ

二葉亭は東京外国語学校を持ち前の潔癖さから飛び出した。そうして今度は文学的キャリアに乗り出すべく『浮雲』を執筆したが、例の理想の高さで、読書界からは概ね好意的に受け入れられたにもかかわらず、その出来に絶望してしまう。その結果、創作を続けることができないと感じ、文学の道を捨てようと決意する。「余のかう悶へ苦しむは小説を作らむとはおもへとも材足らすして意に任かせぬより起りしなるべし［。］」（「落葉のはきよせ　二籠め」第五巻九八頁）退学はしたものの、文筆稼業もままならず、ただちに家計の困難が生じてくるのである。「学校を出しよりこのかた一日として心の霽るゝ事なければたのしとおもひたる事もなし［。］」（同九七頁）

彼の経済的困難の主因は、両親の面倒を見なければならない点にあった。ちょうど申し合わせたかのように、辰之助の退学の前年、福島県庁で租税課に勤務していた父吉数が非職になって帰京していた。「落葉のはきよせ」は続けて彼のその頃の針の筵に座るような生活のさまを描き出している。

余が一家は今頗る困難の境に沈めり　家族四人なれとも月〻収入は父の領収し給ふ恩給金僅かに十一円ばかりに過ぎす（……）先月より［出版社からの原稿料も辞退したので］父の御蔭にて僅かに衣食するに至れり　されは家計ハます〳〵困難に陥れり　かく必迫に至らさりしころは母上はいふもさら父上までか此事をいひいたしてハなけき給ひしが、此頃はふつにいひいたし給はず　されと片時も忘れ給ふ気色にハみえ給はす　余も此事のみ始終心にかゝれと口に出すことは絶えてなし　さるはいひ出したれバとてその詮なしとおもへバなり　家内打寄りて茶なと喫するにふと家計の困難なることに語り及ほさんとしてはなしやむことなど屢〻あり　されど人〻何事を心におもふかは問はてもしるく心苦しき事いはん方なし（同九六頁）

この文章が書かれたのはすでに『浮雲』第三篇を書き上げ、出版社に渡したのちのことであるが、免職になったあとの文三の園田家におけるいたたまれない気持ちを作者は自分にひきなぞらえていたに違いない。父の年金以外では『浮雲』の印税があるだけで、これもある時期から何らかの事情で途絶えている。アルバイトとして、自ら英語を教わっていたバーンズから紹介されて桜井女学校で文学論を二、三か月講じたりしているが、いずれにせよ、二葉亭にはほとんどこれといった収入がなかった。母しづは愚痴がちで二葉亭をこの後、一生、悩ませることになる。彼女は坪内逍遙にも長々と、繰り返し繰り返し不平をこぼし、逍遙もこれには閉口したという。

生活に困窮した二葉亭は外国語学校時代の恩師である古川常一郎に就職の斡旋を依頼する。だが、内心忸怩たるものがあったようである。

余か露語の師にておはす人の余の窮するをあはれとみ給ひて若し官吏とならん志あらバ力を尽して叶へ得さすべしとの給ふ　官吏は元来心に染ねど、今はそれを辞むへき時にもあらされは今なりともちとの俸銭を得て親なるものをはぐゝむことを得バ幸ひ甚しといひければ　然らは周旋すべしとの給ひて俸銭の望ありやなと問ひ給ひてさてかへり給ふ　かへり給ひてのちも何となくうらはづかしきやうに心落ゐず（同八四〜八五頁）

古川の就職斡旋はなかなか簡単にはいかなかったようで、辰之助は一日千秋の思いで吉報を待っていたが、結局、明治二十二年（一八八九）八月十九日、古川自身が勤務していた内閣官報局の雇員として迎えられた。

内閣官報局は官庁であったにもかかわらず局長の高橋健三を中心として一種の梁山泊の観を呈していた。彼のまわりに古川常一郎、陸羯南、嵯峨寿安ら、さまざまな専門のユニークな人材が蝟集《いしゅう》し、常に談論風発の雰囲気であったという。
古川についてはすでに略伝を記しておいたが、嵯峨寿安は大村益次郎に砲術を学んだ後、郷里の金沢に戻り藩校壮猶館で洋兵教授をしていたところ、ロシアが日本にとっての脅威であると考え、ロシア渡航を企てる。これには失敗するが、箱館にニコライを訪れ、ロシア語の研鑽をつむ。ついに明治二年（一八六九）、藩から選抜されロシア留学が可能になるが、あえてシベリア経由で入露を試み、明治四年、日本人としてはじめて単独でシベリアを横断したことで知られる。国士型の人物でもあり、二葉亭とは気が合ったであろう。

内閣官報局時代の長谷川辰之助

こうした、一癖も二癖もあるロシア通たちが集っていた、二葉亭にとってはのびのび振る舞えたであろう環境の中で、自分が一番したい仕事であったロシア研究に打ち込んだのである。というのも、彼の仕事の内容は、英字および露字新聞から重要と思われる記事を選びだし、翻訳することにあったからである。

下層社会・悪所

この仕事は比較的に負担の軽いものであったようで、二葉亭はいろいろな「副業」にも手を出した。

一つは「人生研究」である。下層社会に対する興味は、ドブロリューボフら革命派の文芸思潮を早くから熟読していたことからも来ているのだろうし、そもそも十九世紀のロシア文学の古典を読むに際して、社会主義や階級差別の問題はそれらに対してどのような立場を取ろうと避けることのできないものだった。また、この下層階級研究は、ロンブローゾらの犯罪学への関心にも結びついていった。二葉亭の平民研究は、松原岩五郎、木下尚江、横山源之助らに大きな影響を与えたといわれている。こうした青年たちの中でも、とくに横山は二葉亭と親しく交際し、ともに底辺の人々の研究を進めることになる。

内田魯庵らが二葉亭のこの奇妙なフィールド・ワークについて証言を残している。

学者の畑水練《はたけずゐれん》は何の役にも立たぬからと、実際に人事の紛糾に触れて人生を味はうとし、此好奇心に煽られて屢々社会の暗黒面に出入した。（……）奇妙な風体をして——例へば洋服の上に羽織を引掛けて肩から瓢箪を提げるといふやうな変梃な扮装をして田舎の達磨茶屋を遊び廻つたり、印半纏に弥蔵《やざう》［ころも手をして着物の中で握り拳を作り、肩のあたりをつき上げる姿形。江戸時代の職人や博打うちなどの風俗］をきめ込んで職人の仲間へ入つてみたり［した。］（……）殊に其頃は好んで下層社会に出入し、旅行をする時も立派な旅館よりは商人宿や達磨茶屋に泊つたり、東京にゐても居酒屋や屋台店へ飛込んで八さん熊さんと列んで醤油樽に腰を掛けて酒盃の献酬《とりやり》をしたりして、人間の美くしい天真はお化粧をして綾羅に包まれてる高等社会には決して現はれないで、垢面襤褸の下層者に却て真のヒューマニチイを見る事が出来ると云つてゐた。（『思ひ出す人々』三二三—三二四頁）

達磨は「密隠売婦の一」（『江戸のことば辞典』）で、関東・三陸などで使われた隠語だが（大言海）、そのような女性たちと二葉亭は茶屋遊びに耽っていたわけである。同じ頃の奇行を伝える大田黒の文章はもっと赤裸々である。

裏長屋の二階から洋服姿で官報局に出勤してゐた事がある。コンナ話がある。何処だか知らぬが、極々下等の地獄屋［娼館］へ六十許りの引張り婆さんに連れ込まれた。路次の裏の裏の奥へ突当つた汚い狭苦しい家で、枕許に薄暗いカンテラがちらくらしてる板のやうな臭い煎餅蒲団の上に坐らされてボンヤリしてゐる。婆さんは相手の女を捜しに出て云《ママ》つた。暫らくすると独りで戻つて来て、『誠にお生憎様ですが若いのが出払つてをります。私ではお気に召しますまいか、』といふ御挨拶。『之がライフだよ、』といふ其時の長谷川君の話だつた（「三十年来の交友」『二葉亭四迷』上一九頁）

こうして、二葉亭は悪所遊びに抵抗感を全く持っていなかったどころか、「ライフ」の研究という意味で大いに関心を持っていたようである。坪内逍遙の証言によると、二葉亭は官報局に勤務を始めた明治二十二年（一八八九）までは女性経験がなかったという。「廿六歳とは思はれない魁偉な体格の彼れではあつたが、廿二年度までは慥かに童貞を守つてゐた程の品行方正、誠実でもあり、公明でもあり、鯁直でもあり、さうして識見が高尚で思慮が慎重であつた。」（『柿の蔕』六六頁）これを裏書きするかのように、自伝的な要素の強い『平凡』では、学生時代の主人公が「私の友人は大抵皆然うであつたから、皆此頃からポツ〳〵所謂『遊び』を始めた。私も若し学資に余裕が有ったら、矢張『遊』んだかも知れん。唯学資に余裕がなかつたのと、神経質で思切つた乱暴が出来なかつたのとで、遊びたくも遊び得なかつた」（第一巻四九四頁）と述懐している。

最初の結婚

そして一種の放蕩生活が始まる。「二葉亭の生活は、後の或る時代の社会主義思想に憑かれた純潔な青年たちとちがつて、あまり禁欲的なものでなく、余所目には、身勝手な放蕩児と云はれても仕方のないものでした。」（中村光夫『二葉亭四迷伝』一七八〜一七九頁）明治二十三年秋頃からは両親の家も出て、あちこちに下宿するようになるが、中村は「両親の承諾を得ずに同棲するやうな女性関係ができたためと思はれます」（同一七九頁）と書いている。翌年の十二月には神田東紺屋町の福井粂吉のところに転がり込むが、これが最初の妻福井つねの実家である。二葉亭はここに外国語学校時代の友人杉野峰太郎と止宿する。ちなみに、杉野の妹ちかとは二葉亭はやがて睦み合うようになり、後で記すように、つねとの離婚話が持ち上がった際に、ちかとの縁組が考えられることになる――結局、それは実を結ばなかったが。

最初の妻福井つね

つねについて分かるところは少ないが、中村は、「いはゆる素人ではなかつた」（一八一頁）、しかも、かなり低級の玄人ではなかったかと推測している。つねとの間にはやがて長男玄太郎、そして長女せつが生まれる。せつは、

「今、父が生きておりましたら聞きたいことがたくさんあります。ことに私を生んだ母をなぜ離別しなければならなかったか。表向きは身分の相違だといいますが、長谷川の家だって貧乏士族ではないでしょうか。私は祖母に『つね（実母）のことは絶対に母と思ってはいけない。あの人とは決してつき合わないように』と口ぐせのように云われました」（片山せつ「父・二葉亭四迷の思い出」三三頁）と回想しており、この不平の背後には、つねが玄人であったという事情があるのではないかと想像される。妹を娼妓として売るという話しも出ていたという。坪内は回想する。「其妻女の妹の事は（……）二葉亭が私に比較的くはしく話した。里方不如意の為、芸妓に売られようとしたのを、二葉亭が其里の二階に下宿してゐて、例の人道主義の講釈をして、それを手強く遮つた結果、老爺は或夜酒気を帯んでや、強《こは》もてに突ツ掛つて来た。其老爺を相手の詰め開き、妹娘が心配して二葉亭が脅かし半分うしろに引き附けてゐた日本刀をソツと取隠したなぞといふ劇的の一場もあつたよ、と或時笑ひながら話した。」（『柿の蔕』八三頁）

二葉亭とつねの夫婦仲は円満なものではなかったようである。魯庵によればその原因は「夫妻の身分教養が著るしく懸隔して、互いに相理解し相融合するには余りに距離があり過ぎた」からだといい、娘せつの言い分を裏書きしている（『思ひ出す人々』三二七頁）。また、夫婦そろって経済的観念がなく、生活が破綻していったことも背景にあったようである。坪内逍遙によれば、「私［坪内］が口添へをして、春陽堂から『片恋』を出版させたのは、其年の十月であつた。が、そんな事ぐらゐでは、経済下手の二葉亭の――妻は更に輪を掛けてだらしがなかつたらしい――家政は立ち行く筈がない。」

（『柿の蔕』八三頁）魯庵が日記に、二葉亭の最初の結婚生活について書いていて、柳田泉が引用しているが、それによると、つねは二葉亭が役所に出勤するための着物から、子供の着物に至るまで、毎月毎月、質に入れてしまい、二葉亭を困らせていたという（「二葉亭とその周囲――官報局時代――」五一一頁）。

冷たい、経済的にも立ち行かない夫婦関係の帰結は、ついにつねが他人の子を身ごもるという事態にまで発展し、夫婦別れするしかないということになった。「つねの不始末の一件両親にスツカリ分りをり候　これにて小生も迷の雲始て晴れ断然せつを引離しつねを杉野の方へ預けることに決心」したのである（明治三十一年［一八九八］三月末［推定］坪内逍遙宛書簡）。

二葉亭は今日の基準でいえば、妻も子もほとんど顧みず、（花街探検を含む）「下層社会」研究にせわしかったのだから、妻が不貞を働いても文句をいう筋合いはないだろう。二葉亭は大の動物好きで、愛犬マルが盗まれて行方不明になった事件は『平凡』の中にも取り入れられて、感動的なエピソードとなっているが、長女せつは「父は、犬や猫をほんとうに可愛がりました［。］（……）家族のものはよく『猫になりたい』と云ったものです」（三〇頁）とやや拗ねたコメントを残している。このとき二葉亭は奥野広記に手紙を出し、さんざん愚痴をこぼしているが、「マルの事は終身忘るまじう被存候也」とまで書いている（明治二十六年［一八九三］三月五日付）。実はマルが行方知れずになる一週間ほど前に長男が生まれているのであるが、奥野には「造化の配剤は誠に不可思議なるものにて一犬を失ひたる代りに一男を得申候」とついでのように報告しているだけである。しかも、男児の出産で喜び沸き立つ家族をよそに「尚ほマルがゐたならバといふ念は心の底にひそまり居候」とまで伝えている。長子誕生より犬の方が気がかりだとでもいうような口吻は、やはり尋常ではない。この後、初節句を迎えたときに吉数（辰之助の父）が初孫のためにと鯉のぼりを揚げたところ、二葉亭は仰々しいことはするなとばかりに降ろしてしまい、怒ってまた上げようとする祖父と父との間で諍いがあったと長女せつは記している。子供に対する愛情というようなものは、二葉亭にはとりたててなかったようである。一方、二葉亭の動物好きは一生変わらなかったらしく、後に北京に単身、赴いたときも、坪内宛の書簡に、乗馬を運動法にしているが、「馬はかはゆきものに候　このころではもう大の仲よしにて小生の顔をみると妙な風に顔を持つて来てあまへ申候　これか仲々可愛ゆきものニ候　この外には牝犬一匹にそれか産んだ小狗二疋、これを朝夕の友として聊か自ら無聊を慰めゐる始末」と書き送っている（明治三十六年［一九〇三］六月十三日付）。

真理の探究

こうして家族はほったらかしで、二葉亭は人生研究、真理の探究に余念がなかった――もっともこれは明治中頃の話しであり、今日のマイ・ホーム・パパのイメージから二葉亭を弾劾するのはお門違いであろう。「真理」より家族が大事であるなどとは、二葉亭にとって完全に了解不可能な観念に違いない。

二葉亭の思想的・学問的探索の対象が『浮雲』執筆の頃からロシアものからイギリスものにだんだん移っていったのはすでに第二章第二節・第三節で見た通りだが、官報局時代にはさらにそれが深化する。事実、彼のこの頃の日記「落葉のはきよせ　三籠め」を見れば、英語での読書を通じて、「真理」の探究を彼が熱心に行っていることが分かる。

「真理」をめぐる二葉亭の関心は、概ね心理学・哲学・宗教思想・自然科学の領域に分かれていた。サリーについてはすでに『浮雲』第三篇の分析で言及したが、もう一人二葉亭が愛読していた心理学者はモーズレーであった。この二人が当時の二葉亭の大きな議論のよりどころになっていたことについては内田魯庵の次の証言がある。「此時代の愛読書であつて、二葉亭の思想を豊かにし根柢を固くしたのはモーヅレーの著述であつた。殊に其の"Pathology of Mind"は最も熱心に反復翫味して巨細に細究した。此時分の二葉亭の議論の最後の審判官は何時でもモーヅレーであつて、何かにつけてはモーヅレーを引合に出した。『浮雲』に二箇処まで見えるサリーやベインも愛読書であつて、サリーの所説は屢々議論の典拠となつたが、殊に傾倒してゐたのはモーヅレーの研究法であつた。」（『思ひ出す人々』三二〇頁）

『明治事物起源』の「心理学の始」によれば「心理学は、早くヘーヴンの著書訳せられしが、十年頃よりベーン一般に行はれ、カーペンター、モーヅレー等参考にせられ、十六年頃よりサーレー多く用ひられたり」とある（上巻五〇八頁）。二葉亭は当時、世に広く用いられていた心理学者たちを、幅広く読んでいたことになる。

ベイン（Alexander Bain［1818-1903］）は英国の心理学の権威であり、「落葉のはきよせ　三籠め」の「意識」と題された部分に次の記述がある。「ベインの説を按するに意識といふに二様の義あり　広き義の意識ハ失神なとに対していふ冷暖自知の識心にて狭き義の意識ハ格外に強き省心をいふ。」（第五巻一五七頁）二葉亭が何を典拠にこの文章を書いているのか必ずしも定かではないが、ベインは主著『感情と意志』の最終章で「意識」と題した章を設け、客観的世界との関わりの意識と、主観的な意識の別、つまり、外部の刺激に対する快・不快をもたらす感情としての意識と、自分自身についての意識である知的意識を区別している（一八八八年刊行の第三版に基づく。二葉亭は第一版または第二版を読んだのかもしれないが、未見である）。二葉亭はこの部分を念頭に「落葉のはきよせ」の中の引用を書いたのではないかと思われる（「落葉のはきよせ　三籠め」はすでに『浮雲』執筆終了後の記録と推定される）。『浮雲』本文中にはベインの名前は挙がっておらず、先ほど引いた魯庵の回想は少し錯誤があると思われるが、早くからベインを読んでいたことは間違いないので、二葉亭は『浮雲』第三篇において文三のきわめて内省的な意識のありようを描き出したとき、ベインの『感情と意志』を念頭においていたかもしれない。

モーズレー（Henry Maudsley［1835-1918］）については、その大著『精神病理学』を読んだのであろうということが、魯庵の上記の回想から分かる。

「落葉のはきよせ　三籠め」には、モーズレーについて次の記述がある。「モーツレーか心生理論*の緒論に論したる処によれハ心ハ意識に上らさる処に作用を生す　其意識に上りたるものハ最後の結果なり　人界の上にてもその如く一世の間誰の意識にも上らすして働き来れる人〻の心作用をしかと意識に上する　これを科学といふとやうに云へり［。］」（第五巻一六三〜一六四頁）筆者が『精神生理学及び病理学』を調べた限り、二葉亭の要約にぴったり当る文章を見つけることはできなかったが、たとえば、次のような記述が含意されているのではないかと思われる。「外界からの印象が精神または脳に受容されるときに、意識に対していっさい影響を与えないか、あるいは、非常に弱い影響しかない場合がある。体のさまざまな器官が血液から滋養成分として適当なものを取り込み、消化するように、精神を司る器官は、感覚受容の経路を通じて、周囲のものの影響を無意識のうちに取捨選択して利用するのである。」（二四頁）

＊『精神病理学（*The Pathology of Mind*）』という書物は、一八六七年に出版された『精神生理学及び病理学（*The Physiology and the Pathology of Mind*）』の後半部分が一八九五年に独立して出版されたものである。「落葉のはきよせ　三籠め」のモーズレーに関わる文章は一八九〇年代前半くらいのものと推測されるので、魯庵が *The Pathology of Mind* を研究していたと回想しているにもかかわらず、年代的にはやや合わない。したがって、二葉亭自身、『心生理論』と記していることも考え合わせ、彼が「落葉のはきよせ」で言及していたのは、『精神病理学』ではなく、『精神生理学及び病理学』であるか、または、一八七七年にその前半だけが独立して出版された『精神生理学（*The Physiology of Mind*）』のどちらかだと思われる。

脳の発見

モーズレーは明治の文学者・思想家の間でもかなり広く読まれていた。徳富蘇峰、内村鑑三、植村正久らが言及している。『国民之友』に寄稿して蘇峰とも縁のあった二葉亭は彼に勧められて読み始めたのかもしれない。

二葉亭との関係で注目に値するのは、思惟の中枢として「脳」を定位するにあたってのモーズレーの影響である。たとえば、上の文章における、「外界からの印象が精神または脳に受容される」といった記述からもそれは直ちに窺われる（もちろん、脳が精神活動の中心であるというのは、当時の心理学の支配的観念であるから、モーズレーに限らない。たとえばベインにもそのような記述がある。「脳は精神の主な——唯一のではないが——器官であり、その主たる機能は精神的なものである」〔『精神及び道徳科学』五頁〕）。「心」の機能とされたものを引き継ぐことになった「脳」の登場についてはすでに第二章第三節で翻訳との関連において論じた。この「脳」という器官にやがて明治文化全体が取りつかれていくことになるが、分けても二葉亭はほとんど偏執とでも呼べるものを示していくことになる。

そのことについては、夏目漱石が興味深いエピソードを伝えている。それは後に朝日新聞社に両者が勤務した頃の話しで、二人は編集局でたまたま顔を合わせる。二葉亭だと気が付いた漱石は「一寸御訪ねをしやうと思ふんだが」と切り出すと、「いや低気圧のある間は来客謝絶だ」とにべもなく断られる。「君の平生を知らない余には不得要領であつたけれど、来客謝絶の四字の方が重く響いたので、聞き返しもしなかつた。たゞ好加減に頭の悪い事を低気圧と洒落れてゐるんだらう位に解釈してゐたが、後から聞けば実際の低気圧の事で、苟しくも低気圧の去らないうちは、君の頭は始終懊悩から離れないんだといふ事が分つた。」（「長谷川君と余」『二葉亭四迷』下三五頁）

確かに二葉亭はこの前年——漱石が二葉亭に社で出会ったのは、漱石が入社して暫くしてのことと書かれているので、明治四十年〔一九〇七〕のことと推定される。したがって、その前年というのは明治三十九年である——に脳溢血を患っている。漱石が二葉亭に聞いたところでは「去年とか一度卒倒して、しばらく田端辺で休養してゐた」のである。したがって、「頭の悪い」というのはその脳卒中のことを指している。つまり「頭」というのは「脳」を指しているわけだ。漱石は、脳の健康状態が優れないというのを「低気圧」と比喩的に言ったのだと解釈したのだけれども、実は、本当に天気の低気圧が言われていたのだと分かったと書いているのだが、これは必ずしも漱石の勘違いであったともいえない。低気圧という自然現象が脳の働きという生理現象に影響を与え、また、そのような生理現象が精神作用の少なくとも重要な部分である——それどころか、唯物論者にとっては、完全にそれに還元されるようなものである——ということは、十九世紀以降の神経医学・衛生学・心理学などの教えるところであった。脳に障害があるので、低気圧という自然現象の影響をもろに受けて、頭痛が絶えず、気分も晴れないというわけである。英語の depression が、「低気圧」と「憂鬱」の両方の意味があることは甲斐のないことではない。二葉亭が好んで読んだサリーにも、低気圧と脳の働きの障害、つまり頭痛の関係を教える箇所があった。「空が重苦しく、空気が蒸し暑く、ひどい頭痛がするならば、これは間違いなく雷雨になると予想するだろう。」（『幻想』二九九頁）

二葉亭の脳（頭）に対する強迫観念は並々ならぬものがあった——もちろん、これは明治の知識人一般にある程度言えたことである。すでに見た通り、『浮雲』にはサリー自身の脳も言及されているので、最終回で『幻想』が言及される箇所で文三は、同書の明晰さに感服して「あれほどの頭にハ如何したらなるだらう。余程組織が緻密に違ひない……」という感想をもらし、それを受けて語り手も「サルレーの脳髄とお勢とは何の関係も無さそうだが、此時突然お勢の事が、噴水の迸る如くに、胸を突いて騰る」と説いている（第一巻一七三頁）。『平凡』第四十二回でも、作者は「あゝ、今日は又頭がふら〳〵する。此様な日にや碌な物は書けまいが、一日抜くも残念だ。向鉢巻でやツつけろ！」と語っている（第四一回）。低気圧のせいでもあろうか、頭がよく働かなかったのだろう。これは明治四十年（一九〇七）のことで、実は、漱石が朝日新聞社編集部で面会謝絶をくらったあと、しばらくして銭湯でたまたま二葉亭に出くわした頃の話しである。＊裸で向き合いながら、二葉亭が脳卒中を起こした経緯を語り、少しは回復したが、「醇々として頭の悪い事を説」くので、漱石が「それぢや、まだ来客謝絶だらう」と訊くと、「まあ」と言葉を濁して、漱石来訪の話しは立ち消えになる。二葉亭はそうした脳の機能不全と戦いながら、『平凡』執筆に苦闘していたのである。

＊この頃、二葉亭と漱石はともに本郷区駒込西片町に居住しており、街中でよく出くわしたようである。銭湯でばったり会うというのも、明治の東京ならではだが、長女せつの回想にも「私たちの家には風呂場はありましたが、風呂桶はなく、いつも近所の風呂屋に行きました。父は『今日は夏目にあった』などと話をしていました。夏目漱石先生と御近所だったので、銭湯でお会いしていたようです」と伝えている（「父・二葉亭四迷の思い出」三三二頁）。

哲学研究——スペンサー　二葉亭四迷の心理学研究について見てきたが、当時の二葉亭にとって劣らぬ重要性を持っていたのは哲学および宗教思想の問題であった。

哲学者で二葉亭がとりわけ熱心に研究していたのは、当時の多くの知識人と同じく、ハーバート・スペンサー（Herbert Spencer［1820-1903］）であった——もっとも、スペンサーは単なる「哲学者」ではないが。

二葉亭はスペンサーに限らず、哲学・思想をかなり手広く研究していたようである。それは、西洋哲学の単なる受け売りでもなければ、受動的な受容でもなかった。「落葉のはきよせ　三籠め」には、「名は今忘れたれとも英国の一学者いへることあり　曰く希臘《ギリシア》哲学者の謬りは名に縛せられて真相をみあやまりたる処にありと」（第五巻一二八頁）などと記述されているが、こうした理解を出発点にして名目論と実在論の対立について二葉亭は考察を進め、さらに仏教哲学の立場から批判を加えている。二葉亭が西洋哲学を広く渉猟しつつ、しかもそれを主体的に消化していたさまが窺われる。*

＊ここでいう「英国の一学者」がだれを指すのか不詳である。二葉亭は、記憶をたどりつつ、「誰にかありけん、おうそれよ、否ドレーパルにはあらさりき（……）ウェーベルなり」などと書いている。ウェーバーの名をもつ哲学者には、一八三五年生まれで、『ヨーロッパ哲学の歴史』を著したアルフレッド・ウェーバーがあるが、同書はフランス語で書かれており、筆者が調べた限り、一番古い英訳でも一八九六年出版で、「落葉のはきよせ　三籠め」の執筆時期と合わない（もっともフランス語原本は一八八二年には出ており、二葉亭が原著を読んでいたとしたら、時間的問題は解決する）。また、英訳を見る限り、同書中に二葉亭の言及する「希臘哲学者の謬り」に相当する文章は見当たらない。

38歳のハーバート・スペンサー

若き二葉亭を悩ませていたのは「真理」の問題、すなわち確実な知識が得られないという苦悶であった。それがイリュージョンという心理学的現象への興味とつながり、また『浮雲』における人間関係の描写にも反映していたことは第二章第二節で見た。すぐ前に引いたギリシャ哲学についての考察でも、実在と現象の関係が問題にされ、それを通じて真理の有無が追究されていた。絶対的知識を求めて、二葉亭は明治日本において最も権威ある思想家であったスペンサーに向かう。

二葉亭がスペンサーのどのような著作を読んだのかは正確に特定することはできないが、スペンサーの認識論・知識論の基本的著作である『第一原理』を読んでいたことは、「第一原理」という表現に対して繰り返しなされる言及から見て間違いないだろう。たとえば、「落葉のはきよせ 二籠め」には、「新破壊主義」と題された書き込みがあり、以下のような感想が記されている。「智識即ち学問に依りて真理を研究せバ際限あるべからず スペンサア曰く何か一ツ第一原理を作らされバ事物の理は論し難しと［。］」（第五巻六三頁）

真理と「第一原理」ないしは「第一原因」の関係について、スペンサーは『第一原理』の第二章「知識の相対性」で詳しく論じている。二葉亭はこの箇所を念頭において上記の言及をしていると考えられるが、スペンサーを正しく理解しているとは言えない。二葉亭は、スペンサーが第一原因を想定する理由は、そうしなければ真理に対する信頼が失われるからだと説明するが、これは必ずしも妥当ではない。確かにスペンサーは、われわれの知識は感覚与件を通してしか得られないから、絶対的知識に到達することは不可能であると論じる。しかし、この際、スペンサーは――ロジックの遊びのようにも聞こえるが――知識の相対性というものは知識の絶対性を前提としている、つまり、第一原因のような絶対的な知識を想定しない限り――「相対」の概念は「絶対」に依拠しているのだから――相対的知識などというものを論じることがそもそもできなくなると主張しているのである。このように「絶対」と「相対」の区別はスペンサーにとっては循環論法をなしており、どちらが正しいともいえないので、それを前提とした上で、われわれは（感覚から得られたデータをもとに）科学的知識を発展させることはできるし、すべきだというのである。われわれの知識は感覚によって条件付けられているから、いったんその条件を棚上げすることによって、その枠内で知識の運用ができるという、現象学的停止に似た考えである。

佐藤清郎は筑摩書房版『二葉亭四迷全集』第五巻月報で、二葉亭がスペンサーの、第一原因不可知論に代表される懐疑論に心酔していたと説くが、この理解もしたがって正しくない。上にも見た通り、スペンサーは決して厳密な意味での不可知論者ではない。知識は絶対たりうるか、相対的かという問題設定自体を解体し、その上で確実な知識の運用を目指すというプラグマティックな思想である。田中邦夫の、二葉亭が正直崩壊をスペンサーの不可知論によって糊塗したという理解も（少なくともスペンサーから見れば）正しくない（「二葉亭の理想『正直』」『二葉亭四迷「浮雲」の成立』）。佐藤も田中もスペンサーのテキストそのものの引用・言及はなく、一次資料としてあたっていたかどうか疑問である。

二葉亭は非常な懐疑主義者で、真理の徹底的追究もそのような精神から来ていた。「私は懐疑派だ」という、ストレートなタイトルの談話もある。懐疑のための懐疑のような節さえあったように思われる。そのような二葉亭は実証主義者としてのスペンサーの側面を見ることはできず、不可知論者としてのみ彼をとらえたのである。第一原理はない、絶対的真理はないというのは、おそらく二葉亭が予め用意しておいた、彼にとってはそれ以外のものはありえない答えだったのだ。

実証主義の否定は科学への不信にもつながる。「スペンサアの如きも第一原理は到底知る可らすといひ、チンダルの如きも亦吾儕は不可思議の中を辿る者なりといへり」（第五巻四五頁）とされる「チンタル」は一八二〇年、アイルランド生まれの物理学者ジョン・ティンダル（John Tyndall〔1820-1893〕）のことであろう。ティンダルは自然科学の立場からキリスト教神学の説く世界観が正しくないことを明言し、教会の激しい批判を浴びた。中でもベルファーストの大英協会において行った演説が広く知られているが、二葉亭がティンダルのどの著作に触れたのかは定かでない。「ベルファースト講演」の中には「吾儕は不可思議の中を辿る者なり」に相当すると思われる表現は見出せない。序文で、「唯物論的無神論者」呼ばわりされていることについてティンダルは「つらつら自己を振り返ってみると、『唯物論的無神論』なるものがわたしに明快な教養として積極的な影響を与えたことはなかった。より強固で健康な思想が現れるならば、この主義は、われわれがその裡に住み、その一部分であるところの不可思議（mystery）に対して何の答えも与えないものとして、消え去って行くであろう」（xxxvi頁）と述べているが、二葉亭はこの箇所とかを念頭においていたのかもしれない。しかし、このように言うティンダルは不可知論を克服する可能性について語っているのである。いずれにせよ、スペンサーもティンダルも完全な不可知論者ではなく、感覚与件は否定せず、むしろ科学の認識力について楽観的である。科学的知識の確かさはこうして保証される。だが、二葉亭にとってそれは受け入れ不能な哲理であった。そこで、二葉亭は自らの志向に合わせて、スペンサーもティンダルも「不可知論者」に仕立て上げてしまうのである。

こうして真理を否定した二葉亭が「実感」の肯定に走るのは、当然のなりゆきである。

私は、まア、懐疑派《スケプチスト》だ。第一論理《ロヂツク》といふ事が馬鹿々々しい。思想之法則《ローオブソート》は人間の頭に上る思想を整理《アドヂヤスト》するだけで、其が人間の真生活《リーヤルライフ》とどれだけの関係があるか。（……）識覚の上にのぼつて来る思想だけぢや、到底人間全体の型は付けられない。ぢや、何うすりや好いかと云ふに、矢張りそりや解らんよ。たゞ手探りでやつて見るんだ。（……）［私の主義は］人生の為の思想、人生の為の芸術、将た人生の為の科学なのだ。（「私は懐疑派だ」第四巻二五五頁）

思想から（実）人生へ、というのが二葉亭の到達した結論であった。そして、こうした一種の生活主義、生命主義を、やがて『其面影』『平凡』の執筆に際して、われわれは再び目にすることになるであろう。それは、たとえば、『其面影』においてはひからびた道徳ではなく「ライフ」にしたがって生きる女主人公の造形に現れてくるし、『平凡』では巻末の、同時代作家批判あるいは文学一般の批判にそれは見て取れよう――「私［は］始終斯ういふ感じ［遊戯的なところがある文学にはまって、現実の人生や自然に接したときの切実さがないこと］にばかり漬つてゐて、実感で心を引締めなかつたから、人間がだらけて、ふやけて、やくざが愈《いと》どやくざになつた」（第一巻五三二頁）というわけである。

コントにたどりつく

真理追究から「ライフ」探求へと舵を切った二葉亭が拠り所として関心を持ったのは、フランスの実証主義的社会学者オーギュスト・コント（Auguste Comte［1798-1857］）であった。「其時分の長谷川君はコントの随喜者であつた。念々ライフの問題を離る丶事の出来ない長谷川君はスペンサーでは尚《ま》だ満足出来なかつたが、コントに由て一道の曙光に接するの感があつた。おそらくコントのポジティヴヰズムは長谷川君の終生の基礎を作つたものであらう。」（内田魯庵「二葉亭の一生」『二葉亭四迷』下一八九頁）

二葉亭はコントの実証主義だけでなく、さらにその一種の人文主義的な宗教思想、「人道教」に関心を持った。柳田泉の説明を借りれば、人道教とは「コントの実証哲学を、知性から情意の方にひろめた結果が一の宗教的組織となつたもので（……）例へばカトリック教から一切のキリスト教的神秘をとり去つて（……）神の代りに人類（これを一つの大きな存在と見て）を立て、経典の代りに学問（コントの実証哲学、実証社会学がその学問の究極のものとなつてゐる）を置き、実践としてコントの実証政治（つまりは実証的諸学の実践となる）を目ざし」たものであった（「二葉亭とその周囲――『浮雲』前後――」一七三頁）。

宗教研究

だが、これは逆にいえば、「神秘」をその教えに内包するキリスト教は二葉亭にとっては受け入れられなかったということである。「絶対的真理」の否定は、宗教思想に対する激しい拒否反応をも呼び起こすことになる。

宗教思想と科学はしばしば並列して二葉亭の関心を呼んでいた。十九世紀とは科学の進歩が宗教的真理の根拠を大幅に崩していった時代であり、両者の関係をどのように調停していくかが、宗教者・科学者双方の大きな課題であった。

「人の所感所思定かならす　とおもふは尚信する所あれハなり　ベーリングゴールド（信仰の原始及び其発達の著者）かいひけんやうに Without conviction is without judgement にて定かならすと判するからには即ち尚ほ我所思を信する所あるなり」（第五巻一二一頁）として言及されているのは、サバイン・ベーリング＝グールド（Sabine Baring-Gould［1834-1924］）で、二葉亭が言い及んでいるのは『宗教的信仰の起源と発達』（一八九二）の第二巻「キリスト教」ではないかと思われる。二葉亭はベーリング＝ゴールドが「Without conviction is without judgment（確信のないところに判断はない）」と述べているというが、この引用のような文章は見つけることができず、第三章「真理の基礎」の中の以下の箇所を自分流にパラフレーズしたのではないかと思われる。「私は自分の考えを改めて、一つの信念からほかに移るかもしれない。私の信念（conviction）は逆転するかもしれない。しかし、それによって善あるいは真が私にとって生まれるような、個人的な判断（judgment）の原理は影響されることはなく、そのままにとどまる。」（五二頁）つまり、表面的な信念は変わり得ても、信念に至る判断の原則は絶対のものであるという主張である。ベーリング＝グールドはこのように、二葉亭と同じく、真理の相対性というものを怖れつつも、彼とは違って、究極的な、理性的原理というものの存在を仮定していた。それはスペンサーの発想ともつながるものだったろう。

一方、二葉亭は相変らずあらゆる絶対的原理に反対である。そこで、彼にとって独断主義的に聞こえた宗教思想に対しては甚だしい嫌悪感を示している。たとえば、スイスの神学者アレクサンドル・ヴィネー（Alexandre Vinet［1797-1847］）に対しての彼の態度にそれは現れているが、ヴィネーの著作には親しんでいたようで、何度か言及されている。ヴィネーはプロテスタントの批評家・神学者で、信教の自由を唱え、教会と国家の分離を主張したことで知られるが、二葉亭がヴィネーに関心を持ったのはそうした問題をめぐってではあるまい。二葉亭がヴィネーのどの著作に依拠しているのかは判然としないが、「落葉のはきよせ　二籠め」には次の評言がある。

神理は智識を以て解すべからずして心を以て解すべしとは是れヴヰネーの主張する所なり（……）人間の智識感情に信を措かされバ疑ふといふことも出来さる筈即ち既に人間たる以上は人間を離れて事物を論することハ出来ぬ筈なれば、ウィネーの人間の智識感情に信を措きてしかいひたるも已を得さることなれともさればとてそのいふ所を神の理なりと断言するか如きものあるは如何ぞや（第五巻六七頁）。

二葉亭が批判の対象としているらしいヴィネーの主張も、その典拠を確定することができない。ヴィネーは政教分離の理論家として知られ、その主著は『個人の宗教的信念の告白と国家と宗教の分離に関するエッセイ』（一八四二）だと目されている。その中には、「神理は知識ではなく心を以て理解すべきだ」にそのまま当たるような主張は見出すことができない。ヴィネーのこの本の根本命題は、宗教的信念を持つ人間は必ずそれを公言すべきであり、そのことによって政治的活動とは別の、個人の宗教的領域を確立していかなければならないということにある。そこで、ヴィネーは聖書の「ローマ人への手紙」から、「人は心に信じて義とされ、口で告白して救われる」（十章十節）という文章を引く。この章の第二節には「ユダヤ人は神に対して熱心だが、深い知識によってのものではない「神をほんとうには知らない」」という表現もあり、二葉亭の議論の問題設定がここにはほぼ揃っているのであるが、「神を正しく知り、心に信仰を抱き、それを口に出すべき」というヴィネーの主張は、二葉亭が総括しているものとは、まるでかみ合わない。

したがって、二葉亭がヴィネーに対して投げかけている疑問が妥当なものなのかどうか、判断することができないが、二葉亭の理解においては、ヴィネーは、神を知識ではなく、心を通して理解しなければならないとしていたことになる。その理解の上で、二葉亭はヴィネーに激しく反発するので、「落葉のはきよせ」の別なところでも――ヴィネーが名指されてはいないものの、「宗教家」という呼び名におそらくは含意されて――異議申し立てがなされている。

真理、人生の目的等を気にかくる時は際限なし　故にスペンサーの如きは必要よりして第一原理を仮定せしかと例の多分さうらしといふに止まるなれバよしやあしきや確かに解りたるにあらず
然るに独り宗教家のみは猶ほ強情を張りて際限有りと主張するハ何そや
彼等の説に曰く智識はかりによりてハ真理はわからず　唯全幅の精神によりて感得すべし

彼等はそのいふ事確実なりと保する乎　若し之を保すれハ余はその大膽なるに驚かさるを得ず（第五巻六四頁）

この異議申し立てが妥当かどうか、やはり判断できないわけだが、注意すべきなのは、二葉亭がここでは先の引用で「心」と呼んでいたものを、ここでは「精神」と読み替えている――すなわち、先には、ヴィネーは知識ではなく心で神を理解しなければいけないと言っているとしていたのに対し、ここでは、知識ではなく精神によって理解すべきと主張しているとパラフレーズしていることである。二葉亭が、精神すなわち脳の働きという、新しい意識に関与しつつ、同時に、精神すなわち心という、古いパラダイムも引きずっていたことは、第二章第三節でも見た通りである。二葉亭はそれをここでも繰り返しているのである。

いずれにせよ、宗教家が――二葉亭の見るところでは――確実な知識もないのに、それを棚上げにして、神の存在や絶対の真理について説き及ぶことに二葉亭はほとんどヒステリックになっていたようで、「予が半生の懺悔」にそのさまが描き出されている。

当時、最も博く読まれた基督教の一雑誌があつた。この雑誌では例の基督教的に何でも断言して了ふ。たとへば、此世は神様が作つたのだとか、やれ何だとか、平気で「断言」して憚らない。その態度が私の癪《しやく》に障る。……よくも考へないで生意気が云へたもんだ。儚《はかな》い自分、はかない制限《リミテッド》された頭脳《ヘッド》で、よくも己惚《うぬぼ》れて、あんな断言が出来たものだ、と斯う思ふと、賤しいとも浅猿《あさま》しいとも云ひやうなく腹が立つ。で、ある時小川町《おがはまち》を散歩したと思ひ給へ。すると一軒の絵双紙屋の店《みせ》前《さき》で、ひよツと眼に付いたのは、今の雑誌のビラだ。さア、其奴《そいつ》の垂れてるのを一寸瞥見したゞけなんだが、私は胸がむかついて来た。形容詞ぢやなく、真実《ほんと》に何か吐出しさうになつた。だから急いで顔を背《そむ》けて、足早に通り抜け、漸《やつ》と小間物屋の開店だけは免がれたが、このくらゐにも神経的になつてゐた。（第四巻二九三～二九四頁）

宗教思想の「絶対性」、あるいは二葉亭の総括によるところの「独断性」に対する反発はこのあとも彼の人生の基調になり、『平凡』ではトルストイの絶対的禁欲の思想に激しい攻撃の刃が向けられることになる。

仏教研究

二葉亭はこのように、キリスト教にひどく敵意を示したが、ある段階では仏教にのめり込んだ。これは、二葉亭と同年配の小説家・評論家で仏教に通じていた高瀬文淵と知り合い、彼に導かれたものである。興味深いことに、二葉亭は仏教の認識論をスペンサーの「不可知論」に近いものとして認識していた。

仏理はスペンサーの所謂人知相対の理の上に作りたるものなるへきか　さるは有空中三諦［有諦・空諦・中諦の三つ］といへと有諦は常見なりと貶しめ空諦は断見なりと斥ぞけ独《ひとり》中諦義を取りて非

有非無非々有非々無と観して遂には無を離れて真如に入る〔。〕有諦を常見なりとして取らさるはスペンサアの語を仮りて云へは有といふ思想〔の〕無といふ思想を暗示すれハなるへくまた空諦を断見なりとして取らぬも空といふ観念の有といふ観念を裏に含めはなるへし　若し然らは是も道理にて有は無に対しての有〔〕空は有に対しての空なるに相違なきか如し　これスペンサーの唱ふる所と同し　有は無に対しての有また無は有に対しての無なるか故にまつゼネラル、サブスタンスありて而して後にフェノメノンありとスペンサーは説けり　然れとも仏は之を法執といひて斥く

（第五巻一二四～一二五頁）

先に二葉亭のスペンサー理解を問題にしたときに、スペンサーが、相対性は絶対性の前提のもとでしか存在しえない――絶対性が相対性を前提としているのと同じく――という論理によって、絶対の真理、ないしは第一原理と呼べるものを操作的に打ち立てたのを見た。この、スペンサーとの比較で仏教を検討しようという文章の、「有は無に対しての有、空は有に対しての空なるに相違なきが如しこれスペンサーの唱うる所と同じ」という総括は、こうしたスペンサーのロジックの正しい理解になっているといえる。しかし、この原理から、スペンサーは、「絶対性」を仮に認めていいという立場に進んだのに対し、二葉亭の依拠する「仏教」はそれを「我執」としてやはり否定するわけで、彼にとって不可知・懐疑は、つまるところそれなしには済ますことのできない原理なのである。

とはいえ、キリスト教の真理の断言には激しい拒絶反応を見せていた二葉亭だが、それだからとい

って、仏教の、無の思想にも心の安住を求めていた気配はない。「落葉のはきよせ」にときどき見られた仏教をめぐる思索はその後、終息していく。彼にはあくまでも絶対的真理が必要なのだが、同時にそれはそもそも得られないものと決まっているのであり、その得られないものを求めてあがき続けること、それのみが彼にとって可能な生活態度であったのだろう。絶対的真理を放棄し、そこに悟りと解脱を見出すという仏教の救いの道も、二葉亭にはそもそも閉ざされているのである。その意味で、反発しつづけたキリスト教思想の方が、仏教よりも、彼の性向に適っていたのだともいえる。つまり悟りすますよりも、仮想敵としてキリスト教と格闘し続けることのほうが、彼の資質に合っていたのだろう。

もっとも、そのような、徹底した（宗教的）懐疑心を希求していた二葉亭が、やはりそのような懐疑の深淵を描き続けた――神の存在・非存在、そして、それに伴う人間の倫理の絶対性あるいは相対性に対する問いかけを作品を通じて発し続けたドストエフスキーを、そうした文脈で必ずしも理解していなかったようなのは不審なところである。「予の愛読書」では二葉亭は『罪と罰』を、権力を超克しようとした主人公が、人間の「活くる所以は理ではない、情である」ということに気付く過程を示した小説だと総括し、この作品の宗教的（キリスト教的）射程、キリストの教えに対する懐疑とその克服という主題を完全に閑却してしまっているのである（第四巻一六四頁）。

なお、二葉亭はその後、禅にも一時、関心を持ったようだが、これもある段階で放棄してしまった。このことは内田魯庵が『思ひ出す人々』に伝えている（もっともこれは「真理」探究のためのものではなく、セラピーの方法として研究したのである）――「一時は其［セラピー］の手段の一つとしての禅の研究を思ひ附き、『禅門法語集』や『白隠全集』を頻りに精読し、禅宗の雑誌まで購読し、熱心鋭意して禅の工風に耽つてゐた。が、衛生療法や静座法を研究する意《つもり》で千家の茶事を学ぶに等しい二葉亭の態度では禅に満足出来る筈が無いのが当然で、結局禅には全く失望した。禅は思想上のキューリオ、精神上の催眠薬であつて、今日の紛糾錯綜入乱れた文化の葛藤を解決し制馭する威力のないものであると云ふのが二葉亭の禅に対する断案［であった。］」（三二三頁）

これに対してキリスト教への関わりは激しい形で続いていくのであって、先にも述べたように、その再発をやがてわれわれは『平凡』に見るのである。

官報局を辞し、再び浪人に

こうして官報局時代は、職場では好きな実務研究に没頭し、一方、個人的には哲学・思想・宗教研究に余念なく、そのほか実地の人生勉強として「下層社会」研究をするなど、二葉亭にとっては比較的、気の楽な、そうして充実した時期だったと言えよう。また、その間、文学活動から全く足を洗ったわけではなく、明治二十九年（一八九六）には、「あひゞき」の改訳、「めぐりあひ」の改訳である「奇遇」、さらにやはりツルゲーネフの『アーシャ』を訳した『片恋』を収めた翻訳集『片恋』を出版している。翌明治三十年にはゴーゴリの「肖像画」、ツルゲーネフの「夢かたり」、『うき草』を翻訳・発表して、文壇に二葉亭四迷復活を印象づけている。

だが、明治二十五年（一八九二）十一月に高橋健三が局長を辞してからは、官報局での仕事も以前のような自由さは失われていったようで、二葉亭は次第に不満を募らせていく。やがて、局に招いてくれた外国語学校の旧師の古川常一郎も辞めてしまい、ついに二葉亭も後を追うように、明治三十年（一八九七）暮れには辞職してしまう。

生活に困った二葉亭は　明治三十一年三月十一日には陸軍大学校の露語教授嘱託となった。これも古川の斡旋である。が、わずかひと月で辞職している。

さらにこの後、翻訳などして世過ぎをしようとしていたが、父親の喜ぶところならず、定職を見つけるように言われておし込められたのが海軍省であった。二葉亭はここで編修書記をしていたが、父親の方は辰之助が就職して三日後に急病で死去してしまい、海軍省の仕事は二葉亭にとってはただただ面白くないものになり、ここも九か月で辞してしまう。その様子は追悼文章に当時のことを書いた同僚二人の文章にともに現れている。「何を云つても判任官ぐらゐの事ですから、よほど不満足であつたのでせう。僅か数ケ月でおやめにもなりました。特に海軍省には海軍省向きの至極適当な人が他に多かつたものですから、同君の才能も、それほど発揮する場合がありませんでした［。］」（岡次郎「海軍省勤務中の長谷川氏」上八一頁）「色々と専門的の艦《ふね》のことや鉄のことや、その他いろ〳〵うるさい仕事だものですから、同君は終に堪へ切れなくて僅か九ケ月でまた止して了ひました。（……）この海軍省時代は同君にとつて最も得意でなかつた頃でもありませうし、時期は短かつたし、一向これといふ目立つたこともありませんでした。」（芥川晃孝「海軍省時代」上八四頁）だが、興味深いのは海軍省時代の二葉亭の記録には、その滑稽な振る舞いについても言及があることで、「いよ〳〵此省をお止しになる時、離杯を挙げましたが、その場ではどうも非常な滑稽なことなどを演ぜられましたの

（新）東京外国語学校校舎

で、私どもでは一般にあの人は非常な滑稽家だと思つてゐました。」（岡次郎「海軍省勤務中の長谷川氏」上八二頁）繰り返し、忘れ去られるのを拒むようにわき上がってくる、二葉亭の快活さを伝える証言だが、海軍省は不遇時代であったこともあり、これは彼の悲しい身振りであったのかもしれない。

再び東京外国語学校へ

こうして陸軍大学校、海軍省と必ずしも満足できない短いキャリアを転々としていた二葉亭だが、ようやく春が訪れる。かつて長谷川辰之助が卒業を直前にして廃校になってしまった外国語学校を復校しようという動きが起こってきたのである。その背景には日清戦争後の外事の増加や、また建設が進みつつあったシベリア鉄道がやがてさらに諸外国との交通・交流を盛んにするだろうとの予想があったようである。長谷川辰之助が東京外国語学校に進学した動機はここにきて公式に承認される形になったわけである。

明治三十年（一八九七）に高等商業学校付属外国語学校は英・仏・独・露・西・清・韓の七学科を持つ学校として再興された。ロシア語の嘱託として迎えられたのは古川常一郎で、嘱託といっても露語科の日本人教師は古川だけであり、実質上の教授待遇であった。事実、翌三十一年には教授に昇進し、彼のリーダーシップで露語科の拡充が進む。明治三十二年四月には、高等商業学校付属外国語学校は独立して東京外国語学校となり、同九月には古川は旧外国語学校出身の鈴木於菟平《おとへい》および長谷川辰之助を招聘する。二葉亭が就職するに先立って同校が高等商業学校から独立しているのは意味深いことだろう。旧東京外国語学校が高等商業学校に吸収合併されたことに憤慨して退校した長谷川辰之助である。高等商業学校の付属という形では、筋を通す二葉亭のことであるから、古川の招聘を受けなかったことであろう。

二葉亭は同校で教授としてロシア語・ロシア文学を講じた。彼が非常に熱心な教師であったことについてはさまざまな証言が残っている。

教へ方の注意周到なことは、一日でも先生の教を受けたもの、等しく認むる所であると思ふ。先生の教へ方は一字一句も軽々敷読み去る様なことはしない。或る一字を捉へたら之を四方八方から文法攻めに会はせてしまはなければ承知せぬと云ふ、どつちかといへば手のろくつて管々しい方で、小学読本のやうな簡易な者でも、僅か一頁を教ふるに一ケ月以上は必ずかゝる。（股野貫之「長谷川辰之助先生の東京外国語学校教授時代」『二葉亭四迷』上九六〜九七頁）

また別の受講生の回想によれば、二葉亭は教材にゴーゴリの「旧時代の地主」を取り上げ、旧外国語学校時代同様、テキストは各自にはないので、学生に筆記させ、それを訳読に用いたという。

二葉亭は僕等に対ひ、「自分は［『旧時代の地主』の］翻訳にかかつて、最初の二ページ程訳して見るが、何ふも原文に圧倒されて不味いこと夥しい。それで幾回となく反故にして、今だに訳が出来ぬ。今度諸君と一緒に緩くり玩味して見よう」といふのだ。

左様な訳だから、僕らが順々に訳読してゆくと、先生大きな近視眼を、鉄縁眼鏡の底でパチクリさせ、やがてあらぬ一方をヂイッと凝視し、さて結んだ口をパンと一声、「ネイ君、そこはマア、斯ふいつた程の気持ちだよ……」と、原文そのものを舐めてでも見たい位に愛玩しつゝ説明するのだ。そして先生のその訳語は単に適切と評するには勿体ないほど、寧ろ二葉亭原作といひたい位のものである。（古澤幸吉「外語時代の回顧」野中正孝『東京外国語学校史』より孫引き。四二四頁）

このゴーゴリの作品はやがて「むかしの人」というタイトルで『早稲田文学』に発表されることになる。

また、東京外国語学校では親しみやすい面も見せていた。ゴーゴリの作品を読みながら「あの真面目な、どちらかと云へば小六《こむづ》ケしい顔付をして、『きいちやん』だの『みいちやん』だの『よくつてよ』などゝ、やさしい口真似をされたものだ。」（股野貫之「長谷川辰之助先生の東京外国語学校教授時代」上九七頁）また、「其時分吾々学生は宿屋に着くと。学生の集つて居る所へ教員を無理に引張つて来て、何か隠し芸をやらせるのを手柄の様に心得て居た。先生の番に当ると、手拭をあねさん冠りにして、箒木を抱へて大きな声で、『所は青山百人町に鈴木主水といふ侍が』と妙な見振で瞽女《ごぜ》の真似をして、一同の喝采を博された」（同　上九八〜九九頁）という。

山田美妙が、幼い頃の二葉亭の意外な側面として、「無類といふ程の滑稽好き」で、仮面をかぶってヒョットコ踊りなどもしたと回想しているのを第一章で紹介したが、真面目で深刻一方の人間として通常理解される二葉亭の隠された側面は、このように長じてからも消えていないのである。

二葉亭の多面的性格

二葉亭の複雑な性格についてはすでに第一章で指摘したが、そこで言及した生真面目さと剽軽さの同居が、ここにもやはり見える。この点に限らず、二葉亭は非常にさまざまな性格をときに何の痛痒もなく、ときにその矛盾に深く悩みながら同居させていた。文士と志士の分裂についてはしばしば語られるところだが、二葉亭は狷介《けんかい》な剽軽者、現実的な理想主義者、神経質な豪傑、生真面目な快楽主義者、ハイカラな伝統主義者　国権主義的な平和主義者　帝国主義的な社会主義者であった。また、横山源之助が伝えるところでは、横山があるとき『浮雲』の主要な登場人物それぞれにモデルがあったかどうか聞いたとき、二葉亭は「あれは皆な僕の性質を出したものだ、僕には文三もあれば昇もあり、お勢もあれば、お政もある」と答えたという（「二葉亭四迷」別巻二二三頁）。

＊

＊しかし、おそらくは文三が強かっただろうことは疑えないので、二葉亭はしばしば、自分の中の文三がまた出てきてしまって失敗したとこぼしている。「小生からが我ながら愛想の尽きるほど薄志弱行で、愚頭《ぐづ》

で、無気力で、懶惰で、臆病で、到底物の役に立ち申さす候［。］（……）この形勢［いいかげんな人間がはびこる日本の現状］を傍観して情けないトばかりにて其より以上は何事をも為し得ぬ小生のやうな人間か出来るのにてはあらぬかト疑はれ申し候　浮雲の文三、まだお記憶に留まりあるや否やを知らす候へとあの文三か今の小生ニ候　矢張自分の性質の或る点を develop して作り出した人物ゆゑ似たとて不思議はなけれど、あれが自分かとおもふといやになつてしまひ申し候［。］」（明治三十六年［一九〇三］六月十三日付坪内逍遙宛）

こうして自分の性格の愉快な面も披露しながら、二葉亭は東京外国語学校ではかなり充実した日々を過ごしていたようである。勤務したのも五年に及び、官報局についで長い職歴となった。仕事の内容にも満足し、生活的にも安定していたはずで、二葉亭のもっとも幸福な時代であったといえるかもしれない。だが、このポジションを二葉亭はまたしても蹴ってしまう。

辞職の理由についてはさまざまなことが言われている。校務があまりに重くなったということはあったらしい。この頃坪内に出した書簡では「語学校の方も近頃ハ主任といふ重荷を背負はせられ終日学校の事にのミ齷齪たる有様大に閉口致居候」（明治三十三年［一九〇〇］十一月九日以後付）とこぼしている。

また職場のトラブルもあったようで、横山源之助の説によれば、「海外留学生の選定に就て校長高楠氏と意見が衝突したのが近因であつたが、日頃校長と教授方針を異にしたのが偶々留学生問題で爆発したものといたつ《ママ》た方が適切であらう」（「真人長谷川辰之助君」『二葉亭四迷』上二一〇頁）ということになる。

だが、これらの原因が主因であるにせよ、副次的要因であるにせよ、二葉亭が若き日から持ち続けていた、ロシア語およびロシアへの知識を利用した「実業」、ロシアの勢力が及ぶ土地での実際的活動をしたいという気持ちはずっとくすぶっていたはずである。それをウラジオストクの一商会、徳永商店が与えてくれることになる。

2　大陸における「工作員」としての二葉亭四迷

ロシアの極東到達

ロシアの極東探検は十七世紀から開始されていたが、ユーラシア大陸最東端まで達したロシア人たちは良港を求めて南下を始め、十九世紀後半から現在の沿海州の湾、入江、河川、半島などが発見されていく。今日、ウラジオストクと呼ばれている港湾は実は一八五五年に英国の艦船によって発見され、ポートメイと名付けられた。それはこのとき遠く黒海で戦われていたクリミア戦争と関係があり、極東ロシアにいたロシア艦隊が英仏艦隊と交戦し、逃走したのを、英仏側が追跡・探索し、それがポートメイの発見につながったのである。クリミア戦争の終結に伴い、同地域は再びロシアの勢力圏に戻り、ポートメイは一八五九年にはウラジオストクと改名された。

こうしてウラジオストクは良港を求めるロシア帝国の政治的拠点として出発したわけだが、やがて一九〇四年に開通するシベリア鉄道の終点ともなり、（極東）ロシアにおいて大きな経済的・軍事的な意義を持つようになる（満州を通ってチタとウラジオストクを結ぶ、より短距離の東清鉄道は一九〇三年に完成している）。

したがって、地理的な近さもあって、日本からの移民は早くから盛んであった。当時は極東ロシアは日本に比べて経済的にかなり発展した地域であり、日本からは労働力が出稼ぎとして移り住んだのである。しかも、その中のかなりの部分は娼婦（北のからゆきさん）であった。ウラジオストク在住日本人のかなりの部分は売春に従事する女性であり、またウラジオストク全体でも、娼婦の多くは日本人であった。たとえば、一八八九年で市内の娼家は十軒で、そこで働く売春婦は合計百四人、そのうち二十人がロシア人、残りの八十四人は日本人であったという（原暉之『ウラジオストク物語』一五八〜一五九頁）。二葉亭が訪ねた頃も状況は大して変わっていなかっただろう。

徳永商店

ウラジオストクには大きな日本人の商事会社が二つあったが、徳永商店は小さい方であった。そして、最大の商店であった杉浦商店への対抗上、二葉亭四迷を利用しようとしたのだとされる。だが、一体、どのように利用しようとしたのかについては詳しいことは分からない。

「浦塩では杉浦龍吉氏が一番手広く商売してをる事は誰でも知つてる。杉浦氏の名は露国貿易業者の代表として日本にも能く知られてをる。処で徳永商店は杉浦商店と拮抗して大に雄飛せんとする野心があつて、么麽《どう》いふ方面に長谷川君の力を煩はすツモリがあつたか知らぬが、左《と》に右《か》く長谷川君を顧問といふ名義の下に佐波氏の紹介を以て招いた。」（内田魯庵「二葉亭の一生」『二葉亭四迷』下二〇一頁）

徳永の思惑はともかく、二葉亭にしてみれば、極東調査が第一の目的であり、そのための便宜が図られるのならばどのような資格でもよかったのだろう。

魯庵の回想にあるとおり、徳永との仲を取り持ったのは外国語学校の同窓佐波武雄である。佐波は卒業以来、長らくウラジオストクにあって、二葉亭から「露領沿海州遊歴」の相談を受けていたが、思いとどまらせていたという。だが、「明治三十四年、予閑を得て帰朝するや、〔長谷川〕氏を東京駒込の寓に訪ふ。談は直ちに沿海州及び満州遊歴の事に言及せられ、氏の心到底動かすべからざるを看て、予は後日の好機を約して去る。翌年予は露国機業者と相携へて再び帰朝し、当時浦塩に名ある実業家徳永氏と神戸に会して所要の商議を了り、予は夫より独り東京に上りしに、偶々徳永氏も亦来りたるを以て長谷川氏と三人鼎座して合議せし結果、遂に氏の遊歴問題を決行することとなりたり。」（佐波「東露及満洲に於ける長谷川君」『二葉亭四迷』上一五三頁）こうして二葉亭のウラジオストク、ハルビン行きの計画は整ったのである。* 明治三十四年（一九〇二）暮れのことであった。

*二葉亭と徳永の仲介をしたのは別人だという史料もあり、やはり外国語学校の同窓桑原謙蔵は「沢といふ今統監府の通訳官をしてゐる人が徳永商店へ出てゐたので其関係で徳永の店に行」ったと書いている（「長谷川君の略歴」別巻二二六頁）。

翌明治三十五年春、二葉亭は高野りうと二度目の結婚をした（披露をしたのみで、婚姻届を出すのは帰国後、次男の富継が生まれてからのことになる）。これも露国行きをひかえて、身辺をかためるという狙いがあったのであろう。二葉亭は最初の妻つねと気まずい離婚したあと六年間、独身生活を続けていたが、りうとは概ね平安な家庭生活を送り、さらに二人の男子を設けることになる——つまり、二葉亭は前妻との間にできた子供と合わせて、生涯に都合、三男一女を得ることになる。りうとの家庭生活の順調さは、たとえば——話しは先走るが——晩年にペテルブルグに朝日新聞特派員として滞在していたとき二葉亭が頻繁に近況を知らせる、親愛の情に満ちた書簡類からも窺うことができる。二葉亭の生涯最後の手紙も日本に向かう帰路、りうに出した「今朝マルセーユ着、病状に異なりたる事なし」というものだった。

ウラジオ渡航

佐波とウラジオストク行の計画を練っていた明治三十四年（一九〇一）暮れ頃から二葉亭の書簡には「秘密のミッション」をにおわせる、思わせぶりな口調が目立ち始める。

実は其後或る事情に迫られ急に裏塩行を思立ち金策やら善後策やらのため種々奔走致し殆ト寧日なき有様［。］（明治三十四年［一九〇一］十二月十三日付内田魯庵宛）

小生も多年ノ宿志漸く相達し来月之末かさ来月初め満洲はハルビンに向け出発ノ都合に相成申候今日より将来ノ事は確言致し難く候へどまづ骨を黒竜江辺か松花江畔か又ハ長白山下に埋める考にて出掛け候ゆえよし（……）六十有余ノ老母を棄て十歳未満ノ男女の小供を棄てかやうの考を起こしたるは誠に狂気染みたる次第なれと時勢ハ遂に小生をして狂を発せしめたりとも申すへきか［。］

（明治三十五年二月二十三日付奥野小太郎宛）

小生事此度浦塩の商人徳永茂太郎といふ人と相談調ひ同人の満洲ハルピンに出しをる支店へ相談役とも附かず、客分とも附かず、参る事に相成候（……）兎に角確実の話にて、心配はなく候へど種々込み入りたる事情有之候　左様の約束を徳永と結びをる事判然致す時は彼地に参りてから大いに仕事に妨害を来す事情有之候故これは極々の秘密にて表向は東京の日本貿易協会より満洲の商業視察を嘱託せられたことに取繕ろひ此肩書にて渡航することに相成候間自然御知人に御風聴被下事もあらば徳永との関係は固く御口外被下間敷様奉願候（明治三十五年四月一日付坪内逍遙宛）

日本貿易協会は、貿易会社の経営者が会員となっていた社団法人で、一種の圧力団体であった。同会は貿易の振興を目的として、明治十八年（一八八五）、有志によって創設された。その設立趣意書を見ると、活動内容としては、貿易の実務に関する知識を広めること、「新に海外商売を企つる為めに其営業の順序及び海外諸国の商慣等本会に照会するものある時は会員中誠実に之を調査して可成便利を与ふる事」（『日本貿易協会五十年史』一五頁）などを謳っていた。二葉亭の「商業視察」はこの目的に適っていたわけである。二葉亭がどういうコネで日本貿易協会と接触したのか詳らかではないが、博文館の社主大橋佐平が同会東京支部の役員を務めていたから、彼を介してのことかもしれない。横山源之助によれば、二葉亭はすでに「是より先、君は日本貿易協会に関係してゐた」（『凡人非凡人』

三九一頁〕）という。

同会は極東ロシアに対する関心も高く、日露戦争が終結すると、日露貿易振興の建議書を政府に提出し、今後、日本人がシベリアに移住し、通商を再開することは疑いないので、ニコリスク、ハバロフスク、ブラゴヴェシェンスクなどに領事館や貿易事務館を設置するよう献策している。このような関心を持っていた貿易協会にとって長谷川辰之助を「沿海州貿易実情調査員」とすることは名目上であれ何であれ、会の趣旨に沿うものであった。

さらにいえば、二葉亭その人は、日本貿易協会嘱託という隠れ蓑で内実は、徳永商店と組んで、諜報・工作活動を行うのだというような書きぶりだが、徳永が現実に何らかの諜報機関と連携していたような形跡は知られるかぎりない。これは二葉亭の勝手な思い込みの部分が大きかったのではないかと想像される。

二葉亭は名古屋、岐阜、神戸、大阪を経由して、出港地敦賀に向かった。国内移動の際にも土地の名士を積極的に訪ねている。たとえば、途中、岐阜では商業会議所会頭の渡辺甚吉なる人物を訪問している。こうした活動をとおして、人脈を作って、のちの仕事に役立たせようとしていたのであろう。大阪では、外国語学校露語科の同窓生で、実業家の平生釟三郎と会った。平生はやがて大正時代には損害保険会社の取締役を歴任することになる大物経営者であり、辰之助は来阪のおりには常に平生に会い、さまざまな人物に紹介してもらっていた。「長谷川君は大阪を過ぐる時必ず小生の居を叩きて一日又は一夜の快談を貪るを常としたり。昨年六月露国に行くの途次［これは第六章で取り上げる、ペテルブルグ行きの際の話である」亦来門したれば、在阪三四の友人を招きて快談放論自ら無冠の外交官を以て任ずるの概あり」（「精神と身体と権衡を失したる人」『二葉亭四迷』上三五頁）。

はじめてロシアの地に至る

こうしていよいよ二葉亭は明治三十五年（一九〇二）五月十四日、ウラジオストクへと到着した。二葉亭の乗った汽船交通丸は港に隣接した鉄道ウラジオストク駅のすぐ近くに接岸しただろう。右手には欧州風の建物が並ぶスヴェトランスカヤ通りが見渡せたはずで、はじめての外国、はじめてのロシア、はじめてのヨーロッパ風の街並みを見た二葉亭の感慨は大きいものであったに違いない。

ウラジオストク駅は二葉亭が到着する十年前の一八九三年に完成した。床には日本製の陶板が敷き詰められ、これは現存している。一九一二年にはモスクワのヤロスラヴリ駅を模した増築が行われたが、初代の駅舎はそのまま使われた。さらに十年後にはここにやはり船でサンフランシスコから到着し、反革命の工作のためにペテルブルグに向かう途中の作家サマセット・モームが、同じ建物の中のレストランで食事を

20世紀初頭，二葉亭が訪問した頃のウラジオストク駅

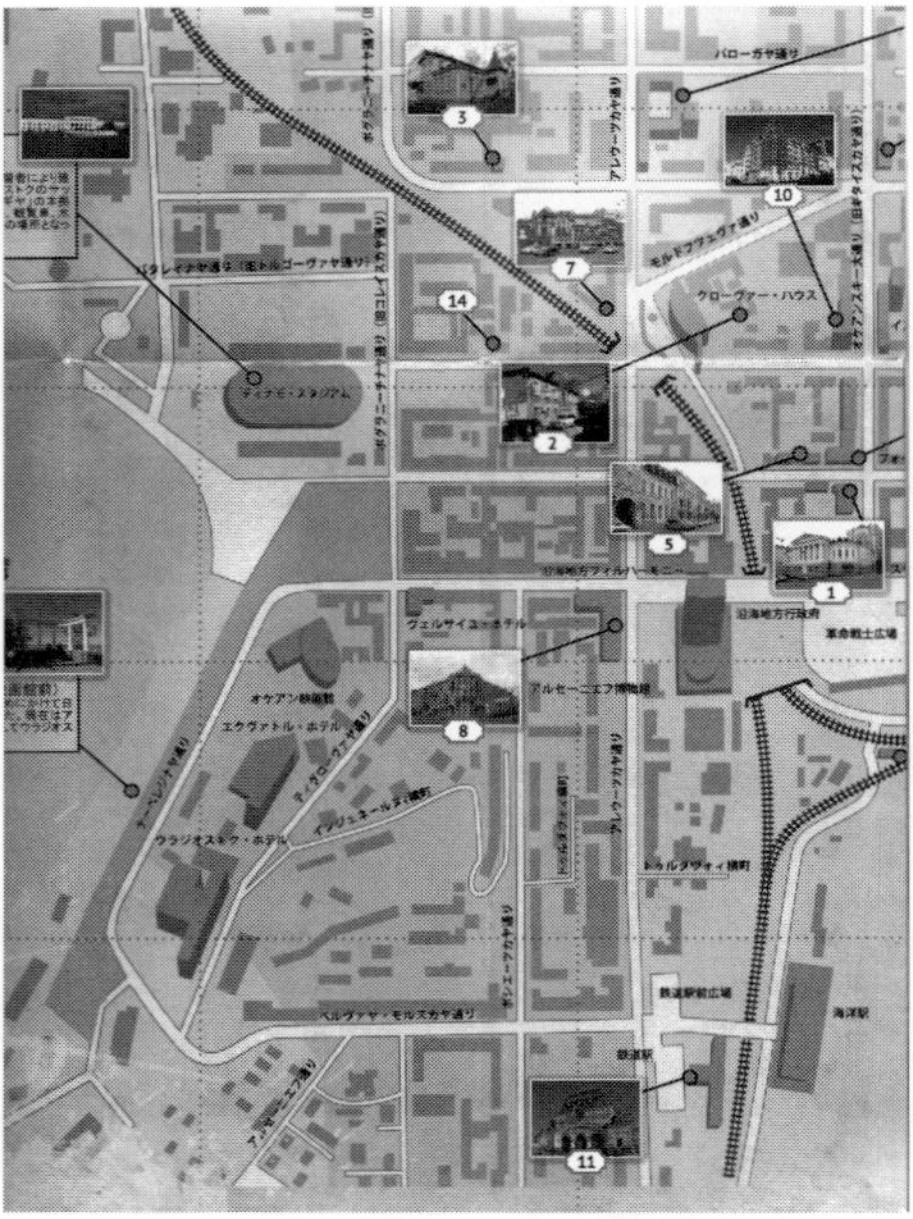

ウラジオストク二葉亭関係地図

14番で示されているのが，二葉亭が滞在していた徳永商店跡。右上［北東］には日本人娼館が多数あったポローガヤ街，右下には鉄道駅および埠頭がある。

することになる。レストランも、当時のものがまだ残っている。その頃も現在と同じく「グドーク（汽笛）」レストランと呼ばれていたかは定かでないが。

港では徳永商店の人間らが二葉亭を迎えた。ウラジオストクには二葉亭四迷と同じ頃、東京外国語学校でロシア語を学び、当時は日本の貿易事務館に勤務していた川上俊彦や、徳永との仲介をした、やはり同窓の佐波武雄も居住していたから、はじめて外国の地を踏む心細さはなかっただろう。港からおそらく馬車に乗り込んだ二葉亭は、一番の目抜き通りであるスヴェトランスカヤ通りをほんの少し走ったあと、左折してオケアンスキー（大洋）通りに入ったであろう。二葉亭はさらに馬車を進めて、セミョーノフ街の徳永商店に到達し、そこで宿泊したのだろうと推定される。

二葉亭四迷にとってウラジオストクはハルビンに向かう途中の経由地で、ほんの二週間程度しか滞在しなかったが、短い間に実に精力的に活動している。土地の有力な官僚、政治家、商人らの知己を得ているし、知識人たちともしきりに交流している。その様子は彼が残した旅の記録『遊外紀行』から知ることができる。すぐ翌日から二葉亭はハルビンにも支社のあった、ユダヤ系の大商店チューリンや雑貨店プタシニコフなどで買い物をしたり、値段を調べまわったりした。『統計日報』という名の経済新聞もこまめに購読しており、情報収集に忙しい。佐波の回想によれば、「氏浦塩斯徳に着するや、直ちに旧知の露国人其他を歴訪して博く実業に関する書類統計を蒐集し、或は有力なる実業家に逢て其意見を叩きつ、過去現在未来に亘る地方の商勢並に商工業の現状等を調査し、殊に意を満洲出入の貨物に注ぎたり」というようなせわしさであった（「東露及満洲に於ける長谷川君」『二葉亭四迷』上一五三頁）。

ウラジオでの人脈づくり

五月十八日には極東国立大学の日本語教授であったE・スパリヴィンに会っている。スパリヴィンとはすでに明治三十三年（一九〇〇）、このロシア人学者の日本滞在中に知り合っており、そのとき二葉亭は尾崎紅葉の『多情多恨』を教科書に日本語を教授している。二葉亭は紅葉の文章の巧みさを高く買っていた。一般に旧時代の文学者とみなされる紅葉を、新時代の文学の旗手とされる二葉亭が愛好していたことは興味深い事実として記憶にとどめておかなければならない。

スパリヴィンは当時ロシア帝国領であったリーガで生まれ、ペテルブルグ大学で学んだのち、新たに設立されたウラジオストクの国立大学の東洋学院にてこ入れするために極東に派遣されてきていた。

ラザレフスカヤ（現プーシキン）通りのポストニコフの家（エスペラント・サークル「エスペロ」の事務所を兼ねる）
二葉亭はこの家をウラジオストク滞在中に二度，訪問している。壁にはエスペラントのシンボルである星のマークがデザインされている。この建物は，現在のロシア極東科学アカデミー歴史学・考古学・民俗学研究所のすぐ隣にある。

非常に優秀な日本学者で、文学への造詣も深く、このあと二葉亭と長く交遊を持つようになる。

　スパリヴィンと会ったその日に同地のエスペラント協会の会頭であったF・ポストニコフを訪ねたが会うことをえなかった。二葉亭は日をあらためて、翌六日に再訪し、面会を果たし、その勧誘でただちにエスペラント協会に入会している。二葉亭とエスペラントの関わりについては章を改めて詳述する。

　さらにアムール地方研究協会――これはかつての帝国地理学協会の後身で、ウラジオストク知識人が構成するもっとも大きな団体であった――の会員で、モスクワ大学医学部でのチェーホフの同期生でもあった医師N・キリーロフの知己を得ている。* キリーロフはポーランド人のアイヌ民俗研究者B・ピウスツキとも親しく、ピウスツキはこれ以前、流刑先のサハリンからウラジオストクに許可を得て移住していたが、二葉亭のウラジオストク滞在中はブラゴヴェシェンスクにおり、すれ違ってしまった。だが、四年後の明治三十九年（一九〇六）には日本で対面を果たす。ピウスツキは二葉亭と長く交遊し、二人の関係は二葉亭の後の人生で重要な意味を持つようになる。キリーロフとは二葉亭はウラジオストク滞在中に一度観劇をしており、チェーホフの芝居を見ていたというのでもあれば面白いのだが、彼が見た演目は分からない。

＊早稲田大学所蔵の二葉亭四迷旧蔵書にはキリーロフ著の『ラマ教の一部としてのチベット医学の現代的意義』（ペテルブルグ、一八九二年）という本が収められている。おそらくウラジオストク滞在中に寄贈を受け、日本まで持ち帰ったのであろう。

二葉亭はこのように土地の知識人たちと積極的に面会し、付き合いを広げていた。これを本来の目的であった「諜報活動」の一環としてとらえていたのであろう。しかし、彼はこうして自分で「実業」と呼ぶところのものに従事しながら、興味深いことに、すっかり嫌気がさして放棄したはずの文学への関心を捨てていなかった。二葉亭はアムール地方研究協会の本部であった博物館で開かれていた公開朗読会に何度か出席しているのである。というより、短い滞在中で可能な限り出席していたようである。朗読がロシア文学の重要な部分であり、二葉亭が外国語学校で受けた教育もこの伝統と関係していることはすでに第二章第二節で述べ、この公開朗読会のことにも言及しておいたが、二葉亭の文学への関心はこうして継続していたのである。二葉亭の出席した朗読会のうちの一回分だけは現地の新聞『極東』に載った広告からプログラムが分かる。それはオストロフスキーの戯曲『真理はいいが幸福はもっといい』であった。

ポローガヤ街の日本人娼婦（上）着流しの日本人男性たち（下）

女郎屋経営論

節の冒頭でも書いたように、二葉亭が滞在していたころの日本人居留民の間でもっとも一般的な職業は買売春であった。娼婦の多くはポローガヤ（坂の）街という、二葉亭が宿泊していたセミョーノフ街からほんの辻二つ三つ隔てたところを根城にしており、二葉亭も坪内宛の書簡でそれに言及している。六月三日付けの書簡で、ウラジトストクが治安も悪く、秩序もないことを批判したあと、「当地に在りてすら人々相戒めて成りたけ夜行せす　小生も已を得さる事情ありて夜の十一時過市中を通行したることあり　成程一個の通行人にも逢はず　パローガヤ（遊郭所在地）街の方角に方りてピストルの音両三発を聞く　あんまり好い気持ちはせさりし［。］」

ここでは、遊郭のあたりは危なくて、近寄りたくないというような口吻の二葉亭であるが、実は彼自身は満州で遊女屋を自ら開くという計画を立てていた。これは複数の友人の証言から分かる。たとえば内田魯庵が「二葉亭四迷の一生」の中でその経緯を伝えている。

> 二葉亭の醜業婦論は一時交友間に有名であつた。其頃二葉亭の家に出入りしたものは大抵一度は醜業婦論を聞かされた。二葉亭の説に由ると、日本の醜業婦の勢力は露人を風化して次第に日本雑貨の使用を促が[す]。(……)其結果が日本の商品の販路拡張となり、日露両国民の相互の理解となり、国際上の無言の勢力となるから、若し資本家の保護があれば国際上の最良政策としても浦塩へ行つて女郎屋を初《ママ》めると云つてゐた。此女郎屋論は座興の空談でなくして案外マジメな実行的基礎を持つてるらしかつたが、余り突梯だから誰もマジメに聞かなかつた。(『思ひ出す人々』三三九頁)

魯庵も伝えるとおり、二葉亭の女郎屋経営論または「醜業婦輸出論」は多くの人に奇異の目をもって見られたようである。外国語学校の同窓生日向利兵衛がやはりこの話しに触れているが、同じく「甚だ突飛にして不謹慎の意見のやうであります」という感想を洩らしている(「憂国の志士としての長谷川君」『二葉亭四迷』上六一頁)。そして、魯庵同様、二葉亭自身はこの計画を真剣に立てていたことも書きとめている。「同君は之を説くに至極真面目でした。」(同頁)

もちろん、二葉亭はこの計画を実施に移すことはなかった。とはいえ、この話しがよくなされているように、「例の、二葉亭の、実行を伴わない夢想論」と片づけてしまっていいのかどうかについては疑問がある。中村光夫もそうした見方をしていて、「女郎屋の主人として彼ぐらゐ不適任な男はゐない〔。〕（……）二葉亭は元来自分の柄にないことを夢想して一生を終つてしまつたとも云へる人で、この『女郎屋論』もかうした夢想のやや喜劇的な一例と見〔られる〕」と書いている（「二葉亭と女郎屋」『二葉亭四迷』一八二～一八三頁）。だが、本章の後半で見るように、二葉亭は北京の警察学校では非常に大きな事務的・経営的手腕を発揮しているのである。遊郭の経営者の資質がまるでなかったと中村のように断じていいのか。すでに触れたように、日本の極東ロシア進出は事実、娼婦の「輸出」を通じて主に進められていたのである。二葉亭自身にはそのような事業を行う実際の基盤がなかったかもしれないが、その発想と方向性は現実的だったと言わなければならない。

娼婦と諜報活動

二葉亭と親しかったロシア通のジャーナリスト大庭柯公《おおばかこう》は二葉亭が、やがて滞在することになる北京において娼婦を利用して情報収集活動を行ったと証言している。「〔二葉亭曰く〕開戦前の一ケ月程の間北京での日露の懸引は実に妙機を極めたもので、露公使が某親王邸を訪問したかしないかと云ふ一事実だけで大事の成行を推定することが出来るやうの場合もあつた。之がため予等の警務学堂〔二葉亭が教頭を勤めた警察学校〕などは少なからぬ秘術を尽したものだ。予の如きも日本の一娼婦の露西亜士官に因縁頗る深き尤物《いうぶつ》に打込んでトウ〳〵大仕事を仕遂げたなど丶云ふこともあつたヨ〔。〕」（「対露西亜の長谷川君」『二葉亭四迷』上一一八～一一九頁）この話しをどれほど真に受けていいのかは定かでないし、二葉亭が得たらしい情報が価値のあるものだったかどうかも分からないが、一方、こうした活動を中村光夫のように素人スパイの夢想だと決めつける理由もない。日本国内の遊郭には伝統的に諜報機能があったことは知られており、たとえば中山三郎は『売笑三千年史』で、遊郭が江戸時代の唯一の外交場であり、そこでは「遊女芸妓は狎客の内命を帯びて、秘密を索むる探偵者たると同時に、また修交の媒介者ともなり補助者ともなつたのである」と述べている（四四四〜四四五頁）。風俗産業を含む「暗黒社会」研究、「人生研究」をさんざんやった二葉亭がそのことを知らなかったはずはない。

そもそも中村は、二葉亭に「女郎屋の主人」としての才覚がない理由を、二葉亭は娼婦に対し尊敬の念を持っていたから——たとえば、最初の妻つねがそうであったように——なめられてしまっただろうと説明しているが、根拠薄弱である。あとで見るように、二葉亭はペテルブルグでも金銭的な契約に基づく愛人を持っていたようだが、だまされていたような気配はない。

もちろん、逆に、買売春行為に何の疑念も持っていなかったことで二葉亭を批判することはできよう。中村も言うように、「二葉亭も決していはゆる聖人君子ではなく、女好きな道楽者の一面もかなりあつたし、かつ魯庵の言によれば廃娼運動などには絶対に反対した『熱烈な存娼論者』であつたさうですから、この点で彼の思想の古さを責めることはできませう。」（「二葉亭と女郎屋」一八二頁）松原岩五郎もその点を伝えて、「君の存娼論、而かも熱烈な存娼主義で、若し基督教の力で日本に廃娼が実行されゝば自分は命懸けでぶちこはしてやると言はれた」という（「二葉亭先生追想録」『二葉亭四迷』上一二七頁）——もっともこの存娼論の根拠は思想的なものというよりは衛生上のものであったらしいが。
二葉亭は『浮雲』においては、ロマンティック・ラヴの理念を掲げ、女学雑誌系のピューリタンの思想家たちと同じような理想を追い求めていたのだが、第二章第三節にも見た通り、そのすぐあとから——つまり、初期の訳業においてすでに——それを後退させていた。中村が言うところの「思想の古さ」に戻っていったのである。そして、官報局時代の「人生研究」や、のちの『其面影』や『平凡』においてと、花柳的恋愛観・性愛観に対する否定的態度をどんどん後景に退かせていったのである。

さらに注目すべきは、二葉亭が女郎屋論において日露の衝突回避を画策していたことである。日向利兵衛は先に引いた回想で二葉亭がタカ派であったといい、「日露の間はどうせ一度は戦争をやらなければ納りが着かぬと云ふ考へを持つて居て、盛んに主戦論を主張して居ました」（上六〇頁）と伝えている。また大庭柯公も「長谷川君は飽迄も対露硬であつた」（上一一七頁）と回想しているが、このように二葉亭をやみくもに好戦的な武断主義者としてイメージすることは必ずしも正確ではない。二葉亭は現実の冷静な分析から、日露が再び極東で衝突するに違いないと考え——現実にノモンハン事件は起こった——そして、衝突すれば国力からいって今度は日本が敗れることを予測し——これも予測通り——何とか民の力で戦争を回避しなければいけないと考えていたのである。その考えは晩年のペテルブルグ出発を前に、壮行会でした挨拶の中にはっきりと示されている。「何《だ》うしても日露は今一度戦ふ様になるだらうといふ事。日露戦争前から一たびは仕方ないと私も思つてゐたが、二度目は又何うしても避けねばならぬと思ふ。戦敗しながら露西亜の方が欧洲に於ける財政上の信用がある。日本の公債は募れないが彼方《むかう》のは募れる。よし再び日本が戦争に勝つても必ず財政上で敗れる。」（第四巻二〇三頁）

これはタカ派の夢想家の発言ではなく、高い観察力・分析力をもった現実主義者のそれである。その上で二葉亭は戦争回避の草の根の力に着目するのである。「日露は共に好戦国でないと思ふ。（……）両国民――否《いや》世界の何国も決して戦を好みはせぬ。だから将来の戦を避ける方法は唯一つ。即ち政府が戦はうとしても、人民が戦はぬから仕方が無いと言ふ様にする事である。それには両国民の意志を疏通せねばならぬ。日本国民の心持を露西亜人に知らせねばならぬ。」（同頁）そこで、二葉亭は柄にもなく、そのためには文学が力があると言い出すのである。ここで文学と遊郭を同列に論じれば反感を買うのは必至だがあえて言うならば、二葉亭にとっては、二つは日露関係の政治学において同じ意味――民間における戦争抑止力――を持っていたのである。

ウラジオストクからハルビンへ

さて、二葉亭にとってウラジオストクはハルビンに行くための中継地点に過ぎなかったから、在住日本人の主だった者やロシア人の知識人・学者などとある程度コネクションをつけたあとでは長居をする理由はなかった。現地の日本人については、拝金主義者、刹那主義者ばかりで、志のあるものはないと判断したのである。「小生ノ同窓数名有之候へといつれも唯自己一個の金儲に汲々たる者はまだしも中には酒と博奕と義太夫とに熱心して其他を知らす十何年当地に住すれと町の名さへ碌に知らぬといふ有様　況や天下の形勢かとう成つてをるかそんな事ハ

二葉亭が訪問した頃のハルビン

目抜きのキタイスカヤ（中国）通りで，二葉亭が顧問をした徳永商店もこの通りにあった。すでにロシア語の看板がいくつか見られるが，ここは後に西洋風建築が立ち並ぶ，ロシア人街となる。

一向頓着なし。」（明治三十五年［一九〇二］六月三日付坪内逍遙宛）

かくして、六月七日、二葉亭はウラジオストクを出発、十日にはハルビンに到着した。ちなみにこの際、国境のポグラニーチナヤ駅までは二等、そこからハルビンまでは三等で旅行しており、切り詰めた予算の中で行動していたことが分かる。

ここはもうロシア帝国領ではない。そしてハルビンはウラジオストクよりもさらに若い街であった。

ロシア帝国は一八九一年よりシベリア鉄道建設を進めていたが、ウラジオストクに至る至近ルートとして北満洲を横断する路線の敷設を画策した。一八九六年の露清同盟密約により敷設権が獲得され、一八九八年より建設が開始された。同年、現在ハルビンとなるべき土地がこの東清鉄道の本部を置く場所として選ばれ、こうしてハルビンの町が誕生することになった。つまり、ハルビンは、ロシアが原野に一から建設した都市であり、満州平原の中に突然、出現した西洋風都市となっていた。

密約によればロシアは沿線で「鉄道の建設・保安、砂利などの確保に必要な土地を取得してもよい」とされていたが、ロシア帝国はこの合意をどんどん拡大解釈していき、鉄道をてこにして、北満州をほぼ自らの勢力圏としていくのである。ハルビンはその首都の役割を果たすようになる。

二葉亭が住み着くようになったのは一九〇二年だが、一九〇三年の統計ではハルビンには一万五千五百人強のロシア人と二万八千三百人強の中国人が住んでいたという（アブローヴァ『東清鉄道』六六頁）。日露戦争勃発直後のウラジオストクの人口は二万六千七百人強であったというから、極東のロシア人コロニーとしては大きなものだったことが分かるし、このあとハルビンは非常な勢いで成長していく。人口が爆発的に増えるのは社会主義革命以降のことで、白系ロシア人がなだれを打って押し寄せた。「一九二〇年代はじめに中国における亡命ロシア人の人口はピークに達した。（……）約十五万〜二十五万人と見ている研究者が多い」という（生田美智子「ハルビンにおける二つのロシア」二五頁）。

ロシアの外のロシア的都市であり、同時に地理的にきわめて近かったからである。とはいえ二葉亭が住んでいたときにはまだ地方の小都市の域を出ず、東清鉄道の建設拠点という政治的・経済的重要性はあるものの、対露工作を積極的に行おうという二葉亭にとってはやや物足らなかったかもしれない。

ハルビンには日本人も多数、移住していた。ここは地理的な近さからも、ウラジオストクとは経済的・社会的結びつきは強く、人間の往来は盛んであった。二葉亭が関係した徳永商店も、ウラジオ一の日本商会である杉浦商店も、また、極東ロシアで大々的な商業活動を行っていたチューリン商会も、ウラジオストクとハルビンにそれぞれ店を出していた。

二葉亭のハルビンでの活動内容はとくにはっきりしない。手帳五・六（『遊外紀行』）のメモを見ると、相変わらずの熱心さでいろいろ経済調査をしているほか、ロシア人官僚・商人などとも会い、情報を得、また人脈を作ろうとしているようではある。

石光真清と二葉亭

こうして二葉亭が素人スパイの活動に精を出していたのと裏腹に、当時、ハルビンには陸軍の特命を帯びて職業的な諜報活動を行っていた石光真清がいた。石光は菊池写真館という店を構え――菊池は石光の本名――その蔭で諜報活動を行っていた（諜報工作員の多くは写真業を隠れ蓑にしていた。万一、情報収集のための撮影中にスパイの嫌疑で捕えられても、写真家だという申し開きができるようにである）。二葉亭は石光の写真館にしばしば出入りしていたらしいが、石光の正体は知らなかったようである。石光は二葉亭について、その長い自伝の中で短い観察を残している。

この頃、飄然と現われた奇人の中に、ロシア文学者二葉亭四迷（長谷川辰之助）氏がある。何の目的に哈爾浜に来たのかと訊ねても、いつも笑って答えなかった。徳永商店に滞在してブラブラと日を暮し、何といって仕事もない。気が向けば私の写真館に遊びに来たまま、一週間も泊り込み、写真館のお客を相手に自由なロシア語を操っていた。二葉亭の筆名の由来を尋ねると、

「実は親爺が三文文士が大嫌いでね、貴様のような奴はくたばってしまえと怒りましてね、まあ

勘当同様です。くたばってしまえ、そう親から言われると胸にぐさりと来ましてね、毎日この言葉を心の中で繰返しているうちに、くたばってしまえが、ふたばていしめい、に変ったんですよ」と笑った（『曠野の花』三一八～三一九頁）。

「はじめに」で「くたばってしまえ」を自分で自分に言ったという説と、親から言われたという説の二つを紹介したが、二葉亭自身は自伝の中では、自ら発した言葉だとしていた。だが、ここでは親に言われたことになっているのである。おそらくはどちらでもあったのだろうし、二葉亭自身、そのときどきで説明を変えていたのかもしれない。

石光は陸軍の命を帯びてハルビンで諜報ならびに工作活動を行っていたのであり、本格的なスパイである。それに対して二葉亭は日曜諜報員とでもいうような資格でしかなかったが、この二人はハルビンで顔を突き合わせながら、お互いの正体やその目的については、おそらくは興味を持ち、また、ある程度、推測しながら、確かなところは究極的には何も知らなかった。

彼は私の第一回の旅行談〔石光が鉄道などの調査のために明治三十五年〈一九〇二〉に行った、満州南部の一人旅のこと〕を聞いて大いに興味を湧かしたと見えて、暇を見てはメモをとっていた。その頃、満州駐在ロシア軍の異動命令書が妙な手蔓で私の手に入った。いつもなら秋山連次郎に翻訳を頼むのだが、折悪しく出張中だったから四迷氏に依頼した。四迷氏はちょっと書類を手にしてから放り

出し、

「こんなつまらんものは嫌だよ」

と無愛想に言った。是非頼むと再三懇請してみたが、どうしても承知しなかったので、私は、

「今後は何があっても君には頼まん」

と乱暴な口を利いて引揚げた。（同三二九頁）

このとりつくしまもないような愛想のなさはいかにも二葉亭四迷で、後に夏目漱石の訪問を謝絶したときのやりとりなども想起させる。だが、そうした愛想のなさは陽性のもので、本人はさらさら気にかけていないのである。「これで同氏との交遊も終ったと思っていたら、四、五日立《ママ》って四迷氏が飄然と写真館に現われ、相変らずのん気な話ばかりして、翻訳の一件などは、とうに忘れていた。」（同頁）

大庭柯公と二葉亭

当時、ハルビンには、ロシアと関係の深かった新聞記者・随筆家の大庭柯公もいた。石光の記録によれば、「この頃、哈爾浜の日本人会事務所には、大庭柯公氏が、事務員を勤めながら四迷氏と同様にロシア文学を研究していた。同氏は当時、大場景秋と称していた。四迷氏とは性格も違い、滞満の目的も異なっていたらしい。四迷氏はその後身体を悪くしてウラジオストックで保養中に『くたばってしまえ』になってしまったと聞いた。」（同頁）二葉亭がハルビンでロシア文学を研究していたとか、ウラジオストクで保養中に死去したとか、石光の記述は

不正確かつ不可解で、本格的工作員であった彼が二葉亭にとくに深い関心を持っていたわけではないことを物語っている。

二葉亭はハルビン行きにあたっては大庭柯公と大いに語らい、謀りあうところがあったようである。大庭は回想する。「日露戦争前には長谷川君は自家得意の極東経綸を行ふには哈爾賓が最も適当の地であると見当を付けられて矢鱈に哈爾賓行を計画された。其相棒は僕である。」（「対露西亜の長谷川君」『二葉亭四迷』上一一六頁）計画実現のためには、ハルビンでの生計の手段を考えなければならないので、農商務省の実業練習生になろうという運動をするのだが、「処が僕の方は名も知れぬ小僧であるが、長谷川君の一面は二葉亭と云ふ文豪のこと故如何にしても実業練習生に化ける訳に行ず。僕だけ成功して三十五年の四月頃に哈爾賓に出懸け、長谷川君は六月の頃に浦港を経て哈爾賓にやつて来られた。日本に居れば文壇の第一人として立派に居らるゝものを練習生にまでなつて出懸けやうとした君が心事を憶ふと実に涙が出る。」（一一七頁）海外実業練習生は明治二十九年（一八九六）に作られた制度だが、「日清戦後の紡績拡張政策の一環として農商務省が創設したもので、一九二八年（昭和三）まで約三〇年間継続され、総計八五七名の練習生が海外に派遣された」という（松村敏「刊行にあたって」『農商務省商工局臨時報告第八巻』）。大庭の思い出話を額面通りに受け取るならば、作家二葉亭の肩書が障害になって大陸行きが頓挫したわけで、文学者と思われたくないと願い続けていた長谷川辰之助はさぞ憤慨しただろう。また、大庭の回想からは、二葉亭が、徳永商店からの話しが降って湧いたようにあってハルビン行きを決めたわけではないことが分かる。そもそも満州進出の宿願があって、大庭との謀りごとがうまくいかなかったところに、徳永からの誘いがあり、好都合だったのでそれに乗ったのである。

また、明治三十五年（一九〇二）四月十八日の坪内逍遙宛ての手紙には「農商務の方は全然失敗に帰し候　中間に立てる者ハ尚見込ありなと申候へと小生は最早駄目と見切を附申候」と書いている。この段階で実業練習生としての渡航を諦めたと見ることができるわけだが、同年四月一日には叔父の後藤有常に、徳永商店の相談役としてハルビンに行く相談がついたと書き送っているわけだから、練習生として採用されたならばそちらを優先して、その資格で行くつもりだったことになる。徳永との話しはそもそも願ったり叶ったりのものではなく、次善の策に過ぎなかったのである。

しかしながら、苦労して大陸行きの段取りをつけ、極東経綸のためにハルビンで活動していた二葉亭だが、ここでの生活は次第に二葉亭にとっては色あせたものとなり始める。

ひとつには諜報や工作活動にさして成果がなかったものと想像されるし、また、当初、高く買っていた徳永茂太郎という人間に失望するようになったようである。「段々内輪に立入りて見れハ主人の茂太郎といふ人おもつた程の人物でなく東京の商人で申さは大倉喜八郎［江戸時代末から明治・大正にかけて活躍した実業家で、中堅の大倉財閥の創立者。帝国ホテル、帝国劇場などを造った］位のところにて第一官辺に取入るを商業の極意と心得且つ口でこそ世界の舞台に立たむと欲すなど大層なことを申居候へと内々は其気は少しもなく只少し肚の大きさうなところを見せることもある位に過ぎす［。］」（明治三十五年［一九〇二］八月二十七日付坪内逍遙宛）

こうしてハルビンに飽き足らなくなっていたところへ、外国語学校の同窓である、川島浪速から北京行きの誘いが舞い込んだのである。

北京の川島浪速

一九〇〇年、扶清滅洋をスローガンにした宗教結社義和団が北京および天津の列国公使館を包囲して北清事変が起こった。日英米仏露独伊墺連合軍は八月に北京に入城、義和団を鎮圧した。日本軍司令官であった陸軍少将福島安正は、北京の管理のために同郷で後輩の川島浪速を通訳として誘った。それに応じて、川島は六月には中国に到着している。

川島浪速は東京外国語学校清語科で学び、二葉亭と同窓であった。二葉亭が坪内に宛てた手紙では「此川嶋《ママ》といふは旧外国語学校清語科生徒にて小生とは同窓とは申なから語学科を異に致候ゆゑ学校に居る頃は余り交際も致さす唯途中て逢へは礼をする位に候ひしも先方にては其頃より多少小生を推重致しくれたる由（……）日清戦争に陸軍通訳と成りたるか好機会となりて夜光の玉か光を放ち日本人側よりハ寧ろ支那人側に非常の信用を博し殊に慶親王に知られたるか出世の緒と成りて一躍して清国政府の依頼を受け北京の警務学堂監督として学堂を経営する一切の権能を一手に握り当北京に於て は公使山根将軍ニ次きての顔に成りたる小生の眼より観るも一個の傑物に候」と評されている（明治三十五年［一九〇二］十一月二十七日付）。ちなみに、川島はこののち皇族粛親王の信用をえて顧問となり、その王女愛新覚羅顕玗を養女に迎える。これがいずれ「東洋のマタハリ」として知られることになる川島芳子である。間諜になりたくてなりたくて仕様のなかった長谷川辰之助だったが、北京の同窓の養女がやがて稀代の女スパイとなったことを知ったならば、どう思ったことであろうか。

川島浪速は義和団が鎮圧されて後、治安維持のために警察制度を整備することを進言する。そして、それに基づき警務学堂（警察学校）を開き、自らその校長職についた。*

＊余談であるが、横光利一の『上海』への解説に、「一九〇六年、上海市は日本の警察学校を卒業した中国人留学生の劉景沂を招いて、日本の警察制度をまねて中国初の『警察学校』をつくり、『警察』という名称も日本語からそのまま用いた」と書かれている（唐亜民「横光利一の『上海』を読む」三三三〜三三四頁）。これ以前に川島と二葉亭の経営する警務学堂が北京にあったわけだから、この記述は不正確だということになる。

川島は典型的な大陸浪人で、二葉亭と同じく、中国北東部が日本の将来にとって重要な地域であるという認識を早くから抱いていた。『川島浪速伝』に寄せられた自伝的序文に川島は次のように言う。

明治廿一年頃は、露西亜が伊犁方面に頻りに侵略をめぐらし、清朝政府と葛藤を醸しつゝあつた時である。東亜問題に注目するものは、中央亜細亜方面より、支那が漸次浸蝕せらるゝものとして心配したものだ。（……）俺はその時「ロシアが伊犁方面など少々喰取つても深く心配するに及ばぬ［現在、新疆省であるイリ地方のイスラム教徒の反乱に乗じ、一八七一年にロシアが同地方に侵入、占領し、また一八七九年にはリヴァジア条約を結び、領土を割譲させたことを指す］。最も懸念すべき所は満洲方面だ。将来ロシアは機を見て必ず満洲へ進出する。それはロシアの政策上から見て正に然るべきものである。一旦満洲が彼の手に帰すれば支那朝鮮は最早咽喉を扼せられたと同じで死期は唯時間の問題である。然して後に日本の存立は如何と考へ来たつたならば、実に寒心すべきものである。東洋死活の枢機は全く満洲の上に存在する（……）」と主張した。（四五〜四六頁）

これは、たとえば二葉亭の「露国が満州に盤踞しては東洋の平和は保たれぬ、従つて我国家の存在も危くなる」（『満州実業案内』第四巻三四三頁）というような意見と極めて近いものであり、二人は大いに意気投合したに違いない。

警務学堂提調となる

川島はこうして二葉亭を警務学堂の提調（教頭）に取り立てる。

二葉亭はこの仕事をきわめて熱心に、しかもかなり有能にこなしたようである。とくに彼は学堂の財政健全化に意を用い、財務の意外な才を発揮して、大きな貢献をした。当時の手帳には会計処理に関わる細かい数字が連ねられている。だが、このような仕事につく前にも、すでにウラジオストクに到着したときから小銭にまで及ぶ支出記録を残しており——たとえば、ロシア入り二日目にはプタシニコフの店で買い物をしているのだが、靴、シャツ、ネクタイ、カラーと購入したものの値段をいちいち記入した上で、さらに、帰路の「馬車代　20コペイカ」まで書き留めている——また、ペテルブルグでも同様の記録を付けているので、志士肌の性向や直情的な性格とは別に、非常に几帳面で管理に細かい性格をも併せ持っていたことが分かるのである。

また、川島の義理の弟に佐々木安五郎という者がやはり北京にいて、さまざまな工作をしていた。「東洋の平和は蒙古を楔子《くさび》として露を抑へ清を護るに如くは無し、斯くするには清朝をして蒙古を開

川島浪速（左，川島芳子の養父）と粛親王（実父）

放せしめ、各国共同の市場たらしむるより着手すべし」という持論の持ち主だったが（「噫長谷川辰之助君」『二葉亭四迷』上一〇四頁）、二葉亭も大いにこれに賛同した。そして、ある中国人が、馬賊を利用して、モンゴル経営・ロシア軍威嚇に役だてるという策を持って北京を訪ね、二葉亭も積極的に関与して、川島らはその利用を図ったがうまくいかなかった経緯が、やはり「噫長谷川辰之助君」に記録されている。現実的・具体的工作活動に二葉亭が関わっていたことを示す事例であり、北京時代は「実業家」としての二葉亭に大きく近づいた時期であったわけだ。

さらにこのとき、ロシア官憲にスパイの嫌疑でとらえられていた横川某の釈放を運動するためハルビンに向かう途中、営口で、後の中国学者内藤湖南に出会った。湖南は大阪朝日新聞社記者で満州視察に派遣されていた（内藤「日露戦争の前後」四六頁）。湖南は内閣官報局局長であった高橋健三が大阪朝日新聞社に入社したとき、高橋に抜擢されて、彼の秘書役で入社したのである。新旧の上司をともにする二葉亭と湖南は話しがあったことだろう。湖南はアジア情勢に非常に深い造詣と高い見識を備えたジャーナリストでもあった。

北京では湖南は、当時、駐在中であった朝日新聞特派員牧放浪（巻次郎）とともに、同地の多くの知識人を招待していた。その中には川島浪速も長谷川辰之助もあった（青江舜二郎『アジアびと・内藤湖南』二二九頁）。牧は当時の二葉亭を回想して、「何時も極東の経営談に花が咲いて、未だ嘗て文学談を試みたことは無い、二葉亭君は文学者と謂はれるのを泥棒呼ばゝりでもされるかの如く感じて居たらしかつた」（「我が知れる二葉亭君」別巻二四九頁）と伝えている。

川島との対立

こうして北京で「実業」熱心に取り組んでいた二葉亭だが、残念なことにそれも長続きせず、二葉亭はやがて川島と衝突することが多くなった。二葉亭自身はその理由を坪内に対し、川島は豪傑肌で、自分は違ったせいだと説明している。

元来豪傑好きの彼［川島］と豪傑嫌の小生とは性質の上に於て互に既に相容れかたき所あり　従て一事件起りて之に処する時も彼と小生とは大にやり方を異にし彼も小生の行為に不満を感すること もあらんが小生も彼の行為には飽迄同感か出来ぬこと多く到底提携して行きかたきを暗黙の間に双方とも自然に覚りた［り］（明治三十六年［一九〇三］五月十日付書簡）

このような性格的対立があったところに、学堂内の独身学生と家族持ちの学生の間の反目が激しくなったことがきっかけになって、二葉亭は学堂の仕事につくづく嫌気がさし、ついに職を辞してしまう。これは、両者の対立が深まり、独身者グループが二葉亭を担ぎあげて、川島に待遇改善を求めようとさせたのである。二葉亭は派閥争いに利用されそうになったわけだが、争いによって学堂の経営が危うくなることを懼れてあえて身を引いたのである。こうして大陸にて年来夢にみた活躍をすることも十分にできないまま、無念の涙をのんで、二葉亭は帰朝する。

拝啓　彌々大破裂　辞職と決心いたし候　此十五六日の船にて帰朝すべく候　帰朝後の身の振方は御迷惑なから御尽力を以て南清あたりの学堂へ教師として赴くかさなくは涙を揮つて家族の始末を付け身軽になつて論壇に上り最後の死物狂をやるか二ツ一ツと覚悟を極め候（……）（明治三十六年［一九〇三］七月六日頃坪内逍遙宛書簡）

第四章　革命と二葉亭

1　エスペラントと平和主義

ウラジオストク・エスペラント協会会員

二葉亭はこうして大陸での「実業」に失敗し、いわば尾羽打ち枯らして帰国する。しかし、彼が非常に肯定的に語る「土産」が一つあった。それは国際語のエスペラントである。

エスペラントはポーランドの医師ルドヴィコ・ザメンホフによって一八八七年に発表された人工語である。ザメンホフは、当時ロシア帝国領であったビャウィストク在住のユダヤ人であった。ポーランドは一七九五年の第三次分割によって、ロシア、プロイセン、オーストリアによって分割・併合され、国家として消滅するが、その東部には膨大なユダヤ人人口を抱えていた。併合によってロシア帝国は最大のユダヤ人居住国となる。ビャウィストクにも多くのユダヤ人がいたが、同地にはポーランド人のほか、ロシア人やドイツ人も多数住んでいた。これらの民族集団間の折り合いは悪く、争いが絶えなかったが、ユダヤ人に向けられた敵意はわけても著しく、ポーランドではウクライナとならんでポグロム（ユダヤ人の集団的虐殺）が繰り返されていた。

そのことに心を痛めたザメンホフは、民族間の不和の原因ともなっている言語の障壁を取り除くために、ヨーロッパの諸言語の文法や語彙を折衷した、普遍的なコミュニケーション・ツールとしてエスペラントを開発したのだという。

前章で触れた、ロシアの草分けエスペランティストであるポストニコフはリトアニアのコヴノで生まれた。リトアニアもポーランド、ウクライナと並んで、ユダヤ人が集中して住んでいた国であり、なかでもコヴノはリトアニアにおけるユダヤ人の拠点であった。だが、ポストニコフ自身はユダヤ人ではなく、逆にコサック、つまりユダヤ人を迫害する側の集団に属する人間であった。その彼がザメンホフと、そのコスモポリタニズムの理想に心酔し、ロシアに普及させる礎となったことは不思議な巡り合わせである。

ポストニコフは一八九一年にペテルブルグでザメンホフに会い、エスペラントに魅了されて学習を開始し、一八九七年から九九年までは創設されたばかりのペテルブルグのエスペラント・サークル「エスペロ」の主宰者を務めた。一九〇一年初めからは、陸軍大尉であり、工学校卒業生でもあったポストニコフはその技術を買われて、ウラジオストクに（二度目の）配属になるが、同地でさっそく「エスペロ」の極東支部を創設し、その会頭に選ばれている。

前章でも見た通り、二葉亭は一九〇二年五月十四日にウラジオストクに到着した。そして同月十八日にポストニコフの家を訪れている。二葉亭がそのウラジオストク訪問以前に日本でポストニコフのことを聞き及んでいたとはあまり考えられないので、アムール地方研究協会のメンバーに、ウラジオストク市の代表的知識人の一人としての噂を聞き、会ってみる気になったのであろう（アムール地方研究協会のメンバーの多くはエスペランティストだった）。それにしても、十四日の午後四時半に入港し翌日は旅券の登録などをしていた二葉亭が十八日にはすでにポストニコフ宅を目指しているのであり、取るものもとりあえずかけつけたかのような観がある。二葉亭はよほど土地の名士と積極的に交流したがっていたのだろうし、また、エスペラントといった未知の話題にも旺盛な好奇心を抱いたのだろうことが察せられる。もちろん、前章で述べたような諜報活動的側面もあったはずなので、『日本エスペラント運動史』によれば、「二葉亭の関心はエスペラントよりもむしろウラジオストク軍港の建設に当っていたポストニコフやロシア人指導者に近づくことにあった」という（一四頁）。さらに、二葉亭自身は談話「エス

ウラジオストクのエスペラント・クラブの写真
前列中央右手の軍服がポストニコフ

ペラントの話」で、「私が始て浦潮斯徳でポストニコフといふ人からエスペラント語を習つた時にも、同氏から此語が欧米で盛に研究されつゝある話を聴いたことがあつたが、当時は仔細あつて私の心は彼に在つて此《ここ》に無しといふ有様で、好加減に聞流して置いた」（第四巻一八六頁）と言っている。「仔細あって」というのは、諜報・工作活動をしようという意図のことを指しているかと思われるが、この述懐を信じるならば、二葉亭はそもそも情報収集や人的コネクションの構築に関心があったので、知的興味からのことではなかったらしい。エスペラント協会に入会したのも、土地の有力者との接触が目的であったのかもしれない。ウラジオ滞在中、二葉亭はルサコフスキーという工場主を訪問しているが、この人物はエスペラント協会会員で、熱心なエスペランティストでもあり、二葉亭も訪れた広壮な自宅を後に協会の会合のために提供するようになったという。

ポストニコフは直接、ザメンホフに会って、エスペラントに導かれたのであり、この国際語に向けた彼の情熱はなみなみならぬものがあった。この人は二葉亭のウラジオ訪問から間もない一九〇六年にカリフォルニアに移住し、さらにはアリゾナ州の首都リトル・ロックに近いメディナ市にあった、コモンウェルス・カレッジという、社会主義思想に貫かれたコミューンのような学校で、やはりエスペラントを講じることになる。ポストニコフは余生をアリゾナで過ごすことになるが、メディナでもエスペラント・クラブを作っており、エスペラントの伝道に一生をささげた人であった。ウラジオストクで二葉亭に会ったときにも、さぞ熱っぽくエスペラントの理想について語ったに違いない。

リトル・ロックにあるアリゾナ州歴史協会のアルヒーフにはポストニコフ関係の資料が残されてい

るが、その中に自筆の履歴メモがある。そこには「一九〇二年に長谷川教授と知り合う」と記されている。二葉亭は、二葉亭四迷ではなく長谷川辰之助として自己紹介していたわけだが、しかも（すでに退職しているはずの）東京外国語学校教授を名乗っていたことになる。『遊外紀行』によれば二葉亭はウラジオストク到着後ほどなく、名刺を百枚注文しているが、このロシア語の名刺には「教授」の肩書が輝いていたと思われる。ロシアでは文学者の社会的地位は高いから作家を称しても問題はなかったろうが、それ以上に教授の肩書に力があると判断したのであろう。

二葉亭のオプティミズム

二葉亭とエスペラントの関わりにおいて特異なのは、その楽観的な理想主義者ぶりである。別な談話では「外国で此のエスペラント語をやる処のものは大抵一種の理想家とでも云ふべきものが多」いと書いているが（「世界語エスペラントの研究法」第四巻一七六頁）、二葉亭自らがそのような理想家になってしまっているのである。「洋の東洋を問はず、其交通益々頻繁を加ふる今日、万国に普通なる世界語の必要なるは言を待たない」（同一七四頁）と述べ、エスペラントがその簡単な語彙、文法でその条件を満たし、しかも現に通用圏をどんどん拡大していっていると書く。「エスペラントの将来は実に多望」で、どんどん広まっていく、自分は「エスペラントの将来に就いては大のオプチミストだ」と公言して憚らないのである（「エスペラントの話」第四巻一八八頁）。

これは二葉亭の本来の性格からはかなり逸脱した調子であるといえよう。狷介《けんかい》で、理想主義的発想に対しては常に懐疑的というのが、自他ともに認める二葉亭像であった。談話「私は懐疑派だ」の中では「二十世紀の文明は皆な無意義になるんぢやないかと思ふ」とまで言っている（第四巻二五三頁）。

そして、「理想」とは「真剣勝負」と関係のない思索の産物に過ぎないと言い捨てる。

もちろん、この談話筆記は最晩年の明治四十一年（一九〇八）のもので、シニシズムを極めた『平凡』執筆のあとに発表されているから、かつての理想も萎えたということなのかもしれないが、若き日、『浮雲』を執筆していた頃も、二葉亭はきわめて懐疑的で、スペンサーの不可知論に大いに触発されていたことは第三章第一節で見た通りである。エスペラントに対する理想主義的心酔は、それとあまりにかけ離れているのである。

そのような矛盾にもかかわらず、そして自分でも、ポストニコフの熱弁は話半分に聞き流し、ほかのことで頭がいっぱいだったと言っていた二葉亭だが、結局、エスペラントへの理想主義的な心酔は遠からず芽生えたのである。二葉亭はウラジオストクでエスペラント協会の会員にもなるのだが、その縁で、ウラジオストクから北京に移ってから、パリとメキシコの未知の人から立て続けに手紙をもらう。そこで二葉亭はエスペラントの通用度とコミュニケーション力に感服してしまう。そして、ついにはエスペラント教本を邦訳し『世界語』として出版し、またザメンホフの著した『世界語読本』というリーダーまで訳出することになる。*

*二葉亭は『世界語』を一部、米国のポストニコフに送付しているが、彼らしいまめさで、エスペラントの師のために、献辞を含む序文を自らロシア語訳し、ページの余白に書き込んでいる。現在、この本はアーカンソー州リトル・ロック市歴史協会に保存されている。（口絵に写真を掲げた。）

だが、その心酔がまた速やかに冷めていったのも間違いないようである。例によって熱しやすく冷めやすいのである。二葉亭が『世界語』を献呈し、そのあと程なくエスペラントで手紙を書いて彼を驚かせた山下芳太郎はその回想中、二葉亭が最終的にエスペラントを放棄してしまったことを伝えている。「[その後も]定めし例の凝り性で大いに研究して居ること丶思つて、其後逢つた時に、例のエスペラントは大変進歩したゞらうなと尋ねると、ナーニあんなものは最う疾《とく》に放擲《うつちや》つて了つた、必要を感じたから研究をしたやうなもの丶、其の目的がなくなつた今日、あんなものをやる必要がなしと云つて、殆ど知らざるもの丶如くであつたのには、聊《いささ》か驚かされました[。]」(『二葉亭四迷』上七七頁)

エスペラント学習の背後の動機

二葉亭のエスペラントに関する態度の、他の資料ときわめて趣の異なることを伝える、この史料には、山下の思い込みが入っているのかもしれないし、二葉亭一流の韜晦《とうかい》があるのかもしれない。しかし、山下はその齟齬をさらに説明する。「[二葉亭がエスペラントを研究したのは]全く之を研究する必要があつたからのことで、それも決して名利の為めではなく対外政策の必要上之を研究することが、有力なる外人と折衝するに、多大の効果あることを認めたからだつたのです。其内容は今之を公言することを避けますが、何にせよ僅々一外人との折衝に関する必要の為め、兎も角あれ丈《た》けの著述をさへ為すに至つたのは、氏の語学上の天才も容易ならぬものですが、私等は寧《むし》ろ氏の愛国的熱情に向つて、満腔《まんこう》の尊敬を払はざるを得ないのです。」(上七七頁)

「一外人」というのがだれなのかはっきりしないが、山下の回想を信用するならば、二葉亭がポストニコフの知己を求めて訪問していった際の動機ともぴったり符合するわけで、二葉亭は一貫してエスペラントにプラクティカルな効用を求めていたことになる。

エスペラントに関する情熱が明治末年代には二葉亭から消えていったことについては自身の証言もある。明治三十九年（一九〇六）八月七日付の内田魯庵宛ての書簡には、「エスペラント大当り　しかしこんなものが当るやうになりてハ二葉亭ももう末路也　未だ蛮カラの趣味ぬけきらす時々エスペラントも小説もハイカラ趣味も滅茶々々になりて遙に蒙古の空を睥睨して慷慨一番することあり」と書いている。また同年十月三十一日には、『世界語』を出版した彩雲閣の西本波太に、「昨夕カントレット来訪　しかし例により面会は致さす　エスペラントて来訪者の多きには閉口、もう好加減に足を洗つてしまひたく候」と書き送っている。G・E・ガントレットは岡山の英語教師をしていた英国人で、一八九一年に来日、一九〇三年からエスペラントの熱心な研究者となった。一九〇六年九月二十八日に行われた、第一回日本エスペラント学会に際して、二葉亭と並んで評議員に指名されている。おそらくはこの席で二葉亭の知己を得、さらにエスペラント振興について二葉亭と話し合いを持つべく、ひと月後に訪問し、肩透かしをくらったのであろう。一方、二葉亭は、こうしてエスペラントに愛想がつきたようなことを書きながら、『世界語』からの印税で、経済的には大いに助かっていたようにも見える。

いずれにせよ、二葉亭が少なくともある時期にエスペラントの世界語としての効能に純粋な信頼を寄せていたこともまた間違いないだろう。だが、彼がエスペラントの「理想」に一時はかぶれていたとしても、そのかぶれ方が真正なものではなかったことも事実である。二葉亭はコミュニケーション・ツールとしてのエスペラントを理想化したが、この人工言語に付随していた政治的理想には気が付かなかったか、あるいは無視していたのである。

2 ピウスツキとラッセル

さて、二葉亭は北京より帰国以来、明治三十九年（一九〇六）頃からポーランド人たちとの交流を熱心に進めていた。その皮切りは活動家・文化人類学者・アイヌ研究者のブロニスラウ・ピウスツキ（Bronisław Piłsudski〔1866-1918〕）で、*二月頃、知り合っている。

*二葉亭とはロシア語で文通しており、ロシア語表記を引きずって「ブロニスラフ・ピルスーツキー」と称されることが二葉亭四迷研究では多いが、ポーランド語の発音では「ブロニスワフ・ピウスツキ」がより原音に近い。

革命派と二葉亭

ピウスツキはポーランドの政治家ヨゼフ・ピウスツキの兄である。前述の通り、ポーランド分割以来、同国はロシア帝国の支配下にあり、活発な独立運動・反帝国主義運動が、革命運動と結びついて行われていた。兄弟は貴族出身であったが、一八八七年、ロシア皇帝暗殺を謀り、捕えられて弟ヨゼフは五年間のシベリア流刑に処される。一八九二年に帰国、翌九三年にはポーランド労働党党首となり、一九一八年から二二年、そして二六年、三〇年にはポーランドの元首を勤めた。二葉亭が兄ブロ

ブロニスワフ・ピウスツキ

ニスワフと知り合った明治四十一年（一九〇八）にはすでに有力な政治家・独立運動家であったわけで、二葉亭はそのことを十分、承知していたと思われる。

だが、第三章第二節でも見た通り、兄ブロニスワフと二葉亭は実は極東ロシアですれ違っているのである。兄も弟同様、政治活動に従事し、（ポーランドにおける）「人民の意志」派を組織していた。そして、やはり弟とともに皇帝アレクサンドル三世暗殺を企て、死刑の判決を受ける。しかし、皇帝による判決確認により十五年の流刑に減刑になり、サハリンに送られる。ちなみにレーニンの兄アレクサンドル・ウリャーノフもこの事件に連座しており、あえなく一八八七年に処刑されている。兄の刑死がレーニンに激しいショックを与えたことはよく知られている。兄ウリャーノフ率いる（ロシア）「人民の意志」派はナロードニキの分裂によって成立したもので、都市におけるテロを主要な戦術としており、一八八一年には皇帝アレクサンドル二世の暗殺に成功していた。

二葉亭がウラジオストクを訪問した際にはブロニスワフ・ピウスツキはサハリンで流刑生活を送っていたが、極東大陸地域での居住許可を得ており、ウラジオストクのアムール地方研究協会の会員でもあった。二葉亭は同会の会員であるキリーロフら、多くの地元の学者と交流していたから、日本学にも造詣が深く、またアイヌ研究者でもあったピウスツキの知己を得るように勧められたに違いない。

そのときはすれ違いに終わったが、明治三十九年（一九〇六）に東京でついに二人は出会う。ブロニスワフは今でこそアイヌ文化のフィールド・ワークという「平和」的な学術活動に精を出していたが、もともと過激派であり、皇帝暗殺未遂の廉で処刑されるはずだった人間である。札付きの革命派なのである。「志士」を目指す二葉亭がピウスツキとの交流に興奮しなかったわけがない。

二葉亭はピウスツキを横山源之助に紹介し、三人は熱い語らいをしばしば持ったようである。雨のじめじめ降ったある夕暮れ、二葉亭はピウスツキとともに横山の湯島の下宿を訪れ、西洋料理屋で晩餐をすませたのち、「下宿に引き取り、三人鼎座して、長谷川君の所謂研究の交換を初《マ》め《マ》た。」（「真人長谷川辰之助君」『二葉亭四迷』上二一五頁）ピウスツキはアイヌ研究の成果と、またアイヌ民族の置かれた困難な状況を語り、横山は日本の労働階級の実情や、被差別民の話しなどをした。二葉亭も日本の社会主義運動の実態についてコメントをした。*

*横山はピウスツキについて「革命運動に怖毛を立て、革命は好物《すき》だが、運動が嫌ひだといつてゐたが、永年西比利亜に漂ひ、革命者に知己が多かつた所から此無邪気の人も、日本に在留してゐた露国革命党の捲き添となり、日本に在留して長崎と東京の連絡と為つて、革命党の為に民間に運動してゐた」などと書いている（上二一七頁）。ピウスツキの経歴と人物についてまるで的外れな見立てだが、ピウスツキが用心深く自分のことを説明したのを真に受けたのだろう。すぐ次に話しの出るラッセルの土地売却問題でも、横山は、その問題に取り組みながら、二葉亭とピウスツキが実は別の目的を持っていたのを知らされていなかった気配がある。横山はまっすぐで信じやすい、革命運動には不向きの性格だったのだろう。

「長谷川君がピルスウツキーと懇意になるに従ひ、ピ氏は革命党の秘密を明かして、革命党の為に一臂の力を添へんことを懇望した。」（「真人長谷川辰之助君」上二一八頁）この支援とは、親しくともに活動していたロシアの革命家ニコライ・ラッセルに関わることであった。革命運動の資金作りのために、ラッセルがハワイに持っていた土地売却の斡旋を頼んだのである。

ラッセルの支援

ニコライ・ラッセルは一八五〇年生まれの「人民の意志派」（ナロードニキ）の革命家である。一八七五年には亡命を余儀なくされ、イギリス、ブルガリア、ルーマニアなどで活動した。一八八七年、米国に移住し、サンフランシスコに居を定める。一八九二年にはさらにハワイに移り、アメリカ国籍を取得、コーヒー農園を経営するかたわら、ハワイの先住民に革命運動について教えた。先住民の信用は厚く、一九〇一年にはハワイ議会議長に選ばれる。

ラッセルは日露戦争が起こると日本でロシア捕虜を組織することに関心を抱いて来日する。そして、捕虜に革命思想を伝えるためのプロパガンダとして露字新聞の刊行を計画した。

ラッセルの、ハワイの耕地売却の依頼を受け、二葉亭は奔走する。横山が以前勤務していた横浜毎日新聞の社主島田三郎を介して、大隈重信らの知己を得て、土地売却の方策を探った。また板垣退助の秘書和田三郎を通して、かねて崇拝していた板垣とも会見の機会も得た。

島田三郎によれば、二葉亭がこうして要人たちと接触したのには、土地売却のためではなく、ほかの動機があったようである。「亡命の露国人某を同伴せられて其の安全を保つべき方法を相談せられた」とある（「真率の人」『二葉亭四迷』下一一一頁）。ある亡命ロシア人保護のため、彼を日本政府がどう扱うつもりなのか、情報収集していたのである。この隠された動機は横山には伝えられていなかったらしい。

土地売却は不成功に終わったが、ピウスツキとはこのあとも、その帰国後も、二葉亭は長い交友関係を続ける。日波協会を設立して、両国の相互理解を深めようという計画が起こり、ピウスツキはポーランドの現代作家や批評家に自作の翻訳書の寄贈を求め、それを二葉亭に送った。ポーランド図書館の設立が目的であった。日本語からは木下尚江の『良人の告白』などがポーランド語訳された。ピウスツキは二葉亭の『平凡』も訳すことを望み、二葉亭に対して書簡中、何度もこれを提案したが、結局、実現しなかった。

3 ロシア人革命家との関わり

ポドパーフとアレーフィエフ

二葉亭はピウスツキのほかにも多くの革命家たちを支援した。ピウスツキに肩入れしたのも、オルジーフ、プロスキーら、ロシアから革命家が次々と亡命してきて、これを組織して大いに運動をしようという意気込みをちょうど起こしていたときだったからである。

二葉亭がもっとも深くかかわったロシア人革命家はL・ポドパーフで、明治三十九年（一九〇六）、ウラジオストクから来日した。同地には日露戦争後、ラッセルらの宣伝活動も功を奏して、社会主義に染まった元兵士たちが多くいたが、これに対して当局は鎮圧の動きに出る。ポドパーフは『ウラジオストク新報』の主筆で、その立場は比較的曖昧なものだったが、逮捕され、その後、日本に亡命してきたのである。

横浜に亡命してきた彼は同地でロシア語雑誌『東洋』を、日本文化の紹介の目的で刊行しようとする。二葉亭はこれに助力し、自ら森鷗外の「舞姫」と国木田独歩の「牛肉と馬鈴薯」をロシア語訳し、同誌に寄せた。二葉亭はわざわざ森鷗外に手紙を出し、翻訳許可を乞うている。「今般露国亡命之政客ポドパッフと申す者日露両国民の接近を計る目的を以て横浜に於て魯文雑誌ワストークの発刊を計画し小生も微力ながら客員として専ら日本文学の紹介を担当致候ニ付てハ本日末刊行の初号に御高作『舞姫』を翻訳掲載せしめ度（……）御許可を得ハ光栄不過之［。］」（明治四十年［一九〇七］十二月二十日付森鷗外宛）だが、二葉亭はポドパーフに対して次第に冷淡になっていったようである。寄稿を求めて、それが得られないことの恨み言をいう、ポドパーフの二葉亭宛ての書簡が残っている。

また、二葉亭はハルビン滞在中に、革命派に同情の厚いエスペランティスト、N・アレーフィエフと知り合っていたが、彼はハルビンで急進的な新聞『曙』発行を企て、二葉亭に寄稿を求めた。しかし、この新聞はついに日の目を見なかった。

二葉亭は社会主義者か

二葉亭は後述するように一種の「帝国主義者」であって、革命家たちを支援することはやや矛盾しているように思われるとして、その動機については、横山は次のように説明している。「君の意を謀るに日本の為に満洲経営を必要とし、露国の為には社会主義者一派に援助して、民権の伸ぶるを必要としたものだらう〔社会主義者の勢力が増し、民権が伸びて、逆にツァー政府が弱体化することが期待された〕。」（「真人長谷川辰之助君」『二葉亭四迷』上二一八頁）ピウスツキ兄弟ら自身がロシアの「人民の意志」派と連携して革命運動を行っていたのも、ポーランド革命派にとっては、ロシア帝国の瓦解が独立につながるとの思惑からであった。

一方、横山は、二葉亭には、こうした政治的な動機だけではなく、革命派に対する真の共感もあったとする。つまり、社会主義そのものに対する共感である。二葉亭自身、それに言及しており、「余の思想史」でこう書いている。「私はこの頃〔外国語学校時代〕、帝国主義《インペリアリズム》の反対に、社会主義《ソシアリズム》に化触《かぶれ》た。といふのは露文学の感化が非常に与つて力あつたのだが、社会主義といつた処で、非常な幼稚なもので、政府のやる仕事なれば、何でも気に喰はなかつたり、つまらん処に自由だ〳〵だなどゝ騒で見たり、今から考へて見ると実に滑稽なやうなものだが、その当時は、どうして〳〵大真面目であつたのだ。」（第四巻二六〇頁）この証言を受けてのことのように、横山はこう推測する。「それに学生時代の自由独立主義やら、ツルゲーネフ、ガンチヤロフ、ドブロリユーボフ、ピーサレフ等が平民の為に力めた露文学の影響やらが、君をして露国革命党に同情せしめたものであらう。」（同　上二一八頁）ただ、この「学生時代」の社会主義熱が二葉亭の人生において後々まで続いていたのかは、疑問の余地があるといえよう。

支援の動機が究極のところ何であったにせよ、二葉亭は革命家たちに対してやがて興味を失っていった――ピウスツキとだけは生涯続く交友を持ったものの。その理由として二葉亭自身は次のように説明している。「西伯利より露国革命派続々逃込み、中には東京へ来るものも有之候故、此等を相手に一と仕事と出懸けし処、相手か丸でお坊ちゃんにて話にならず、到頭骨折損となりたり、今も革命派の上京する者は必ず来つてあれこれと相談を掛け候へども最早相手にならない事に決し候、渠等は皆空論を以て事を成さんと欲する徒にて口舌以上の活動をせんといふ意なし、こんな事で何が出来るものかと愛想をつかしたる次第に候［。］」（明治三十九年日付不明阿部精二宛）この、二葉亭自身の説明を疑う理由は何もないが、同時に、熱しやすく冷めやすい、何か事業を始めると最初は熱心だが、やがて飽きて、放り出してしまうという、二葉亭の人生で繰り返されるパターンがここにも見えているといっていいだろう。

第五章　文壇復帰

1　『其面影』と花柳

朝日新聞社入社

二葉亭は大陸経営に失敗して明治三十六年（一九〇三）に帰国したわけだが、大陸での待望の実業が頓挫し、戻れば戻ったで直ちに経済的困難に直面し、快快《おうおう》として楽しまない日が続く。「人生か意の如くならぬは昔よりの事、自分の意の如くにならぬニ閉口致候。」（明治三十六年八月以後〔推定〕坪内逍遙宛〔書簡一五五〕）さらに「帰朝すると間もなく脳貧血症に罹つて（……）故人〔二葉亭〕の健康は此時から復た旧の如くなる能はずして弱つて来たやうだ。」（内田魯庵「二葉亭の一生」『二葉亭四迷』下二〇二頁）まさに、踏んだり蹴ったりの体である。

生業にあてがあるわけでもない。生活の不如意から、母親がまた小言を言い出す。「かねて覚悟の前には候へとそろ〳〵お袋にいかみ立てられ申候　実にいやになつて仕舞ひ申候　あまりのいやさにちと薄志弱行の譏は免れさらんもいつそ又飛出して仕舞んかと迷ひ出し申候［。］」（同書簡）そこで就職活動に奔走するが、うまくいかず失意の時期が続く。翻訳で稼ごうというのも一つの計画で、相変わらず逍遙に頼み込んでいる。同じ手紙には「そろ〳〵御蔵に火の付く為体《ていたらく》に候ゆゑ此際何か取急き著訳致度候へと高田氏の御注文のやうなものは種本皆無にて殆と手の着けやうがなく候」などと泣きを入れている（「高田氏」とは、坪内逍遙の盟友で、二葉亭もかつて寄稿した『中央学術雑誌』の発刊者の一人でもある高田早苗［半峰］のことか）。

同年には彼をエスペラントに導いたポストニコフが東京に二葉亭を訪問し、『世界語』の翻訳と刊行を催促し、五十ドルを置いていっている（当時の為替レートでほぼ百円［『明治大正国勢力総覧』による］、これは現在の貨幣価値で十五万円弱である［『日本長期統計総覧』による卸売物価指数をもとに計算］）。これなども、大した額の金ではないが経済的苦境にあった二葉亭にとっては、ありがたい臨時収入であったろう。

こうして自転車操業を繰り返していた二葉亭に天佑であったのが、皮肉なことに、彼が若いときから恐れていたロシアとの戦争であった。

明治三十七年（一九〇四）二月に日露戦争が勃発するが、かねて二葉亭を朝日に記者として招くことを目論んでいた内藤湖南の推挙が功を奏して、長谷川辰之助は大阪朝日新聞社に入社することになる。北京での縁が実を結ぶのである。湖南はそのとき大阪朝日の主筆になっていた。日露戦争の勃発に伴い、ロシアに関する情報を強化する必要があり、二葉亭はロシアおよび満州事情を担当するべく迎えられたのである。

その条件は「東京出張員」という名目で、在京のままでよく、月給は百円ということで、二葉亭はこの額には若干不満だったようだが、まずまず好都合な職と言えた。仕事の内容は、東京朝日新聞主筆の池辺三山によれば、「露西亜の新聞雑誌を閲読して其頃の読者がインテレストを持つ様な記事論説が有ればそれを訳して大坂朝日に載せるといふ役」であった（池辺吉太郎「二葉亭主人と朝日新聞」『二葉亭四迷』上一六六頁）。

再び小説執筆へ

しかし、この好条件の仕事もうまく運ばなかった。戦争という日露関係の重大局面においてロシア発の有益な情報を広く発信するというのは二葉亭にとってやりがいのある仕事だったはずで、実際に非常な熱心さでそれを行ったようなのだが、記事として載せてもらえないのである。「日露戦争初期以来長谷川君は随分沢山に書いて送つたのに何か行違ひが有つて其れが一つも大坂朝日に現はれないと言ふ事だ。やがて長谷川君も失意の地に陥つた。」（同一六七頁）それは二葉亭の書く記事が非常に精密で専門的な分析に基づく調査のようなもので、ジャーナリスティックではなかったからである。池辺も偶然、辰之助が樺太について調査した記事に目を通す機会があり、その内容に驚き、「どうしても新聞社に持つて来るよりも参謀本部か外務省へ持つて往けと言ひたくなる様なものであつた。英国あたりの新聞読者ならば喜んでみるかも知らぬが、日本の読者には此んなものは沢山載せては愛想をつかされさうだ」という感想をもらすのである（同一六八頁）。

池辺はもともと二葉亭に朝日のために小説を書かせる肚でいた。「私は勿論始めからして長谷川君を小説家視して居ました一人で、二葉亭四迷でこそ新聞の役に立つて有らうが長谷川辰之助といふ翻訳記者では手に合ふ筈がないと腹の中で極めて居た」のである（同一六七頁）。池辺三山は、尾崎紅葉と幸田露伴を擁して一時代を画した読売新聞に対抗して朝日新聞の文芸欄を充実させることを虎視眈々と狙っていた。二葉亭もその目で見られていたわけだが、明治四十年（一九〇七）には夏目漱石も社に迎えることに成功し、「文芸の朝日」の黄金時代を築くのである。こうして、二葉亭が記者としてうまくいっていないことに付け込んで、池辺は二葉亭をしきりに説得し、とうとう明治三十九年五月、小説執筆の約束を取り付ける。

戦争未亡人問題

　こうした経緯を通じて、二葉亭は一貫して、いやな小説執筆の仕事を押し付けられたかのようにこぼしていたわけだが、実は、執筆を引き受ける前からすでに、あるテーマを見つけ、ひそかに資料を収集しはじめて、創作プランを練っていた。それは日露戦争後の未亡人問題であった。この構想について、作者は次のように語っている。

　自分は此頃新聞社の勤務《おつとめ》からして、創作に取掛つたが、此の創作は、或は観察《みやう》に依りては家庭問題に関連して居るかも知れぬ、最初は女学生を主人公にと娑婆ツ気を出して、種々《いろ〳〵》と材料を集めて見たが思ふやうに行かず、其れで今度は日露戦役後の大現象である軍人遺族——未亡人を主人公にして、一ツ創作を遣つて見やうと思ふ。（……）一体、僕は貞婦両夫に見《まみ》へずといふ在来の道徳主義を非とする者で、天下の寡婦は、再婚すべしといふ論者であるのだ、事情の許さるゝものは兎も角も、いや、普通の事情位は刎《は》ね退《の》けて、再婚すべしと言いたいのであるが、今日の軍人遺族は、恐くは自分の説を容れて呉《い》れまい。（第四巻一九四～一九五頁）

この談話は明治三十九年（一九〇六）十月に『女学世界』に載ったもので、ここで言及している「種々材料を集めていた」という作業は『其面影』の準備を指していると思われるが、創作のための資料集めはその一年前から既に始まっていた。それは、明治三十八および九年に記入していたと推定される手帳十八に窺うことができる。そこには日露戦争に出征し死亡した軍人に関する覚書がぎっしりと書き連ねられているのである。それらは『其面影』の前身であった小説『茶筅髪』――茶筅髪は髪を束ねて切り、茶筅のように垂らした髪型で、当時、未亡人によく見られたものだったが、新しい夫のために髷を結わないという意思表示とされたからしい――のための「材料」であったと推定される。

茶筅髪

メモの具体的な内容は、数人の戦死者について死亡の場所や事情から、葬儀のありように至り、それが数行ずつメモされている。これは新聞記事から書き写したものと思われ、当時の新聞と照らして合わせてみると、二葉亭が記録しているような戦死者、さらに遺族が事実、存在していたことが大体において確認できる。

たとえば、「葬儀　遺骨到着　奉天鉄嶺方面ニテ戦死ノ大尉以

下数名　七月十三日午前九時九段偕行社出棺　青山斎場ニテ執行」という記載があるが、東京朝日新聞明治三十八年七月十日号を見ると、陸軍歩兵大尉伊達某ほか三名「儀予て出征中の処戦死今般遺骨遺髪到着に付来る七月十三日午前九時東京偕行社出棺於青山葬祭場相営候間此段謹告候也」という広告が出ており、これがメモに相当するものと思われる。二葉亭は記事どころか、広告にまで目を配り、小説の材料になりそうなものを書き取っていたのである（書き写しながら、すでに潤色を加えていることも注目される）。

取材のありようは彩雲閣の西本翠蔭（波太）も回想している。

其年［明治三十九年］の五月頃朝日新聞に小説を出す事が決まつてからは、毎日何んにもしないで、ぶら〳〵散歩したり室内に閉ぢ籠つたりして一意専心に新聞小説の事ばかり考へて居られた。其折の趣向は日露戦争で戦死した大尉の未亡人が、まだ二十三四で、婀娜つぽい愛嬌のある肉付のふつくらとした女で、始めの内は非常に悲しんで殊勝にしてゐたが、月日の経つに従つて、空閨を守るに堪へ難たい肉の衝動を描いて見ようとしたものであつた。この女のモデルは先生の口振では現存してゐた人らしい［。］（「著作に関する計画」『二葉亭四迷』下一五九頁）

手帳十八に書き連ねられた事例の中には「某未亡人ノ自殺　某大尉ノ妻ハ夫ノ戦死ノ公報ニ接シ自殺セントセリ」という記述があるが、これが西本の回想に相当しているのであろう。後述するように、この事例は実際の事件から取られている。この報道に接したことが、『茶筅髪』のアイディアに直接つながっていったのだと思われる。

このほかにメモの中には「奉天鉄嶺方面ニテ戦死ノ大尉」が「功五級（年金三百円）勲五等雙光旭日章」を受けたなどという事例が記されている。手帳の中ではこれらの戦死者の事例の記述のあとには「茶筅髪梗概」と題された創作プランが続くのであるが、そこには「三十八年三月六日奉天付近ニテ戦死　故陸軍歩兵大尉功五級金鵄勲章勲五等雙光旭日章」という設定があり、先の事例を参考にしていることは明らかである。二葉亭は戦死者の事例を調べて、それをつなぎ合わせて登場人物の設定を作っていったのである。

では、先ほど挙げた「某未亡人ノ自殺」事件をもう少し詳しく見てみることにしよう。明治三十八年（一九〇六）三月二十三日付の朝日新聞には、陸軍大尉渥美賛の妻澄江子なる女性が自殺未遂を起こした件が伝えられている。これは東京朝日新聞に掲載された記事であるが、二葉亭は朝日新聞社に入社し、小説を書く約束をしてから、朝日新聞を毎日、購読しつつ、アイディアを練っていたのであろう。記事中の澄江は二十四歳であったが、この女性が西本の回想の中の「まだ二十三四の婀娜っぽい女」なのだろうし、またそれが「茶筅髪梗概」の未亡人に、あるいは「茶筅髪梗概」とは別の手帳に記された創作メモ「茶筅髪人物」で「雪江」とされる未亡人に結実していくのだと考えられる。

ニーチェ主義

手帳の中にさまざまな形で登場する戦争未亡人たちは、しかし、二葉亭にとって別の主題系に属してもいた。それは個人主義、本能主義などというテーマである。構想メモ「茶筅髪人物」では雪江は「本能の人」とされ、「茶筅髪梗概」では未亡人は「無意識のニーチェ主義者」、「無意識の本能家」などとされている。*

*ちなみに、この規定は、夏目漱石が平塚明子《はるこ》を指して「自ら識らざる《アンコンシアス》偽善者《ヒポクリット》」と呼んだのを想起させる〔森田草平『続夏目漱石』六〇七頁〕。フロイトの理論はこの頃の日本ではまだほとんど知られていないが、ハルトマンの『無意識の哲学』は森鷗外の紹介などで人口に膾炙していた。二葉亭も漱石もこの「無意識」という概念に依拠しつつ、だが、一方はそこに肯定的な「ライフ」の力を見たのに対し、他方はそこに偽善を読み取ったのである。

これらの規定が、高山樗牛《ちょぎゅう》の著作――そして、それを介しての「ニーチェ」――から取ってこられたものであることは容易に想像される。

ニーチェの思想については早くから森鷗外などに散発的な言及が見られたが、本格的に紹介したのは高山樗牛であった。樗牛がニーチェを最初に取り上げたのは論文「文明批評家としての文学者」（明治三十四年〔一九〇一〕）であったが、大きな反響を呼んだのは同年の論文「美的生活を論ず」であり、ニーチェの名はこのさき広く知られるようになった。この論文は本能的欲望や性欲を満たすことこそ人生の目的であるとしていた。これはニーチェの思想の皮相で矮小な理解にすぎなかったが、欲望の充足によって得られる快楽こそ「美的生活」であるという樗牛流のニーチェイズムは、よかれあしかれ日本におけるニーチェ受容の基調音となってしまう。二葉亭も高山樗牛を読んでいたことは明らかで、「茶筅髪人物」の、主人公の男性には「ニーチェイズム、美的生活、理想」と説明が付け加えられている。

高山の本能主義は話題になったが、大きな批判も浴びた。わけても坪内逍遙は「馬骨人言」でニーチェの、そしてニーチェ主義者の非道徳性を手厳しく非難した。坪内はすでにこの頃には教育家として立つようになっており、道徳的傾向は強くなっていた。これに対して、二葉亭はニーチェの思想を——その理解がどれほど妥当なものであったかは別として——かなり肯定的に見ていたようである。当時の手帳には個人主義をめぐる思索がさまざまに書き記されているが、たとえば、「敏捷　多欲　活動　忍耐　活気　意思の力　Will＋activity＋　一言にして之を掩へハ行為の雄を尚ふこと、為る思想の雄、感情ノ雄なとにては生存には不適当なり」（第六巻一三九頁）などという書き込みがある。これがニーチェに触発されての思索であることは、すぐそのあとに「ニーチェイズムにも　行為の雄を称揚せる処あり、但し醇ならず」とあるのを見ても明らかである。考えではなく行動の中に英雄的なものが現れるという主張で、二葉亭にとってのニーチェが、樗牛の唱道していたような、単なる、欲望の肯定の勧めを超えたものであったことが分かる。さらに言えば、「文学」ではなく「実業」にこそ従事しなければならないという彼の宿願が、ニーチェ主義というプリズムを通しても、再び確認されているのである。

明治の離婚・再婚

しかし、「ニーチェ主義」、「個人主義」、「本能主義」といった一連の概念の導入は、それをもとに戦争未亡人問題という社会的問題に抗議するという当初の構想につりあったものでは、実はなかった。それは、二葉亭が想定した、「貞婦両夫に見えず」というような儒教道徳・婚姻観が、そもそも当時の日本社会にそれほど強くはなかったということによっていた。

儒教道徳のせいで離婚・再婚は封建時代、また明治の家父長制社会において厳しく制限されていたというのは、一般に持たれがちな印象である。だが事実は全く違っていて、江戸時代・明治時代は婚姻関係の解消がきわめて安易な社会だった。夫は三条り半と呼ばれた離縁状さえ書けば妻をこみいった法的手続きなしに離縁することができた。その際に、格別の理由を申し立てる必要もなかった。著しく男性中心的な制度に見えるが、近年の女性学の研究では、妻たちが離婚にあたって積極的・自立的に動いていたケースも多いことが明らかにされている。三条り半の最後には必ず「このように離婚した以上、今後、どこに嫁いでも自由である」という内容を書く約束になっていて、再婚も自由に行われた。三条り半は離縁状であると同時に再婚許可証の役割を果たしていたのである。

にもかかわらず「貞婦両夫に見えず」という儒教道徳のフレーズだけが独り歩きして、そのような実態があるという誤った印象を同時代人に対しても与えていたのだと思われる。福沢諭吉もそう思い込んでいて、『新女大学』の中で、未亡人は大いに再婚すべしと力説している。「我輩の持論は、其[夫に早くして先立たれた若い未亡人]の再縁を主張する者なれども、日本社会の風潮甚だ冷淡にして、学者間にも再縁論を論ずる者少なきのみか、寡居を以て恰も婦人の美徳と認め、『貞婦二夫に見えず』など根拠もなき愚説を喋々して、却って再縁を妨ぐるの風あるこそ遺憾なれ。」(二六七頁) 現代日本社会では、最近、変化の兆しがあるものの、離婚率は世界的に見れば依然としてかなり低い。そのような現状も、江戸・明治の社会的慣行についての誤解の背景にあると思われる。

では、離婚率の低下はいつ起こったのか。話しを明治時代に限るならば、それは明治三十一年（一八九八）に生じたのである。左のグラフを見れば、明治前半の離婚率は3前後と諸外国に比べて圧倒的に高いのに、同年中に1.5にまで下がり、その後は第二次世界大戦の頃を下限としつつ、最近に至るまで低いレベルで推移していたという状況が分かる。それではこの年に何が起こったかというと、民法の公布である。これによって離婚の手続きが煩瑣になったことが引き金となったらしい。

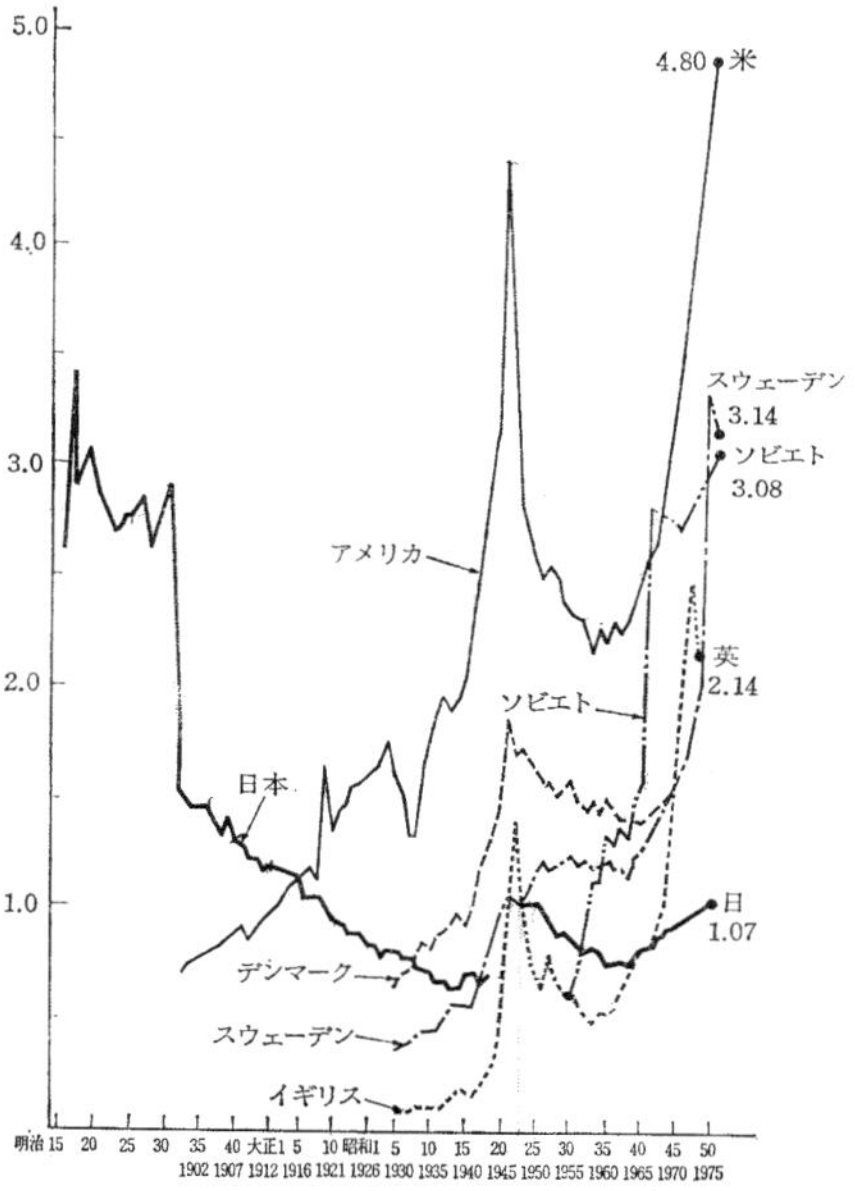

各国の離婚率の歴史的推移

（注） 資料は United Nations, *Demographic Yearbook*, 1968〜75.

このように、明治三十一年に離婚率は急激に下がるが、それでも諸外国に比べれば高い水準であるし、実生活において離婚率が変化したからといって、新しい社会情勢の認知が数年のうちに確立するとも思われない。明治時代、とくに中頃までの日本は一般に離婚・再婚に対する禁忌意識はかなり低い社会であったといってよいと思われる——まして、離婚率減少の原因は、おそらくは、法改正による手続きの変化に基づくものであり、婚姻観の変容を背景にしたものではないと考えられるのであれば。

明治の文人でも夫婦別れはごく普通の現象であり、山田美妙、森鷗外、岩野泡鳴、永井荷風と枚挙に遑がない。近松秋江のようにその体験を小説にしてしまった作家もある（『別れたる妻に送る手紙』）。

すでに述べた通り、二葉亭自身も二度結婚している。最初の妻とは直接にはその不貞が原因で離別し、二度目の妻りうとはペテルブルグで病を得て、帰国途中のシンガポールで死に別れることになるのだが、この際に残した「遺族善後策」には最後の項目として「柳子殿ハ時機を見て再婚然るべし」と書かれている（第七巻五二七頁）。これは遺言状とは別にしたためられた一種の覚書だったが、いわば江戸時代の三条り半の様式を踏襲している。

なお、二葉亭は露文で「嫉妬する夫の手記」という文章を残しており、妻の不倫を疑い苦しむ心情が綴られている。なるべく人に見られないために露文で書いたのだと思われ、かなり赤裸々な感情や事態が書き散らされている。妻の貞操に疑いを持った夫は別居に踏み切るが、「妻はさらに、私が引越した日（二十七日！）の晩からメンスが始り、それはまだ終わっていない、と言った。私が移る前数日間出血は続き、私の転居の前日（つまり二十六日）に終わっていたはずだ。変だ！」（第七巻五〇三頁）つまり、生理中なので男と関係があるはずがないと言っている妻は、生理の日を偽って申告している、すなわち、実はその偽りのもとに性的関係を持っているのであろうと夫は推測しているわけである。この文章は前妻つねの不義に取材したものだと考えられたこともあるが（たとえば柳田泉「二葉亭とその周囲――官報局時代――」）、十川信介は明治三十九年（一九〇六）頃のものと考証している。後妻りうとの関係に言及していると考えられるわけだが、さらに十川信介は、「嫉妬する夫の手記」は、設定は伝記的事実に寄りながら、事件としては二葉亭の想像の産物で、一種の文学的作品であったと推測している（第七巻七二三〜七二四頁）。『茶筅髪』の副産物として、夫婦間の桎梏の物語を二葉亭は構想してみたのかもしれない。

『茶筅髪』の行き詰まり

離婚・再婚の問題に戻ろう。確かに、「貞婦両夫に見えず」という表現は各種の女大学に事実見られる。たとえば伊勢貞丈の『貞丈家訓』には「夫一人の外にはいたづら事せず、死ぬ共、夫の家を出ずして、一すぢに夫の為を思ふを貞女と云也」と書いている（森山豊明『不義密通と近世の性民俗』より孫引き。一〇二頁）。このような貞操観の強要の結果、「夫を早くに失い、親戚から将来を考え再婚を勧められ、自害した女たちの記録も多数」あるという（同一〇三頁）。だが、森山はこの記述を自らすぐに相対化し、「そうした貞婦の話は決して一般的なものではなく、庶民への教化の手段として公権力によって美談に仕立てられ、利用された側面を持つ」と述べている。実は、武士の間でも離婚・再婚はごく普通の現象だったようで、脇田修による三河松平家を例にした研究では離婚率は約十パーセント、そのうち再婚率はほぼ五十パーセントであり、高い数値を示している（「幕藩体制と女性」二二四頁）。*

＊ちなみに『義経千本桜』で平維盛は、平家に恩ある弥左衛門に、娘お里の婿の格で匿われているが、お里が維盛に恋慕し、床に誘う場面で、「何を隠そふ某は、国に残せし妻子有。貞女両夫に見へずの掟は夫も同じこと」と言って、同衾を拒む（一九二頁）。つまり、「貞婦両夫に見へず」は再婚の禁止ではなく、婚外異性関係について言われていた気配があるのである。

この構想の錯誤――つまり、二葉亭は未亡人の再婚が困難であるという社会の一般的状況があると考えたが、それは実は時代的・階級的に限定されたものであった――そこから小説の展開に齟齬が生じ、やがて最初の問題意識は失われて、当初から並行してあった個人主義・本能主義の問題にテーマがすり替わっていった、即ち、個人の性欲を貫徹して姦通さえいとわない時代精神を描くという構想に変化していったのだろうと思われる――もちろん、未亡人が犠牲にならず、再婚して自らの幸福を求めるべきだという、二葉亭の進歩的で人道的な道徳観に対する評価は彼の錯誤によっていささかも減じるものではないが。

とはいえ、二葉亭が問題にしていたのは戦争未亡人の問題であり、軍人の遺族の間では封建的道徳意識はより強かったとも想像される。二葉亭も先に引用した談話では、自分の再婚奨励論は軍人遺族には受け入れられまいと語っていた（「軍人」によって想定されているのが将校以上であるという階級的問題にはここでは触れないとして）。

先にも述べたように二葉亭は、戦死した夫と死別した未亡人の問題を、ある大尉夫人が自殺を企てたことについての記事からヒントを得て構想したようなのだが、この記事は朝日新聞にのみ伝えられており、ほかの新聞には見えない。未亡人が「貞婦両夫に見えず」という倫理観のために再婚できずに苦しんでいるというような事例もほかには目にとまらない。当該の大尉夫人についての記事も確かに「大尉未亡人の貞烈」と題されていて、この女性が儒教道徳の鑑であるかのように礼賛されてはいるが、未亡人になっても夫に操を立てるというような道徳観がこの事件を通じて強調されているかというとそうでもなく、彼女の企てに対しては「其所為の当否は偖措《さて》き」として保留がつけられてもいるのである。結局、未亡人が再婚できずにいるという社会問題が生じているという二葉亭の認識は必ずしも根拠がなく、この自殺未遂の一件に引きずられた誤解であったのではないかと想像される。

また、二葉亭の手帳には『茶筅髪』の構想を書き記したメモの直前に『出征軍人家族並遺族心得』という書名の本がノートされている。この『心得』は明治三十八年（一九〇五）、日露戦争終結前に出されている。二葉亭が現実にこの本に目を通したかどうかは定かでないが、同書は戦死した出征軍人の遺族が下賜金や扶助料を受領するための手続きを説き明かした実用書であった。その中で、扶助料受け取りについてその条件を明示した部分では、扶助料受領資格を喪失する要件として「死没若くば戸籍を去り若くば婚嫁したるとき」（一六頁）という記述がある。戦没者の未亡人が再婚をためらった――もしためらったとすれば――理由には、このような経済的理由もあったに違いない。

結局、二葉亭は、未亡人が封建道徳のため再婚できないという社会問題に対する異議申し立てとして『茶筅髪』を構想したが、その際、当時、彼の関心を惹きつつあったニーチェ主義、本能主義といったものをそこに持ち込もうとした——つまり、究極の個人主義を封建道徳に対峙させようとした。だが、その封建道徳が実際には必ずしも抑圧的なものではなかったので、この構想に齟齬が生じ、ニーチェ主義が克服すべきタブーを別に見出す必要が生じた。そこで、直截に分かりやすい、そうして明白に道徳的な過失である姦通というテーマが入り込んできたのだと考えることができるだろう。

この構想の変化は談話「未亡人と人道問題」にすでに垣間見えている。そこで紹介されるプロットは「女主人公は、少佐位の未亡人で、男主人公は、学殖のある紳士——先づ資産のある大学教授位の位置とする、女主人公の未亡人と、此の大学教授細君とは、学校朋輩で、殆んど姉妹同様の間柄(……)遂に此の軍人の未亡人と、教育あり位置あり思慮ある紳士との間に、不正の恋愛が成り立ち、覚へず知らず姦通の罪悪に陥るのだ」というものであった(第四巻一九五頁)。だが、未亡人が儒教的道徳観から再婚できずにいるという社会状況を批判するためには、そして、彼女の新しい愛と性を肯定したいのならば、未亡人の相手に既婚男性を、まして、主人公と姉妹同然の仲の女性を妻とする男性を設定してはならないはずである。そのような設定では読者の同情は得られない。事実、作者自ら「[このような関係は]在来の道徳眼より言へば随分非難もあらう」と書いている。こうして、未亡人の再婚問題は、姦通と、そこにあえて踏み出す個人主義・本能主義というテーマにすり変わりつつあったのである。

その方向性は最終的に書き上げられた『其面影』においてもっと明白な形を取ることになる。すなわちそこでは、女主人公の小夜子はもはや戦争未亡人ではなく、ただの出戻りの女性であり、男主人公の哲也は、小夜子の姉である時子の婿（養子）であるという設定になっている。＊未亡人問題は姦通というテーマに完全に切り替わり、しかも、「未亡人と人道問題」で「姉妹同然」とされていたのが血のつながった現実の姉妹となり、哲也と小夜子の仲はさらに世間の許さぬものになるが、それは同時に（擬似）近親相姦的要素も帯びるようになるのである。まさに「善悪の彼岸」が構築されたのだといえよう。

＊『其面影』が『浮雲』のある意味での続編であり、哲也は文三の後の姿であるということがときに論じられる。第二章第二節でも述べたが、『浮雲』は養子の物語という点に一つの特徴があったので、その意味でも『其面影』は『浮雲』を継承しているといえる。すでにその設定は『茶筅髪』にもあって、この作品の主人公も養子であり、また雪江の従兄であった。

こうして本能主義が対決するべき「不道徳」が用意されたわけだが、奇妙なことにこの構想の変化の間に、ニーチェ主義という問題意識の方は逆に消失してしまう。哲也も小夜子も「美的生活」を求めて関係を持つわけではないのだ。

『其面影』の花柳趣味

では二人の不倫の動機は何かというと、哲也の場合は無理解な妻に対する不満であり、小夜子はただ夫と死に別れて、実家に戻ってきている状態で、腹違いの姉時子、すなわち哲也の妻に苛められて辛いというようなことになる。このように問題の構造はいわば著しく矮小化してしまっているのである。社会的・歴史的問題意識は失われたが、一方で、

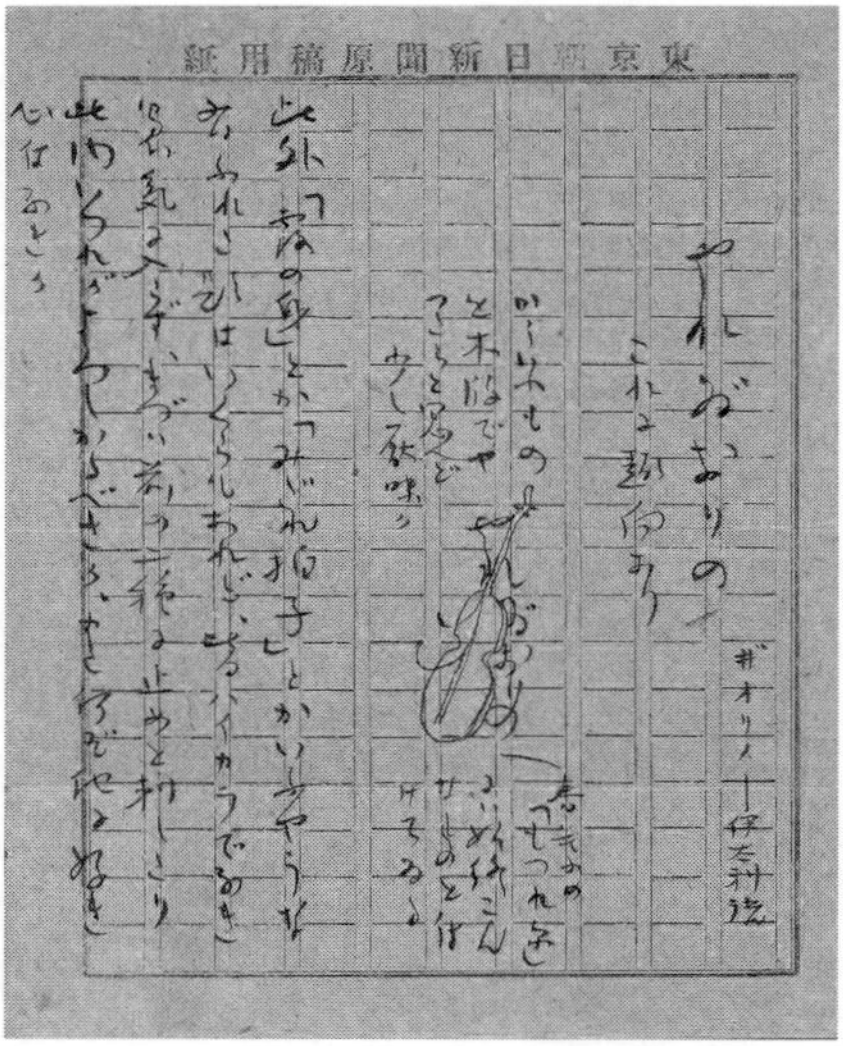

二葉亭のスケッチになる「やれゐおりの」

明治社会の身近な現実に沿った作品になったことも事実である。養子の境遇、養父が小間使いに手を出して産ませた娘、その娘の出戻り、こういったことが作品の基調音をなしている。

そうした設定の中で問題は、近代的というよりは、伝統的・「日本的」な様相を呈するようになってくる。そのことは、追い詰められた小夜子が問題解決のために案出する方策に典型的に現れている。「もう、兄様、死ぬより外は無いぢや有りませんか！」（第一巻三七一頁）しかし、この必死の提案を聞く哲也の方は、「絶対に情死を是認せぬ代り、絶対に非認もせぬ」などとあれこれ思いめぐらすだけで、結局、「矢張り御利口連中同様に何となく死ぬのが馬鹿々々しいやうに思はれる」だけなのである（三七二頁）。

小夜子が示す、こうした、江戸趣味への回帰はすでに構想の段階から内在していた。内田魯庵に宛てた書簡の中で、『其面影』の表題について二葉亭は『心《はあと》つなぎ』、『はあとくづし二つ巴』などを提案した上で、「何でもグッとハイカラに行きたし」と言って、「グッツト趣向をかへて　やれおおりの」

といったものでもいいと書き、図まで掲げている（明治三十九年［一九〇六］九月［推定］）。

魯庵はこの書簡に接して、二葉亭の「旧式」な発想に驚かされたということを回想している。「『其面影』を発表するに先だちて二葉亭は新作の題名に就て相談して来た。『二つ心《はあと》』とか『心《はあと》くづし』とか『新紋二つ心《はあと》』とか云ふやうな人情本臭い題名であつて、シカモ此の題名の上に二ツ巴の紋を置くとか、或は『破れヰオリノ』といふ題名として絃の切れたヰオリンの画の上に題名を書くといふやうな鼻持ならない黴臭い案だつたから、即時にドレも此も都々逸文学の語であると遠慮無く貶《けな》しつけてやつた。（……）此相談を受けた時、二葉亭の頭の隅ツコにマダ三馬か春水の血が残つてるんぢやないかと、内心成功を危ぶまずにはゐられなかつた。」（『思ひ出す人々』三五五～三五六頁）

魯庵はここでは「都々逸」とか「三馬か春水」という形容で二葉亭のアイディアをこきおろしたが、別のところではほかの連想で批判してもしている。「『其面影』の面白味は近代人の命の遣取をする苦みの面白味でなくて、渋い意気な俗曲的の面白味であつた。」（『思ひ出す人々』三五六～三五七頁）

魯庵は、『浮雲』で近代人の苦悩を描き切った二葉亭が江戸趣味を残しているのを知って驚いたような口ぶりだが、魯庵がいうところの「俗曲的の面白味」は、『其面影』の前から確認できるのである。そもそも二葉亭が音曲を愛好し、自らも嗜んだことは多くの人が証言している公然の事実なのだ。「外見《みかけ》は厳格な中に近づく可からざる八ケ間し屋《やかましや》のやうだが、アレで中々粋な処があつた。我々の［東京外国語］学校時代、盲の新内語りで若辰と云ふのがあつた。此若辰の新内が大好きだつた。土曜日の晩などはオイ若辰を聞きに行かうと誘つたり誘はれたりして能く寄席へ出掛けたが、其聴き方が書生流の無茶苦茶ぢやアない。細かい節を味はつて楽んでゐると云ふ風で、勉強の相間々々小声で呻つてゐたが、喉がよかつたと見えて節廻しが中々巧《うま》かつた。」（大田黒重五郎「三十年来の交友」『二葉亭四迷』上一六頁）

また、第二章第三節では、「めぐりあひ」の中で「心」の語にheartという、やや必要性の不明な英語の注が付けられているのを取り上げ、これが「心」と「脳」の区別に関わっているのではないかと論じた。だが、そこにはおそらく「心」をハートと読ませたい、そして、そこに「ハイカラ趣味」（魯庵なら「俗曲趣味」と呼ぶであろうところの）を読み込ませたいという意図がすでに少しは働いていたのではないかと想像されるのである。同章で論じたとおり、二葉亭は恋愛観に関しては初期のツルゲーネフの翻訳においてすでに『浮雲』の地点からやや後退していたのであるならば、この想像もあながち的外れではあるまい。少なくとも、「心《ハート》」は後期二葉亭のキーワードの一つであり、『其面影』に『二つ心《はあと》』などというタイトルを構想し、さらには『心《ハート》』と題された草稿も現存する以上、作者二葉亭自身が「めぐりあひ」を読み返したならば、その符合に思いを致さないわけはないだろう。

ハイカラ追究

そもそも二葉亭にとって「ハイカラ」は必ずしも「西洋」でもなければ「近代」でもない——もちろん、「ハイカラ」のイメージの一つとしてはキリスト教徒であることが入っていたようだから、西洋近代と連動するところがないわけではなかったのだろうが（「この小説［『茶筅髪』］中の複主人《ママ》公にハイカラなクリスチアンの娘が出て来るので、先生これには大に手古摺《てこず》られた。それがためにクリスチアンの令嬢と交際を求め、福田英子女史などにも依頼し、色々手を尽されたが、生憎適当な人が見つからなかつた」〔西本翠蔭「著作に関する計画」『二葉亭四迷』下一五九～一六〇頁〕。だが、この西本の回想から考えても、信者だからすなわちハイカラということだったのか、それともハイカラな女主人公を想定してみて、それがたまたまキリスト教徒でもあるということだったのか、明確ではない。内田魯庵が見破ったように、二葉亭の「ハイカラ」は「都々逸的なもの」だったり、江戸の粋につながるものだったりしたことを考えあわせるならば、ますますその感は強いだろう。要するに、洒落ている、クールであるという以上にはっきりした内容は、二葉亭の「ハイカラ」にはなかったのだと思われる。タイトルについて手厳しく批判された葉書の前後に魯庵に出した書簡では、夏の「ハイカラ俳句」を創作してみようとしたとして、「かへりみれはそよや夏帯のなよひかに」と「篠笛や暗にまきる丶夏帽子」の二句を披露している（九月十日付）。だが、この句がどうハイカラなのか、やはり必ずしも判然としない。「なよびか（風流）」だからそうというくらいのことなのか。当時の手帳にも「ハイカラ」を読み込んだ俳句が散見されるが、趣旨は分かりにくい。

むしろ、『茶筅髪』との関係では、「ハイカラ」が生命力――そして、それは善悪の彼岸を目指す力でもある――を指示していたという方が積極的な意味を持っていたのだろう。

手帳十四の「茶筅髪人物」では主人公の未亡人雪江は「（本能の人）christian nonprudent」（キリスト教徒で無分別）とされ、また手帳十八の「茶筅髪梗概」では主人公の未亡人が、「情熱的で、無意識のニーチェ主義者」で「Heart アリ」と形容されている。「ハート」をもつことが、「クリスチャン」であることが、二葉亭の中で「ハイカラ」というイメージと結びついているとしたら、それは同時に、

雪江のモデルとされる，二葉亭所蔵の絵葉書

本能に従うこと、陳腐な道徳（分別）を超越すること、「ライフ」の力を持つことであった。そのような考えの流れは手帳十四の次の記述からも窺える。「天材崇拝とは何ぞ　矢張一種の英雄崇拝也　豪傑主義也　但し昔の豪傑崇拝とは形式を異にする迄也　凡て新らし味を追ふ結果也　新し味は活きたるもの也　依様画胡蘆［様《よう》に依りて胡蘆［瓢簞］を画く――手本通りに絵を描いて、創意がない」は死したるもの也　活きた人間か活きたるものを慕ふは当然也［。］」（第六巻一三八頁）「新しい」ものとは「生きたもの」、「ライフ」であり、それこそが二葉亭の「ハイカラ」だったのである。

だが、この「ライフ（人生）」の問題は、われわれを実にまた『浮雲』にまで連れ戻す。第二章第二節で、ゴンチャロフの『断崖』の主人公ライスキーが従妹のソフィアをしきりに口説き、そしてついに告白する場面を見た。煩をいとわずもう一度、引用しよう。ライスキーはソフィアが何に対しても――自分の彼女に向ける愛にも――関心がなく、何事にも熱中せずに落ち着き払って生きていると批判する。ソフィアは答えて、「また『人生』の話ですか。あなたはその言葉ばかり持ち出すんですね。まるでわたしが死人だとでもいいたいみたいに。（……）今は守らなくてはいけない事の話をしましょう…恋の話はそのあとで」とかわす。これに対してライスキーは、「いいえ、オリンポスは滅びてはいませんよ。クザン、あなたは全くオリンポスの女神そのものですよ。さあ、これでぼくの告白は終わりました」と愛を打ち明けるのだった。

ところでソフィアは「外交関係の役所に勤務していたペロヴォードフと、しばらくの結婚生活をした、二十五歳の未亡人であった。」（『断崖』第一巻二四頁）二葉亭は、この『断崖』の設定と、『茶筅髪』・『其面影』の設定の近縁関係に気が付かなかったであろうか。かりに気が付かなかったのだとしても、彼はそれを無意識になぞり直したのではないか。

ソフィアは夫の死後、孤閨を守ることに忙しく、ライスキーの求愛を受け入れない。そのことをライスキーは、彼女に「人生（ジーズニ／ライフ）」が足らないというように総括するのである。二葉亭が『茶筅髪』から『其面影』にかけて、情熱に満ちた、「ライフ」のある未亡人と、その愛に応えられない従兄の主人公を想定したとき、作家は『断崖』の構造を逆転させたのである。ソフィアが「人生」に関心がなく、「規則」を守るのに汲々としているとしたら、（『茶筅髪』の）雪江は本能と情熱の人であり、「美的生活」を求めている。ライスキーが空疎なドン・ファン主義を振りかざしているとしたら、（『其面影』の）哲也は、ドン・ファン主義を生きる勇気に欠けているである。このように設定を転回させながら、しかし、二葉亭は「ライフ」の問題を執拗に追い続けていたのである。

2　『平凡』と性の誕生

『其面影』の執筆にはさんざん苦労した二葉亭だったが、その連載が終わってからは憑き物が落ちたように気が楽になったのか、半自伝的な次作『平凡』（明治四十年［一九〇七］）では自由奔放に筆を走らせることになる。その闊達さは冒頭で、作品について自ら語る箇所に顕著に窺われる。

「牛の涎」

私は兎に角書いて見やう。

さて、題だが……題は何としやう？　此奴《こいつ》には昔から附倦《つけあぐ》んだものだツけ……と思案の末、礑《はた》と膝を拊《う》つて、平凡！　平凡に、限る。平凡な者が平凡な筆で平凡な半生を叙するに、平凡といふ題は動かぬ所だ、と題が極る。

次には書方だが、これは工夫するがものはない。近頃は自然主義とか云つて、何でも作者の経験した愚にも附かぬ事を、聊《いささ》かも技巧を加へず、有《あり》の儘に、だら〳〵と、牛の涎《よだれ》のやうに書くのが流行《はや》るさうだ。好い事が流行る。私も矢張り其で行く。

で、題は「平凡」、書方は牛の涎。

さあ、是からが本文だが、此処らで回を改めたが好からうと思ふ。（第一巻四二〇頁）

適当に書き散らすと宣言しているのである。だが、もとより二葉亭の性格からして、適当にお茶を濁すなどというようなことは考えられない。したがって、これは計算されたアイロニーである。第四章でも引用した、第四十二回の冒頭、「今日は頭の具合が悪いので向鉢巻でやっつけろ」というのも作為的なポーズとは思われない。真摯に自分を叱咤激励していたのであろう。また、長年、温めておいたポチ（マル）のエピソードを思わず安易に流用してしまって残念だという、舞台裏を明かした告白も嘘ではあるまい。『平凡』はやはり渾身の力を込めて書かれたものだったのである。それにしても、『浮雲』や『其面影』に比べるならば、肩の抜けた状態で、のびのび書いていたことは間違いなかろう。

英訳『平凡』表紙

ゴンチャロフは生涯に三つの長編小説を残したが、一つは最もよく知られた『オブローモフ』、一つは二葉亭が『浮雲』執筆にあたって参考にした『断崖』、もう一つが『平凡物語』である。『平凡』というタイトルはゴンチャロフの小説をただちに想起させ、そのことは魯庵の回想からも確かめることができる。「『平凡』の予告が現はれた時、余は故人が曾て推奨してゐたゴンチヤローフの作を憶ひ浮べて其題名に頗る興味を持つたので手紙を送つた。」（「二葉亭の一生」『二葉亭四迷』下二〇七～二〇八頁）二葉亭はお気に入りの作家ゴンチャロフの長編『平凡物語』を熟読していたはずで、魯庵にも勧めていたわけだから、『平凡』というタイトルを選んだときに『平凡物語』のことを全く思い浮かべなかったとは考えにくい。だが、ロシアにおける新興資本主義と農奴制の残滓ひいては都市と農村の対立をさまざまな人物模様の中に描きだした『平凡物語』と二葉亭の『平凡』の間には、テーマ上の共通点はほとんど感じられない。十九世紀ロシアの社会問題を、「当たり前の、どこにでもある物語」と名付けたゴンチャロフと、自分の人生に起こったありきたりのことを、「牛の涎」のように書き連ねると宣言した二葉亭の間に、ある種の問題意識の近さが感じられるだけである——二葉亭は渋川玄耳宛ての書簡に、作中での宣言を裏書きするように「平凡なる作者か平凡なる人物を捉まへて平凡なる作を試む　題して平凡といふに何の不思議かあらむ」と書き送っている（明治四十年［一九〇七］十月十六日付）。やはり、「平凡」は文字通り「平凡」なのだ。「『平凡』といふ題名が如何にも非凡で面白い」（「二葉亭の一生」『二葉亭四迷』下二〇八頁）と書き送って、「平凡は平凡なり」と二葉亭の激怒を買った魯庵は、真意をくみ取っていない。

「牛の涎」というのは坪内逍遙が『新小説』明治三十八年（一九〇五）九月号に掲載したエッセイ「牛のよだれ」を直接には念頭においての表現である。そこで坪内はニーチェ主義をはじめとする、最近の本能主義を概観し、その上で、そこに見られる倫理意識の低下を嘆き、国家ならびに社会に悪影響があるとした。前章でも見たように、二葉亭は明治三十七から三十九年頃にはニーチェ主義に大いに関心を抱き、研究を深めていたように見えるので、坪内の論文を興味深く読んだであろう。手帳には短いコメントがある。「坪内氏の牛のよたれ　ハ所謂精神界なる社会ノ半面のみを見て物質界、実際界、活動界なる社会ノ半面を見遁したるものにあらさるか［。］」（第六巻一四〇頁）二葉亭は坪内の論にあまり感服していないようである。おそらくそれは長年の盟友であった坪内と二葉亭の間の性情の違いの深まりに根差すものだろう。もともと、坪内と二葉亭は性格的に近いとはいえない師弟であり友人であったが、坪内は教育者として尊敬を集めるようになり、また演劇界における権威的存在となるにつれ、保守的傾向を強めていった。それに対して、就職・離職を繰り返したり、大陸浪人めいた振る舞いに及んだりと、二葉亭の人生は規格外れのことばかりであった。その中で二葉亭は社会の周縁的なものに共感を見出し、社会的な規範にむしろ背く感性を磨いていったのだといえる。そこから、ニーチェ主義に対する見方も坪内と二葉亭では全く分かれるので、坪内はそこに危険な反道徳的思想を見たのに対し、二葉亭は、生命を解放する——むしろそれにはまだ不十分な——契機を見たのである。坪内のお上品な精神論は、社会の実際、人間活動の物質的本質を離れているというのが二葉亭の断罪であった。

しかし、二葉亭は、そのような、坪内との道徳観・人生観の違いにこだわっていたわけではなく、坪内の「牛のよだれ」という把握の仕方自体には興味を覚えたのであろう。坪内は文中でその「手法」がいかなるものなのか特に解説してはいないのだが、「思いついたことをだらだらと書き綴っていく」くらいのことでエッセイのタイトルにしたのであろう。肩の力が抜けて、何でも書きなぐってやろうと思っていた二葉亭には、格好の方法に見えたに違いない。そこで早速、この結構を借用するのである。

自然主義批判

しかし、二葉亭は坪内の「牛のよだれ」をただ借用しただけではなかった。彼はそこに当時、文壇を制圧していた自然主義文学に対する批判をこめるのである。

自然主義は実証主義的精神のもとに文学作品の創造を行うべきだとした思想で、バルザックなどもそのうちに数えられることもあるが、一般には、ポジティヴィズムを極限にまで推し進めて、小説は実生活・実社会を科学的に理解するための実験室でなければならないと主張したゾラが代表者とみなされている。

日本では小杉天外・小栗風葉・永井荷風らがゾラの影響下に自然主義的創作活動を早くから開始するが、これは大きな運動にはならず、島崎藤村・田山花袋・国木田独歩らがロマン主義的転回を与えることによって、個人の感情生活をありのままに、赤裸々に描き出すことが自然主義であるという独自の理解を生むようになった。大きな主情主義的転換を経ることによって、明治三十年代後半以降、日本における支配的な文芸様式となっていくのである。

感情生活をありのままに、赤裸々に書くということと、文学創作に技巧を用いないということの間には明らかに距離があるが、自然主義文学者の間では両者は接合していった。その代表格が田山花袋で、無技巧の説は自然主義の最大のマニフェストの一つであった論文「露骨なる描写」（明治三十七年［一九〇四］）の冒頭に高らかに宣言されている。「近日文壇に技巧と言ふことを説く者がある。技巧か、技巧か、自分は既に明治の文壇がいかに尊い犠牲をこの所謂技巧なるものに払つたかを嘆息するもの、一人で、この所謂技巧を蹂躪するに非ざれば、日本の文学はとても完全なる発展を為すことは出来ぬと思ふ。」（二〇一頁）この論文は、『平凡』連載開始の三年半ほど前に発表されているものだから、二葉亭が「作者の経験した愚にも附かぬ事を、聊かも技巧を加へず、有の儘に、だら〳〵と、牛の涎のやうに書く」と自然主義を揶揄したときに、田山の論文が直接、想定されていたのかどうかは定かではないが、この論文が始めたところの、自然主義、すなわち無技巧の文学という考えの潮流全体をあてこすっていたことは間違いないだろう。

さて、自然主義は先にも書いたように、日本では、実証主義的な社会研究・現実分析という、西洋におけるそもそもの意味付けから全く逸脱して、個人の心情の赤裸々な、そして正直な表出という方向に向かった。それはまさに告白という形式に他ならない。

二葉亭は、「技巧を加えず、ありのままをだら〳〵書く」のが「牛の涎」式であり、それに従うとするが、それは「告白」という形式を踏襲するという意味でもあった。

「告白」という形式

興味深いことには『平凡』とちょうど同じ頃に、森鷗外が非常に共通したメタ・テキスト的戦略で——すなわち、自然主義の告白の形式をとりつつ、しかもそれをパロディー化し、そして、その中でセクシュアリティーに言及するという形で小説を発表する。『ヰタ・セクスアリス』である。鷗外の作品では「告白」という形式は『平凡』以上に自覚的に、明示的に設定されていた。主人公金井湛《しずか》はおのれの「性欲の歴史」を「はつきり書いて見たら、自分が自分でわかるだらう」という意識のもとに、自分史を書くことにする。書いたものが「人に見せられるやうなものになるやら、世に公にせられるやうなものになるやら分らない。」（四五～四六頁）。書き出しの問題設定はこうだが、書き終わっての結論は、「これが世間に出されようかと思つた。それはむつかしい」である。そこで金井君は原稿を『VITA SEXUALIS』と名付けて（だれにも読まれないように）「文庫の中にぱたりと投げ込んでしまつた」のである（八三～八四頁）。自分の「性」とは、社会から隠蔽されなければならないなにものかである。だが、それはまさにそのことによって「真実」であることが保証される。したがって、その「性」の真実は告白という特殊な作業によってしか明らかにはされない――本来は隠蔽されているべきものなのだから。隠蔽されるべきものだということは、暴かれるべきものだということである。したがって、「告白」によってでなければ、あるいは窃視によって――金井君が書き出しで、世間の人はみな変態になってしまったのではないか、たとえば「出歯亀」を想起せよと言っているのは象徴的である――、あるいは盗み読みによって、あるいはほかの何らかの形で暴露されるべきものなのである。文庫に投げ込まれ、秘匿された「性生活」は何らかの形で明るみに出されたからこそ、今ここで読者はそれを読んでいるのだ。そのような人為的な形式としての「虚構」の中に「性」は成立する。

　二葉亭の『平凡』は『ヰタ・セクスアリス』ほど明確な、「性」の構造は持っていない。原稿も発表を前提として、「文壇の昔馴染」に「泣付いて行つたら、随分一肩入れて、原稿を何処かの本屋へ嫁《かたづ》けて、若干《なにがし》かに仕て呉れる人が無いとは限らぬ」ので、「兎に角書いてみやう《ママ》」ということで作り出されたのである（第一巻四二〇頁）。しかし、作品の最後は「二葉亭が申します。此稿本は夜店を冷かして手に入れたものでござります」と締めくくられている。つまり、やはり何か怪しい経路によって、本来、闇に葬られるべきものが日の目を見たという形式の上で、「性生活」は構築されているのである。

もちろん、「告白」というモチーフが二葉亭にとって新しいものではなかったことは確認しておこう。それはすでに『浮雲』において偏執狂的に書き込まれていた。とくに第二篇から第三篇にかけて、文三の意識においては「話し合い」をお勢としたい、だが、あえて切り出せないということが最も大きな問題となっており、その点をめぐって物語は進行していたのだが、その「話し合い」とは実は「告白」の謂であった。

『平凡』と性科学

さらに『平凡』には『ヰタ・セクスアリス』と同様に、性科学的な知見のもとに「性」を構築しているという特徴がある。第二章第二節でも見た通り、二葉亭は早くも『浮雲』執筆中から心理学的言説に大きな興味を持つようになり、広範な、しかもかなり深い読書をしていた。その興味は、官報局時代にはやがて、性愛の心理学の方に広がっていった。「呉秀三博士の『精神啓微』や『精神病者の書態〔書体〕』を愛読して、親しく呉博士を訪うて薀蓄を叩いたのは矢張其頃であつた。続いてロンブロゾ一派の著作を捜つて、白痴教育、感化事業、刑事人類学等に興味を持」った（内田魯庵『思ひ出す人々』三二一頁）。ドイツ語の勉強を始めたのもその頃で、呉の指導を受けていたが、『変態性欲心理』で知られるクラフト＝エービングやヴァイニンガー、ヴントなど、ドイツの（性）心理学的文献を読むのが目的であった。夏目漱石らが熱心に読んでいたとされるハヴェロック・エリスはなぜか読んでいないが、英語圏の性科学者としてはフォーレルの著作に親しみ、そのほか、魯庵も言及するとおり、当時の日本の知識人に大きな影響力を持っていたロンブローゾを精読した。

ロンブローゾの犯罪心理学において典型的であるが、草創期のセクソロジーは性的行為を基本的に変態的、さらには犯罪的なものとして認識する点に特徴があった。十九世紀の性科学のなかで最も支配的な力をもったテキストであるクラフト＝エービングの『変態性欲心理』には「法医学的研究」という副題が付されていた。

このようにして「性」は（初期）性科学的な概念として、すなわち、潜在的な変態性または犯罪行為としてまず定位するのである。そのありようを『ヰタ・セクスアリス』も『平凡』も示していた。これに対して、この二作がパロディー化していた自然主義の作品――たとえば、田山花袋の『蒲団』（明治四十年［一九〇七］）――は、「告白」という構えはとっており、「性」という問題に対する深い関心を示していたものの、性科学的背景は希薄だったといえる。その意味で、パロディーの方に「性」が典型的に現れるという逆説的事態が生じたのだともいえる。だが、自然主義においても「性」が潜在的な変態性・異常性・犯罪性・非正統性であったことは間違いないので、そのことは『蒲団』の広く知られた結末を読み直すならば明らかであろう。愛する弟子の芳子がそこに寝た蒲団の上に重ねてあった夜着が汚れているのにもかかまわず顔を押し付けて、「女のなつかしい油の匂ひと汗のにほひ」に胸をときめかし、「心のゆくばかりなつかしい女の匂ひを嗅いだ」（二〇一頁）主人公竹中時雄の描写は、クラフト＝エービングならば明白に事例として取り上げただろうようなフェティシズムを示しているのである。

もっとも二葉亭その人は『平凡』の中で性愛が価値ニュートラルなものだと強く主張している。


私共の恋の本体はいつも性欲だ。性欲は高尚な物ではない、が、下劣な物とも思へん。中性だ、インヂフエレントの物だ。私共の恋の下劣に見えるのは、下劣な人格が反映するので、本体の性欲が下劣であるのではない。（第一巻四九四頁）

しかし、これは失われた理想でしかない。近代人にとって「性」は病的なもの、中性ではないものでしかない、そのことを『キタ・セクスアリス』も『平凡』も明らかにしていたのである。より正確な言い方をすれば、病的なもの、中性ではないものとして「性《セクシュアリティ》」は構築され、そしてはじめて現出したのである。二葉亭は性的なまなざしをもって見ているものを、性的ではないものだと夢想しようという不可能な行為に挑んでいるのだ。

精神と肉体の二元論

性が中性であるという主張は、トルストイに対する激しい反発と結びついていた。それは一八九一年に刊行されていた『クロイツェル・ソナタ』に対してである。

トルストイは宗教的転回を経て、晩年、きわめて原理主義的なキリスト教の教義に執着するように

フランスの画家ルイ・マルテストによる1902年のレフ・トルストイ

なっていった。性愛の問題についてもそうで、極端に禁欲主義的な立場をとるようになり、『クロイツェル・ソナタ』や『悪魔』などの小説や、性愛論をものして、自説を展開していた。トルストイは禁欲主義的原理を聖書の字義通りの解釈から引き出していた。たとえば、『クロイツェル・ソナタ』は、「およそ情欲をもちて婦を見る者は、心のうちにすでに姦淫したるなり」と「もし妻に対する人の義務かくのごとくば娶らざるにしかず」との、福音書からの二つの引用をエピグラフとしてもち、跋文では作者は「キリスト教の理想ならびに、その理想の一条件たる純潔に対する意向は、けっして生活の可能性を奪わないばかりでなく、むしろ反対に、このキリスト教的理想の欠如こそ、人類の前進をはばみ、自然の数として生活の可能性を奪うものなのである」と論じている（八七頁）。聖書の厳密な、直接的な解釈に忠実に従い、教会の権威を認めなかった――「キリスト教的礼拝［すなわち、教会における信仰儀礼］がいかなるときにもあるべきでなく、またかつて存在したことがない」（同九〇頁）――点で、トルストイの立場はプロテスタント的なものといえた。このトルストイの禁欲主義思想に二葉亭はかみつく。

人は皆隠れてエデンの果《このみ》を食《くら》つて、人前では是を語ることさへ恥る。私の様に斯うして之を筆にして憚らぬのは余程力むから出来るのだ。何故だらう？　人に言はれんやうな事なら、為《せ》んが好い

ぢやないか？（第一巻四九二頁）

それは二葉亭にとって「性」が高尚な精神と卑しい肉体という、キリスト教的な、二元論的な枠組みの中で考えるべきものではなかったからだ。

トルストイの性愛観の二項対立――高尚な精神的愛と下劣な肉体が対立し、後者を捨てて、前者を貫かなければならないという――に対する反発は、二葉亭においてメレシコフスキーの思想に対する共感につながっていく。

ドミトリー・メレシコフスキー（Dmitrii Merezhkovsky［1866-1941］）はロシア・シンボリズムの作家で、一八六六年生まれであるから、二葉亭とほぼ同世代にあたる。二葉亭は彼の作品に大きな関心を寄せていたようで、「露国の象徴派」という論文を書いて、詳しく解説している。

メレシコフスキーは『背教者ユリアヌス――神々の死』、『レオナルド・ダ・ビンチ――神々の復活』、『ピョートル大帝――反キリスト』の三部作で知られるが、彼の文名を世界的に高めたのは、評論『ドストエフスキーとトルストイ』（一九〇一～一九〇二）であった。同書には二葉亭も早くから注目し、翻訳を試みていた――「メレシコーフスキイの例のトルストイ論兎に角反訳に取掛り可申候」（明治三十六年［一九〇三］八月以降坪内逍遙宛［書簡一五五］）。もっともこの翻訳は中断し、日の目を見なかった。

三部作およびこの評論を通じて、メレシコフスキーは、西洋社会においてはキリスト教の影響のもとで霊と肉の分離が生じたが、この不幸な事態を解消するため、異教の力を復活することによって、両者の合体を図らなければならないということを説いた。「肉無しにではなく、肉を透して、肉の彼方にあるものへ達する」（『ドストエフスキーとトルストイ』六一頁）ことが求められたのである。

二葉亭はこの思想に関心を寄せたが、その可能性については懐疑的であった。

文学の方で最近の傾向はシンボリズムとか、ミスチシズムとか云ふのだが、イ、ズ、ムの中に彷徨《うろつ》いてる間《うち》や未だ駄目だね。象徴主義で云ふ霊肉一致も思想だけで、真実一致はして居らんぢやないか。（……）文学が精神的の人物の活動だといふが、その「精神」が何となく有り難く見えるのは、その余弊を受けて居るんで、霊肉一致どころぢやない、よほど霊が勝《まさ》つてる証拠だ。だからシムボリストでも、思想では霊肉一致だらうが自分の存在では未だ其処までは行つて居らんよ。そんなら行き着いた先きは何うなるかと云ふに、そりや想像は一寸付かん。第二義から第一義に行つて霊も肉も無い……文学が高尚でも何でも無くなる境涯に入れば偖《さ》てどうなるかと云ふに、それは私だけにや大概の見当は付いてゐるやうにも思はれるが、ま、、殆ど想像が出来んと云つて可いな。（「私は懐疑派だ」第四巻二五三頁）

ロシア象徴派が霊肉一致といいながら、よほど霊に傾いているという二葉亭の判断は肯綮に入っていると思われる。だが、そのような批判をする二葉亭も、「性は中性だ」と言い、霊と肉は一致しなければならないと説くことによって、霊と肉の区別というものを前提としてしまっている。彼はその区別を十九世紀ロシアの文学や観念論的哲学の摂取を通じて学習してしまっているのだ。「清浄」な愛を目指し、「じゃらくら」は廃さなければならないという『浮雲』の主人公たちからはじめ、キリスト教の信仰に矛盾する「孤閨」の苦しみに悩む雪江や、「インヂフエレント」のはずの性欲を「色情狂」に変えてしまった『平凡』の主人公に至るまで、二葉亭の描く人物たちは霊と肉の二元論と、その不可避な対立を前提として、思惟し、行動している。二葉亭はこうして精神と肉体という二元論的なパラダイムと生涯、格闘し続けたのだが、それはまさにそれをいったん学習し、そのような文化的語彙を深く身に付けたからこそなのだ。

「いやといふ声」

小説『平凡』の広告が出ると、先述の通り、二葉亭からかねてゴンチャロフの『平凡物語』を推奨されていた内田魯庵は興味を覚えて、次のような手紙を送った。「『平凡』といふ題名が如何にも非凡で面白い、定めし面白いものであらうと楽しみにしてをる〔。〕」この文面が二葉亭の気に入らなかったことはすでに紹介した通りだが、魯庵は、さらに続けて、文学にも政治や実業にも大いに活躍してほしいとの期待を述べる。そして、それに関して、首相の招待を断るようなことは文学者的であっても政治家的ではないという苦言を呈するのである。「左《と》に右《か》く今日文学を以て生活してる以上は縦令《たとひ》其《その》志《こゝろざし》でなくても文学にも十分身を入れて貰ひたい、且《かつ》人は必ずしも一方面でなければならぬといふ理由は無いから文人で政治家なり実業家なり何なり兼ぬるも妙であらう、政治或は外交に興味を有するか故に他の長所たる文学を廃する理由は無い、且又苟《いやし》くも前途に生平《せいへい》口にする大抱負を有するものなら勤めて寛濶なる襟度《きんど》を養はねばならぬ、例へば西園寺侯の招宴を辞したる如き時の宰相たり侯爵たるが故に謝絶するは却て詩人的狷介を示したもので政治的外交家的器度《きど》で無い。」(「二葉亭の一生」『二葉亭四迷』下二〇八頁)

西園寺公望は官費でフランスに留学し自由思想にふれ、帰国しては自由民権運動に心酔し、中江兆民らと東洋自由新聞の発行に携わるなど、リベラルな知識人政治家であった。その西園寺は明治三十九年(一九〇六)には内閣を組織していた。そうした文人首相であった西園寺が明治四十年六月、当時の代表的な小説家を呼んで、日本文学についての話しを聞くという宴を計画し、二十人の作家を招待した。その中には森鷗外、坪内逍遙、内田魯庵、泉鏡花、国木田独歩、島崎藤村、田山花袋らが含まれていた。二葉亭も招待状を受けるのであるが、出席を断る。魯庵はそのことを難じたのである。

だが、この魯庵の手紙に二葉亭は激昂する。そして、魯庵が「筆墨淋漓、怒気紛々」と評した返事を書くのである。「平凡ハ平凡なり　それを強《しひ》て非凡たとおつしやるなら非凡てもよろし　けれと平凡は矢張平凡也　首相の招待に応せさりしはいやであつたから也　このいやといふ声は小生の存在を打てハ響く声也　小生ハ是非を知らす可否を知らす　只これか小生の本来の面目なるを知る而已[。]」(明治四十年[一九〇七]十月末[推定])

横山源之助の伝えるところによると、二葉亭が西園寺の招待を断ったのには、彼の反骨精神、権力者嫌いが一つにはあったようである。「僕[横山]は西園寺首相の招待状なるものは見なかつたが、なんでも御高話拝聴云々とあつたそう《ママ》だ。御高話ならば、洒然として聴きに来るが良いぢやないか、とは当時の僕に洩らした意見であつた。」（『凡人非凡人』四〇四頁）さらに、二葉亭のこの過剰とも思える反応には、自分では文学者とは思われたくないのに、そう名指されることに対する苛立ちも大いに関与していたに違いない。「西園寺首相の招待一件も、お断りした訳は最う自からお分りと思ひます。私は文士ではない。それを文士と見られるのが実は心外で、私の自から見てゐる様に世間からも認めて貰ひたい。それを認められないのが不平でならない。」（「送別会席上の答辞」第四巻三〇二頁）しかし、いかに気に入らなかったにしても、いやだからいやだという、ほとんど子供がだだをこねているような口調は異常である。われわれはやはりそこに彼の主意表明のようなものを読み取るべきだろう。第三章第一節において二葉亭が「真理」の探究を諦め、「実感」の肯定に向かったのを見た。正誤は問題ではない、どう感じるかが問題なのだ――「いやという声」はまさにそのような態度の表明なのではないか。十川信介が論じるように、「『いやだからいやだ』という決定は『理窟』ではない。それは『経験の磨きをかけざる生地の議論』（書簡一二八、逍遙宛）であり、しかも否定に向かってのみ働く、彼の暗闇の声」だったのである（『二葉亭四迷論』二四〇頁）。

第六章　ロシアに死す

1　ペテルブルグでの最後の「実業」

ネミロヴィッチ＝ダンチェンコに取り入る

『其面影』と『平凡』を書き終わって、二葉亭は、創作はもうこりごりだと感じていた。

そんな頃、ロシアから当時の流行作家でジャーナリストでもあったネミロヴィッチ＝ダンチェンコが一九〇八年三月、雑誌『ロシアのことばРусское слово』の特派員として来日する。

ヴァシーリー・ネミロヴィッチ＝ダンチェンコ（Vasilii Hemirovich-Danchenko［1845-1936］）は『祖国雑記』や『ヨーロッパ報知』の記者を務め、旅行記やルポルタージュなどをものしていたが、後に従軍記者としての体験をもとにした小説を発表し、成功を収めた。スタニスラフスキーとともにモスクワ芸術座を興し、チェーホフやゴーリキーの作品を上演して、演劇界の大立者になったウラジーミ

ネミロヴィッチ＝ダンチェンコ

ル・ネミロヴィッチ＝ダンチェンコは実弟である。二葉亭はこの作家を朝日新聞特派員として訪問するのである。

二葉亭のネミロヴィッチ＝ダンチェンコの接待ぶりはきわめてかいがいしいものであった。たとえば、彼が能を見に行くにあたって、鑑賞の手助けになるように、わざわざ台本まで翻訳している。二人は観世能楽堂に行って『夜討曽我』を観た。二葉亭の訳はきわめて親切なもので、文化的・歴史的背景なども説明し、日本のことをほとんど何も知らないロシアの作家が能を理解し、楽しめるように配慮している。

二葉亭は当時としては非常に開けた、コスモポリタンな世界文学観を持っていて、日本文学の国際的な価値というものをかたく信じていた。したがって、古典文学に限らず、同時代の日本文学も翻訳した。森鷗外の「舞姫」と国木田独歩の「牛肉と馬鈴薯」が彼によってロシア語に訳されている。こうした作業は、管見に入る限り、明治時代のどの作家によってもなされなかった。後に二葉亭がペテルブルグに渡るときに、文学者たちによる送別会が開かれたが、その席でも二葉亭は日本文学の価値を説き、それを広く知らしめる使命について熱く語っていた。「[ロシアに着いて行いたいことは]日本文芸の翻訳紹介を力めたいといふ事です。私一個の文学は詰らないが、広い意味で、世の中の文学といふものの価値は私も認めてゐるのだから右の事だけには盡萃《じんすゐ》[尽力]したいと思ひます。」（第四巻

三〇二頁）

さて、ネミロヴィッチ＝ダンチェンコの接待を二葉亭は熱心に勤めたわけだが、彼にとって現代ロシアの大作家と親しく交流すること自体は楽しいことであったに違いない。中村光夫は「ダンチェンコは文学者としては『ゴーリキー、アンドレーエフなどよりもグット先輩』であつても、まづ二流の存在でした」と書いており（『二葉亭四迷伝』三四一～三四二頁）、内田魯庵も「文人としては第二流の人」と言っているが（「二葉亭の一生」『二葉亭四迷』下二一〇頁）、人気作家であったことは間違いなく、現在ではとくに取り上げられることは少ないが、同時代的にはかなり高く評価されていた作家であった。

一方、二葉亭にはある種の打算から作家の世話を一生懸命にしたという面もあったようで、先の能の台本翻訳の件もそうだが、ネミロヴィッチ＝ダンチェンコを招待しての晩餐会のときに英語を解さない、このロシアの作家のために、二葉亭がつきっきりで通訳をしたことがある。はたで観察していた池辺三山が「長谷川君、えらい勗《つと》めるね」と言うと、二葉亭は「なアに、斯うして生捕つて置くのだ」と答えたという（「朝日新聞に於ける長谷川君」『二葉亭四迷』上一七七頁）。

そしてこの打算は見事に実を結ぶ。「長谷川君がとう〳〵昨四十一年の夏露西亜に行く事になりましたのは、ダンチエンコといふ露西亜の文学者兼新聞記者が勧めたから起つた事で有ります。ダンチエンコはカデット派に属する人［立憲民主主義者］であるさうだから、長谷川君は其論に同情は持た無かつたでせうが、其日本滞在中先方で頻りと長谷川君を持て囃した。而して露西亜に来いと勧めた。

水先案内は自から任ずると言つた。底《そこ》で朝日社中で長谷川君特派問題が起つて、とう〳〵往く事になりました［。］」（池辺吉太郎「二葉亭主人と朝日新聞」『二葉亭四迷』上一七三頁）

このいきさつについては、ネミロヴィッチ＝ダンチェンコ側はその日本旅行回想記『太平洋のギリシャ人』で以下のように記している。この著作は二葉亭研究者には気が付かれていないものだと思われるので、長文だがここに紹介する。大阪で行われた歓迎会の様子を伝える文章である。

上野氏［村山龍平と朝日新聞を共同経営していた上野理一のこと］から、わたしが日本を訪問したことへの返礼として、ロシアに、貴国が才能ある作家として評価してくれるだろうような通信員を送るべきだという提案があった。そのような通信員はどんな方策にも勝って、自ずから友好国ロシアを理解し、またロシアに自国のことを理解させるであろう。そして、双方にとって不幸であった戦争という運命の痕跡を拭い去ってくれるだろう。ロシア文学はすでに日本人を虜にした。このようなすばらしい目的のために、ただちに長谷川が名指された。そして、その後、一両日してわたしは東京で以下のことを知った。この若い作家は、自身、ロシアの作家の最良の翻訳者でもあったが、ロシアに向け近々出発する予定だと。だが、ここで読者に彼のことを紹介しておかなければならない。長谷川氏は日本で最初に、古い時代のちんぷんかんの文章でなく、生きた、民衆の、簡明で生き生きとした、誠実さを漂わせ、真の力に満ちた言葉で書くことをはじめたのであった。彼はロシア語を日本で学んだ。上手に正しく話すが、実地の練習が足りないため臆している。ロシアには今のところウラジオストクとハルビンにだけ滞在した。その巨大な文学的功績にもかかわらず、長谷川氏は謙虚であり、恥ずかしがりやでもある。だが、自分の親しい人の間では上品なユーモアと善良なウィットをいつも使いこなしている。『ロシアの富』誌が彼を共同作業に招くようである。少なくとも、彼はニコライ・フョードロヴィッチ・アンネンスキー〔『ロシアの富』の主筆〕の、この件に関する手紙を見せてくれた。わたしは彼がさらに日本の読者のためにロシアについての著作をすることを期待する。若い、神経質な長谷川氏は、新しい道のりを見つけようとする思いのために、不安と熱に全身が冒されたようになっている。このような状態は陳腐さや形式性の敵である〔そうした状態にあれば、陳腐や形式ばった書き方に陥ることはないだろう〕。この目的に彼よりも適した人を選ぶことはできない。よくわたしたち二人は東京で高笑いをしたものである。〔朝日新聞の〕編集部は彼をしばしばわたしのところに寄越して、政治的問題や、ロシアからの何かの電報についてなどでわたしと会談をさせようとした。だがわれわれは思わず文学のことや、ロシアの社会運動のことに話が飛んでしまうのだった。そして、公式の政治的問題については、彼がインタビューを印刷しに編集部に駆け戻らなくなったとき、はじめて思い出すのであった（まったく、「インタビュー」とはなんと馬鹿げた言葉だろう！）。そして、わたしの方ではほかの約束のために出かけなければならないのである。（二一三〜二一四頁）

ネミロヴィッチ＝ダンチェンコの伝えるところでは、二葉亭の露都行きは彼の推挙とは関係なく決まったかのように読め、池辺三山の回想とは齟齬がある。自分が圧力をかけて決めさせたというようなことを書くと、長谷川辰之助のロシア学者としての資質に疑念を抱かれると配慮したのかもしれない。いずれにせよ、ロシア作家が二葉亭に寄せた信頼と友情の念が、朝日新聞社の決定に何らかの影響を持っていたことは間違いないだろう。こうして二葉亭の、ペテルブルグ訪問という宿願が実現する。

朝日新聞ロシア特派員に

もっとも、二葉亭のロシア行きに関して、朝日新聞社の方ではそれほどいい条件は提示しなかったようである。「社からの手当は、君が希望する通りに行かなかつた［。］」（池辺吉太郎「朝日新聞における長谷川君」上一七七頁）そもそも朝日は新聞記者としての二葉亭には期待しておらず、小説家として雇っておきたかったのであるから、それも当然だろう。だが、三山は二葉亭に無理やり小説を書かせたことにやや罪悪感があったようである。「［『平凡』執筆について二葉亭は］矢張一種の不愉快な心持は持つて居た。それは無論文学は自分の本領でないと思つて居たからなのであらう。然し社に対する御奉公とでも思つたのか、兎に角書くことは承諾した。」（「朝日新聞に於ける長谷川君」上一七六頁）池辺はその穴埋めにロシア行きをプレゼントしようとでも思ったのか、この話しは結局、まとまり、長谷川辰之助は特派員として派遣されることになる。

二葉亭の喜びようは並大抵ではなく、内田魯庵はその様子を次のように伝えている。「二葉亭の数年前から持越しの神経衰弱は露都行といふ三十年来の希望の満足に拭ふが如く忽ち掻消されて、恰も籠の禽が俄に放されて九天に飛ばんとして羽叩きするやうな大元気となつた。其の当座は丸で嫁入咄が定《きま》つた少女のやうに浮き〳〵と噪《はしや》いでゐた」（『思ひ出す人々』三六七頁）。

出発に先立っては、前回のロシア行きの際と同じように、政治家や実業家を訪問してそのロシア観を聞いて回るなど、積極的に動いている。「露国に出立する前は殆んど朝から晩まで朝野の名流と会して露国に関する意見を叩き、且《かつ》総ての方面に於ける入露の準備を充実した。」（内田魯庵「二葉亭の一生」『二葉亭四迷』下二二一頁）

六月六日、ペテルブルグに旅立つ二葉亭を送る会が上野精養軒で開かれた。発起人は雑誌『文章世界』の編集者前田晁で、二葉亭は文士による壮行会だというので参加を渋った。だが、発起人に師匠格の坪内逍遙が名を連ねているのを知って、承服したという。

このとき参列した中には、「小杉天外、川上眉山、広津柳浪、饗庭篁村ら硯友社の作家と、島村抱月、田山花袋、正宗白鳥、長谷川天渓、徳田秋声、徳田秋江、岩野泡鳴ら自然主義系の作家、批評家が目立」った（桶谷秀昭『二葉亭

二葉亭のロシア行き送別会
（前列中央の背広姿が二葉亭，その右は魯庵，左は逍遙）

四迷と明治日本』二九六頁)。さらに昇曙夢、登張竹風、戸川秋骨らの外国文学研究者も出席し、文壇人揃い踏みの観がある。島崎藤村、夏目漱石、森鷗外の名はみえないが、都合がつかなったり、自然主義系文学者と同席を好まなかったりしたからのようで、二葉亭に対して含むところがあったわけではない。二葉亭は流派や文壇のサークルを超えた、幅広い層の人間から深い敬愛の念を集めていたのである。そのことは、没後に出た追悼論集を見ても明らかだろう。もっとも送別会には二葉亭と知己のなかった人もかなりいたようで、「之を機として知らない人でも何でもいゝから集まつて逢ほう」という趣旨の会だったそうなのだが(「送別会上の答辞」第四巻二九八頁)、そのように、見ず知らずの人まで馳せ参じようと思わせてしまう「文学的」価値が二葉亭四迷の名にはあって、そして、おそらく、それと結びついた『浮雲』や「あひゞき」といった作品の名は、その出版から二十年を超えても、文学者の脳裏に残っていたのである。

六月二十五(ロシア暦で十二)日の『ロシア報知』には、六月二十四日東京発として以下の(ネミロヴィッチ=ダンチェンコの筆になると思われる)記事が載せられている。

V・I・ネミロヴィッチ=ダンチェンコの訪日への返礼として、東京で刊行されている『朝日新聞』は日本の若い文学者であり社会評論家でもある長谷川をロシアに派遣することにした。長谷川は完璧にロシア語を習得しており、最近の文献を通じて、ロシアの社会生活に精通している。長谷川は近日、海路で旅順へと出発し、同地より鉄道にてペテルブルグへと向かう。同氏はロシアと日本の相互理解のためにロシアに数年滞在する予定である。長谷川氏は現在野党の立場にあるところの、大隈伯によって率いられた進歩的な党に所属している。同党は軍備費削減、議会拡大を要求し、日露同盟を熱心に支持している。

ネミロヴィッチ＝ダンチェンコは一八四五年（ロシア暦では一八四四年）生まれであるから日本訪問時には六十三歳とかなり高齢であったはずだが、四十四歳の二葉亭が若く見えたのであろうか、先に引用した『太平洋のギリシャ人』でもそうだったが「若い作家」という、当時の二葉亭を形容するにはやや不自然な表現がなされている。二葉亭が一貫して「長谷川」を名乗っていることもウラジオストク時代と変わらない。二葉亭が大隈重信の憲政本党（旧進歩党）員だというのは不可解だし、*日露同盟を熱心に支持するというのも、必ずしも二葉亭の政治的プログラムと一致しないので、何らかの誤解があったのではないかと思われる。『太平洋のギリシャ人』での二葉亭への言及も含め、ネミロヴィッチ＝ダンチェンコの報告には、やや主観的な事実歪曲が見られるようである。

＊大隈重信は明治三十一年（一八九八）に板垣退助と憲政党を組織し、内閣総理大臣として初の政党内閣を形成したが、自由党と進歩党との内部対立のため短命に終わり、明治四十年（一九〇七）にはいったん政界から引退しているから、「現在野党の立場にある」という表現はそれを指しているのであろう。二葉亭が大隈重信とコネを持っていたことは確かで、ピウスツキはラッセルに土地の売りさばきを頼まれたとき、二葉亭に運動資金の援助を求めるが、二葉亭は大隈重信と板垣退助に会って交渉している。また、片山せつの回想によると、大隈の家に食事に呼ばれたりもしているので、かなり親しくしていたのであろう

（「或る時父は大隈侯の御招き［お庭拝見］に預り祖母をつれてあがつた事があつた。当日は多くの来賓がみえいろ〳〵のお催しがあつて非常に楽しい一日を過させて頂いた様子だつた。帰宅後も父は祖母と互にけふの感想を楽しく語り合つてゐた。」［「在りし日の父二葉亭四迷」別巻二一〇頁］）。こうしたことがネミロヴィッチ＝ダンチェンコの「大隈の党員」という表現の背後にあるのかもしれない。

ロシアに再び旅立つ

〈思ふ仔細あつて《ママ》露国に行かむと思立ち〉

二葉亭は「旅日記」と題された手帳をこうはじめている。二葉亭は非常な俳句好きで、若いときの日記「落葉のはきよせ」に書き込まれた多数の俳句からはじめて、後の手帳や、またさまざまな人に宛てた書簡の中にも、きわめて多くの句作が書き残されている。

「旅日記」はさらに続く。「社命を畏こまつて雲の彼方の露都を志し六月十二日〈といふ日の午後六時半に新橋を出で昂然として独り天地の雨の夕新橋より大阪行の客となる。〉」（第六巻四三一頁）

明治三十五年（一九〇二）にウラジオストクからハルビンへと向かったのとほぼ同じ経路なのだが、今回はロシア帝国の首都が最終目的地だということで、二葉亭の心にはさらに浮き立つものがあっただろう。

敦賀に向かう道のりでは二葉亭を得意にする事件があった。新聞記者としての初仕事として、同地に到着予定の、初代満鉄総裁、後の内相であり外相でもある後藤新平に取材すべく会見を申し込んだのである。後藤男爵の船室で二葉亭が名刺を出して挨拶すると、隣の秘書から「二葉亭四迷君ですと紹介せられる、男爵はおゝさうかと跋を合はされた、二葉亭四迷か何たか御存じあるべき筈はなし、恐らくは一寸戸惑ひをされたらう、落語家といふ面相てもなし、釈子［講釈師］てもなさゝうだし、は、あ、分つた、矢張伊藤某の亜流で壮士上りの浪花節語りだな——位か落だらう。ヘン好い面の皮た。」（第六巻四三四頁）文学者二葉亭と呼ばれるのを嫌って、どこでも長谷川で通そうとしていた「文豪」二葉亭四迷の看板が人間関係を作るときに役に立つこともときにはあっただろう。だがここでは肩すかしの体である。西園寺の園遊会には招かれながら断った二葉亭だが、西園寺は文芸に深い関心のある知識人型の政治家であり、一般の政治家には二葉亭の名は通用しなかったのである。自嘲気味の二葉亭の口調には、しかし、反骨精神も、ひそかな自信も感じ取れる。「露都」行きを控えて、二葉亭は意気軒昂であった。

さらに、その日の午後、後藤新平は汽車にて東京に向かったが、居合わせた記者たちが二等切符しか買っていないのを見て取った二葉亭はあえて一等切符を買い、秘書の許しを得て、後藤男爵と同じ車室に乗り込む。そして米原に至るまで小一時間、談話して、二葉亭自身はかなり機密性の高いと信じた、東清鉄道にかかわる秘密を男爵から聞き出すのに成功するのである。二葉亭はこのいきさつを自慢げに池辺三山に詳しく報告している。

その後、六月十九日には門司港を出航、大連、ハルビンなどを経由して、七月十日にはウラル山脈南西のウファに着き、ここから妻りうに「ウラル山の先のウファという処に着いた　こゝはもうヨーロッパだ」と書き送っている。ウラル山脈より東はシベリア、西はヨーロッパというのがロシア人の地理的感覚である。二葉亭は極東ロシアや満州の重要性を常々、深く認識し、そしてそれが明治三十五年［一九〇二］のウラジオストク、ハルビン訪問につながったわけだが、やはりロシア文学に描かれた、ヨーロッパ・ロシアに位置するモスクワやペテルブルグといった世界にある種の憧れを感じてはいたのであろう。ヨーロッパ入りということに対して心が躍っているさまが感じられる。その感はやがてペテルブルグから朝日新聞の同僚ジャーナリスト渋川玄耳に出した書簡にも弾んでいる。「おい、浪花節の好きな隊長、憚ンながらおらあもう欧羅巴ツ子だよ、君のやうな亜細亜ツぽうとはたちが違ふンだ、さういはれて口惜しくば、腕ツ節で来な、なんの、米の飯を喰つてる人間に負けてなるもンか　辰ンべゑ［°］」（明治四十一年［一九〇八］十二月十日付）七月十二日にはいよいよモスクワに着き、二、三の新聞記者を訪問などした上、クレムリンも見学しているが「故蹟嫌ひの小生には難有からす」とにべもない（七月十三日付弓削田精一宛書簡）。ちなみに二葉亭はモスクワではクレムリンと通りを挟んで向かいにあるメトロポリ・ホテルに滞在したが、ここはモスクワの最高級ホテルであり、やがて来る十一月革命の際には赤軍が拠点として使用し、レーニンも、ブハーリンも、ここに泊まり、働き、アジ演説を行ったのであった。二葉亭はモスクワに三日滞在ののち、ペテルブルグに向かい、いよいよ七月十五日には首都に到着する。

革命近いペテルブルグ

さて、二葉亭が訪れたとき、首都ペテルブルグはどのような状況、どのような雰囲気だったのか。

ロシアは一八六一年に農奴解放を行い、近代国家への脱皮を目指すが、改革は不十分で自営農民層は期待したようには生まれず、資本主義発展の条件を作り出すことにも失敗する。改革の失敗で政治への不安は増し、社会はますます不安定になり、革命派が跋扈することになる。第四章第二節でも見た通り、農奴解放を実施したアレクサンドル二世はついに一八八一年、「人民の意志」派によって暗殺され、さらに一八八七年にはウリャーノフ、ピウスツキらによる、アレクサンドル三世暗殺未遂事件が起こるのである。このような政情不安の高まりを受けて、一九〇五年には悪名高い「血の日曜日事件」が起こる。二葉亭がペテルブルグに到着したときも、動乱の雰囲気はなまなましく続いていたと思われる。維新直後の江戸・東京の状況が思い起こされていたかもしれない。

下町生活

二葉亭はペテルブルグ到着後、とりあえず外国人客が多く宿泊するイギリス・ホテルに宿泊した。同ホテルは一泊五ルーブリという高級ホテルで食事代も高く、二葉亭は妻の柳子に宛てた手紙でさんざん愚痴をこぼしている。「今泊つてゐるホテルの部屋代は一日五円［ルーブリの意味］の極めにて此外に食事にどうしても五円程かゝり候ゆゑいつまでもぐず〱してゐられず［。］」（明治四十一年［一九〇八］七月十七日付）――ちなみに、普通のホテルは当時、一泊が一、二ルーブリ程度であった。召使いはその頃のロシアで給料のもっとも低い職種であったが、貰いのいい者でひと月五ルーブリを稼いだ。一泊一ないし二ルーブリの宿泊費というのは大きな出費なのである。そこで早急に下宿を探す必要があり、多くの物件を見て回った。そして、おそらくは完全に意に適うものではなかったかもしれないが、市中心のストリャールヌイ横町というところに居を定めたのである（「據ところなく余り気には入らねど下宿を極めて只今引移り申候」［同書簡］）。

ここの家賃は月四十ルーブリで、イギリス・ホテルから比べれば大幅な節約だが、標準より高く、

ペテルブルグの「ラスコリニコフの家」
左は筆者。二葉亭の下宿もこの家からほど遠からぬところにあった。

外国人であることから吹っかけられたのだろうといわれている。

　二葉亭が借りた部屋はドストエフスキーの作品でもお馴染みのセンナヤ広場に近く、ネフスキー大通りからもほど近い場所であった。

　ドストエフスキーは自分の作品にペテルブルグの実際の地理を克明に反映させている。『罪と罰』の冒頭ではラスコリニコフが炎暑のペテルブルグでS横町を出て、K橋の方に向かい、センナヤ広場を抜けて、ちょうど七百三十歩だけ歩いて、高利貸の老婆の家までたどりつく。多くの研究者によってドストエフスキーの都市描写が実際の地理を正確に反映していることが指摘されている。J・ウォーカーはこれを「都市の地図化」の手法だとし、『浮雲』にそれは適用されたという（『明治時代の日本の小説と個人主義の理想』八六頁）。『罪と罰』は若き二葉亭が愛読してやまなかった小説であり、また、内田魯庵によるその翻訳は二葉亭との綿密な協力のもとになったものであった。二葉亭は自分のペテルブルグの下宿あたりを散策しながら、ドストエフスキーの世界を肌で感じ取っていたはずである。あるいはペテルブルグへの出発の前年に翻訳したゴーゴリの「狂人日記」や、やはり『浮雲』との類似が指摘される「ネフスキー通り」といった作品も、そこに詳細に言及されるペテルブルグの地理とともに、二葉亭の脳裏に去来していたであろう。

ばたばたと下宿を決め、高い家賃をぼられていたような感もある二葉亭だが、この住まいはそんなに気にそぐわなかった訳でもなかった気配である。その後、ほかの物件を物色していた様子もあるのだが、結局、この部屋に、肺炎にかかり入院する一九〇九年三月まで住み続けることになる。

とはいえ、下宿はペテルブルグの中では所在地もかなり品下がる地域で、部屋そのものも上等とはいえないものだった。二葉亭の没後、部屋を訪ねた渋川玄耳は、がらんとした様子に驚いて、「二つの窓の間に大なる姿見が一つ。壁にはポンペイの壁画を模したる天女の絵と、外に四五面の額が懸けてあるばかり、飾付万端質素にして日本の文豪が住居としては勿論一新聞の一通信員の仮の宿としても誇り難い様である」と述懐している（「二葉亭の旧居　露都に於て」『東京朝日新聞』明治四十二年［一九〇九］七月九日付）。

ストリャールヌイ横町というのは指物師街という意味で、一帯には低所得の職人や商人が住んでいた。再び『罪と罰』に戻れば、高利貸の老婆の家はこう描写されている。「此大廈《たいか》には凡そ各種の細民――裁縫《したて》職人、錠前鍛冶、料理番、売淫婦《ぢごく》、小官吏、独乙人（魯西亜では甚だしく独乙人を嫌ふ事米人が支那人に於ける様である）等の下等人種が雑居して雲集蟻続《うんしふぎぞく》常に二ツの門と二ツの戸口から出入してゐた。」（内田魯庵訳『罪と罰』一四三頁）『罪と罰』の世界は、二葉亭が住んだストリャールヌイ横町の雰囲気そのままであったのだ。

こういう環境は、二葉亭が内閣官報局時代から得意にしていた「人生研究」——下層階級の生活の研究にはもってこいだったろう。第三章第一節で見たが、官報局時代の二葉亭は職人風の服装で「下層社会」に飛び込んで、実地観察をしていた。ときには東京でそうしていたように、ロシアの首都でも汚いいでたちで歩き回っていたかもしれない。なにしろ「聖彼得堡《セントペテルスブルク》の中心センナヤ即ち草広場の近所ハ流石《さすが》に職人の巣窟と云はるゝだけあツて、どンな猥雑《みだら》な着装《なり》をしても更に驚くに足らぬ」(『罪と罰』一四二頁)のである。おそらくはペテルブルグの下宿近辺の「細民」たちのことも大いに観察していたに違いない。また、これも渋川の報告によれば、下宿の建物の門番一家と非常に親しく交際していたようで、食事やお茶に呼ばれたり、クリスマスに寺院をいっしょに詣でたりしたらしい。こうしたことも、二葉亭が分け隔てなく、階層を無視してロシア人と交流していたことを示している。明治時代に留学、外国在住した知識人たちで、そのような態度を持っていた者はまれであった。二葉亭については、狷介だとか、人間嫌いだとか、人付き合いが悪いといったような同時代人の評が多く残されているのだが、そこには階級的要素があり、二葉亭は真の「人生」があると思っていた場所では、きわめて気さくで、オープンであったようなのだ。

ロシア生活を彩る女性

だが、二葉亭が親しくしていたのは単に職人や商人だけではない。そこには女がいた。それは、ペテルブルグでの生活も終わり近くのことだが、二葉亭の手帳に頻繁に登場し、「ジェ」(Ж)と称される謎の女性である。

研究者の多くは、これはジェーニャ（エヴゲーニャの愛称）のことだろうと見ているが、異説もある。頭文字でしか記されてないことだけで、訳ありの女性であることが明らかだが、二葉亭はこの女性と一九〇九年一月に数回会って、ソリ遊びに行ったり、母親も連れて墓地に行ったりしている。またその自宅にも数度、行っており、そのたびにかなり多額の金を「ジェ」に渡している。少ないときで十三ルーブル、多いときに二十四ルーブル渡しているが、手帳では細かく支出を使いみちも明らかにしつつメモしているのに対し、「ジェ」への金は使途不明である。下宿代が月四十ルーブルなのだから、相当な額をつぎ込んでいたことになる。街娼と家をあてがわれる高級娼婦のあいだの、中等程度の娼婦であろうと推測されている所以である。事実、一度ははっきりと「一晩、彼女のもとで過ごす」と書かれている。母親といっしょに墓地に行くというのは娼婦との遊びとしては奇妙に聞こえるが、中等の娼婦のありようとしては、男が家に来て、家族ぐるみの「交際」をするという形態も珍しくなかったようである。

「ジェ」についての異説はここから来ているので、当時ペテルブルグにはバルト系やドイツ系の娼婦が多くおり、ジャンヌ、ジャクリーヌ、ジョゼフィーヌなどフランス風の源氏名を名乗っていたらしい（逆にロシア人の名前で「ジェ」で始まるものはジェーニャのほかに特にない）。また、ペテルブルグには貴族の家庭教師などをしていた多くのフランス人女性がおり、革命後も首都に残ってその種類の女性になった者も少なくなかったというから、ほんとうにフランス人女性であったのかもしれない。だとすれば、二葉亭のフランス語の知識は二人の交際に役に立っていたであろうか。

二葉亭は「人生研究」をしていた頃の娼館めぐりや、ウラジオストクでの女郎屋経営論に見られるように、買売春には何の心理的抵抗も持っていなかった。ペテルブルグでも娼婦と母親も含めて交際し、肉体関係以外の行動もともにして、二葉亭はロシアの社会と文化の裏面に深く触れていったのであろう。

当然のことながら、二葉亭はペテルブルグでただ楽しく遊んでいたわけではない。ペテルブルグ訪問を可能にしてくれたネミロヴィチ＝ダンチェンコを訪問したり、ロシアの新聞編集部に出入りしたり、小村寿太郎や原敬らの政治家と会見したり、上野精養軒で宣言したところの「国際問題というミッションに没頭」したのである。

通信員としては不適格

ロシア科学アカデミーのキム・レーホが最近、見つけた新資料では、二葉亭は新聞『スローヴォ（言葉）』の取材を受けており、そのインタビューの内容が一九〇九年一月十一日号に載っている。そこで二葉亭はエマーソンの考えを引き、人間には「感じる」、「考える」、「行動する」という三つの存在の形態があり、作家にはこの「行動する」という要素が閑却されていると語っている。そして、記者に、「［作家をやめて］政治記者になったあなたは行動する人間になったわけですね」と聞かれて、努力を続けていると答えている（一三二頁）。通信員として取材すること自体が、「行動」に自然につながっていたのである。

政治記者として、二葉亭は「行動」をおさおさ怠りなかった。新聞社の仕事についても、例のこり性で、非常な熱心さをもって編集部に記事を送り続けたのである。たとえば、「ジェ」との交際がつづられている手帳二十六（一九〇九年日記）を見てみると、一月二日（これはロシア暦の表記で、太陽暦では十三日進んで十五日となる）にはロジェストヴェンスキー――日本海海戦に参加し、捕虜となった海軍提督（当時は中将）ジノヴィー・ロジェストヴェンスキーのことと思われる――の逝去、八日には海相辞職および新公債募集、九日は新任海相、十日にはペルシャ問題会議の件でレポートし、十三日には原敬来訪、十四日には蔵相外遊、十五日には自由港廃止法案を伝えて電報を打っている。ほとんど毎日、何か打電しているのである。もちろん、電報を打つだけではなく、その間に外国人を含めて、さまざまな人を一日とあけずに訪問している。

だが、このようにして記者として積極的に活動した二葉亭だが、その努力はほとんど実らなかったようである。二葉亭にはとくに記者として取材力があるわけではなく、送ったニュースもロンドン経由の外電より遅かったりして、あまり使い道がなかった。直接日本に打電しているものが外電より遅いというのは奇妙なようだが、ペテルブルグから二葉亭が送った電報はウラジオストクで中継されて日本に送られており、それで日数が余計にかかっていたらしい。このことにも触れながら朝日新聞社社主の村山龍平は二葉亭四迷に手紙を書き、やんわりと、電報で送られてくるニュースにあまり価値がないことを知らせている。「着電候ものは概して読者の注意を惹き候もの比較的少なき様にも被存候　是は露都ニ於ては適切の好材料として打電の必要御認め相成候ものも内地ニ於ては格別ニ感せさるものも可有之（……）強ち其打電材料の選択ニ関し御非難申上候次第には決して無之候ニ付　此の儀は不悪御諒承被下度候［。］」（別巻九〇～九一頁）腫れ物に触るような物言いだが、これに続けて電報よりも読み物を執筆してくれと頼み、また著名人、たとえばトルストイを訪ねて、その訪問記を書いたらどうだろうかというような提案をしている。実現していたならば、政治や軍事のことからはじめて、宗教問題や性愛観のことなど、尽きせぬ話題があったことだろうが、残念ながらこの提案は実らなかった。トルストイはモスクワにも屋敷を持っていたが、晩年はほとんどヤースナヤ・ポリャーナで過ごし、ペテルブルグに出るようなことはほとんどなかった。日本人も多く巡礼したヤースナヤ・ポリャーナはモスクワの南百キロほどのトゥーラ市郊外にあり、ペテルブルグの二葉亭にとってもおいそれと訪ねることができたわけではなかったのだ。

かつて大阪朝日新聞社の東京出張員として勤務していた頃、あまりに専門的な内容の記事を送り続けてすべて没になっていた二葉亭だが、ペテルブルグの通信員としても役に立つことはなかったのである。政治記者として行動するという意図とは裏腹に、二葉亭は結局、ジャーナリストとしては成功しなかったということになる。

病に倒れる

新聞記者としての活動はうまくいかなかったわけだが、二葉亭のペテルブルグ生活は健康面でも問題続きであった。二葉亭は明治四十一年（一九〇八）七月十五日にペテルブルグに到着しているが、まずペテルブルグ名物の白夜に苦しめられる。この北の首都では夏至をはさむ二週間程度、白夜になる。したがって二葉亭到着時にはもう白夜は終わっていたはずだが、それでも日本に比べれば日照時間は圧倒的に長い。ちなみに二〇一二年七月十五日のペテルブルグの日没時間は二十時三十五分、翌十六日の日の出は四時三十七分である（しかもこれは現行のサマー・タイムに基づく時刻）。日が沈んでからもしばらくは薄明るいし、日の出前も同様なので、二葉亭が到着した頃、暗い夜はほんの数時間というところであったろう。二葉亭はドストエフスキーの中編小説『白夜』などを通じてこの現象はよく知っていたと思われるが、実際に体験するのは皆目はじめてのことであった。そして、この長々と続く日のせいで彼は重度の不眠症に陥る。二葉亭はそのいきさつを渋川玄耳に訴えている。

どうも非常に御無沙汰した、実はコツちへ着いて四五日して下宿に引移つた其晩からだ、所謂ベーラヤ、ノーチ（白夜）といふやつで夜十一ごろ薄暗くなつて、一時二時ごろには、もうかツと明るくなる、それがヒドク神経に触つた気味で、引移つた晩からトント眠られない、眠られないといつたら剛情に眠られない、據どころなく、葡萄酒、コニャク或ひはウォツカを引掛けて、其の勢ひでグツト寝込むが、二時間ほどして酔が醒めると同時に眼も覚めてそれからはもうどうしても眠られん。（……）内々医者に見て貰つたら、矢張帰れといふ。糞ツ一万露里も踏出して来て、不眠症に罹つたからツて、オメ〳〵帰れるものかと力んでみても病気には勝たれない、身体は益々衰弱するばかりだ。ネフスキー通りで卒倒しかけた事四五度に及んだ。（明治四十二年［一九〇九］一月四日付）

夏の白夜のせいで病気になったと書いている手紙が一月四日の日付になっているのは不審である。ただ、夏秋亀一の回想によると、一九〇八年十一月下旬に二葉亭を訪ねた際に、健康状態がよくなかったが、煙草のせいであろうと禁煙を勧め、それにしたがった二葉亭が健康を取り戻したという話しを伝えている（「露西亜に於ける長谷川氏」『二葉亭四迷』上一九三頁）。それは、渋川への手紙で、引用箇所の後に、煙草をやめて不眠症は直ったと書いているのに符合する。だとするならば、二葉亭は白夜のせいで体調をくずし、それが延々四か月以上続いたことになる。

夏秋や田中満鉄総裁らに勧められて禁煙し、小康を見た健康状態も長く続かない。冬を迎えて、二葉亭はとことん体をこわしてしまう。

一九〇九年二月四日（ロシア暦による。太陽暦では同月十七日）にウラジーミル大公が逝去する。大公は前々皇帝アレクサンドル二世の三男、前皇帝アレクサンドル三世の弟であり、当時の（そして最後の）ロシア皇帝ニコライ二世の叔父に当たる。七（太陽暦二十）日に宮殿からペテロパブロフスキー聖堂に遺体が運ばれ、翌八日に教会葬および同聖堂での埋葬が行われた。葬儀には皇帝ニコライ二世、大公夫人ほか皇族、ストルイピンら大臣たちが列席した。

大公は帝国軍の司令官を勤めたこともあるが、そのほかには帝立芸術アカデミーを主宰するなど、文化の庇護者として知られるくらいで、とくに事蹟のない人物である。とはいうものの、皇帝の直近の親族であり、その死は軽々しい事件ではない。二葉亭はこの重要な政治的事件をぜひ目撃したいと思ったことであろう。明治三十九年（一九〇六）頃の記述と思われる手帳十七では、「露国ノ八大公」として、大公たちの名前が挙げられており、ウラジーミルの名もその中に見える。ただし、「［皇帝の］叔父」という以外、特別の記載事項はない。英語で同じようなリストが繰り返されているが、そこにはCommander in chief of the military division of St. Petersburgとされている。

二葉亭はこの葬儀の日にはすでに少し風邪気味であったという。だが、それにもかかわらず無理をおして参列したのである。当日はそもそも冬の厳しいペテルブルグでもとくに寒い冬の日であったという。ロシア人が「モローズ」と呼ぶ極寒が重くのしかかる日であった。その中で長時間にわたる葬儀に列席した二葉亭は体調をくずしてしまうのである。

帰国の決意

風邪をこじらせた二葉亭は、高熱が引かない。ロシア人医師の診断を受けるが、肺炎と診断される。だが、「平生剛情我慢の気質なれば、『露助のヘボ医者に何が解るものか、我が身体は我れ最も能く知る』と傲語して少しも医師の言を容れず」（「終焉記事」『二葉亭四迷』）というありさまだった。医者はペテルブルグの気候はこの病気にはよくないので、クリミア半島など南方で保養することを勧める。（ネミロヴィッチ＝ダンチェンコは、『太平洋のギリシャ人』の、二葉亭にまつわる記述に注をつけて、こう補足している。「嗚呼、かわいそうな長谷川よ！　彼は自分の使命を帯びてペテルブルグにやってきた。だが、ペテルブルグの、おぞましい中でもさらにもっとおぞましい気候に打ち勝つことができなかった。この地で結核にかかり、帰国途次に亡くなった。詩的な国のよわよわしい花は、いやらしいインゲルマンランディア［ペテルブルグ周辺地域の呼称］の湿地によって枯れてしまったのだ。」［二一四頁］）

そこに折よく海軍付きの日本人の医官が訪れたので、診察してもらったところ、肺炎どころか肺結核で、しかもかなり進行しているという。ついに入院することになるが、ここに至って、病院のロシア人医師も「不健康なる露国に留まらんよりは一日も早く温暖なる日本に帰国するが可なるべし」

シンガポールの二葉亭終焉の碑

（「終焉記事」）と勧める。友人たちもしきりに帰国を促す。二葉亭は朝日新聞に対する義理もあるし、また、帰国すればまた嫌な文学者稼業をしなくてはならない、それは死んでもいやだという。せっかくロシア帝国の首都で大いに「実業」に従事しようと勇躍やってきたのに、それが成し遂げられないまま帰るのはいかにも残念だったのであろう、激しく抵抗する。だが病勢は進み、体力も衰えてくる。親しい友人たちの熱心な説得で、ついに二葉亭はロシアを離れることを決意した。

だが、その方法でまた大いにもめるのである。

シベリア鉄道の開通によってヨーロッパ渡航は、従来の喜望峰回りの航海に比べて時間が著しく短縮された。しかし、現在でも、鉄道でロシアから日本に帰ろうとするならば、ペテルブルグからウラジオストクまでは八日間かかる。そこからさらに富山なり、小樽なりにたどりつくのに海路で二晩三日かかるわけで、計十一日である。こうした旅程は現在でも一九〇九年から大して変わっていないので、二葉亭は妻柳子にあてた手紙で「西伯利鉄道に由れは九日程でハルビンに着［く。］夫《それ》より二日程で大連着三四日で日本着」と説明している。都合十四、五日ということになる。陸路は早いのは早いが「ハルビンに着くまで九日間程毎日間断なくからだをゆすられ通し」で、そのせいで発熱し、人事不省に陥るかもしれない。「それで無事にハルビンまで着き得るか否かこれ大疑問也〔。〕」（明治四十二年〔一九〇九〕三月二十六日付）

医者は大丈夫だろうというが、友人たちは反対である。だが、二葉亭は経費の件で船で帰国する案に気がのらない。「西伯利経由なら450円位で十分なれど倫敦経由にて海路を執る時はどう倹約しても800円程は掛る〔朝日新聞〕社からそんな金は容易に出さぬ、談判したら渋々出すかも知らぬが私は出して貰ひたくない〔。〕」（同）

だが、結局、友人たちが旅費を引き受けて、二葉亭を無理やり航路で日本に送り返すことに決まった。金銭のことに義理固い二葉亭はここでも強情をはったわけだが、最終的に海路で帰国することになったことに大きな安堵はあったようである。「まづこれで私も助かツたらしい　若し友人が居なかつたら私は死んだかも知れぬ〔。〕」（同）ペテルブルグで十分に「実業」の実をあげたとはいえないと感じていた二葉亭は、まだまだ「くたばってしまい」たくはないと必死に思っていたのであろう。

2　エピローグ

ベンガル湾上に逝く

かくして二葉亭はペテルブルグより陸路でロンドンに到着、同地より彼を乗せた賀茂丸は明治四十二年（一九〇九）四月十日、日本に向けて出航した。

シベリア鉄道経由で帰国しては列車の振動のために熱が上がり、身が持たないであろうと言われ、イギリスよりの船便で帰国することになった二葉亭だが、ペテルブルグからロンドンの陸路でも消耗は激しかった。「ペテルブルグ出発以来発熱暫くも休まざれば倫敦に着したる頃は疲労甚だしくして歩行する能はず。寝榻《ねだい》椅子に仰臥したるまゝを船中に擔き込みたり。」（「終焉記事」『二葉亭四迷』）

だが、船に乗り移った二葉亭は小康状態となり、マルセイユに着く頃は快方に向かった。四月十七日には妻柳子に「今朝マルセーユ着、病状に異りたり事なし」と書き送っているが、はしなくもこれが最後の手紙となった。船が南下して、気温が耐え難いほど上がってくるにつれ、体温も上昇、容態も悪化していったのである。エジプトのポートセイド港到着前から再び弱りだし、「蘇土《スエズ》運河通過後紅海を進むに従ひ暑気相増し候為衰弱も加」わった（「終焉記事」）。手帳にはきちょうめんに毎日の体温が記録されて、四十度近い熱がずっと続いていたが、コロンボ到着を前にして三十九度五分の検温がされたのが最後の記録となった。

近づく死を感じ取っていた二葉亭は、遺産分配についての指示を書いた遺言書と、家族の身の振りようについて書いた「遺族善後策」を認める。「善後策」には、以下の諸点が記されていた。「玄太郎せつの両人ハ即時学校をやめ奉公に出づべし」、「母上は後藤家の厄介にならせらるゝを順当とす」、「玄太郎、せつの所得金は母上の保管を乞ふべし」、「富継健三の養育は柳子殿ニ頼む」、「柳子殿ハ両人を連れて実家へ帰らるべし」、「富継健三の所得金ハ柳子殿に於て保管あるべし」、「柳子殿ハ時期を見て再婚然るべし　一時の感情に任せ前後の考もなく薙髪などするハ愚の極なり忘れてもさる軽挙を為すべからず［°］」（第七巻五二七頁）前妻に対しては妻失格・母親失格という烙印を押し、その経済面でのだらしのなさに悩んでいた二葉亭であった。子どもたちの職業訓練を促すこの善後策には、そうした記憶が反映しているのかもしれない。また、現在の妻りうに対して再婚を勧める条《くだ》りは、くしくも『茶筅髪』の問題意識を想起させる。

コロンボに入港すると容態はますます険悪なものとなり、「"Worse, very weak"の飛電が故山の友を驚かしたるは此時なり。池辺坪内二氏より最終の見舞の電報を打ちたるも此時なり。左れど二氏の赤心《まごころ》籠めたる電音が故人の耳朶に達せざる中、［五月］十日午後五時予て期したる覚悟ありしと見えて、何の遺言《いいのこ》すこともなく微笑を含みて眠るが如くに逝けり」という次第になる（「終焉記事」）。

葬儀始末

死亡場所はベンガル湾上、北緯六度三分東経九十二度三十四分の地点であった。遺体は火葬し、遺骨を日本に持ち帰ることが当然、望まれたが、次の寄港地であるシンガポールでそれが可能かどうかは不明であった。イスラムでは火葬が一般に禁じられているからである。火葬が許されなければ、同地で埋葬するしかない。しかし、シンガポールに向かううちに、同地には大きな日本人社会があり、日本人会も存在することが分かって、そこに頼めばなんとかなるのではないかという希望が生まれた。賀茂丸は五月十三日にはシンガポールに到着、領事館の紹介で在留邦人共済会会長と火葬の段取りをつけることになった。

シンガポールに多数の日本人がいたのは、そこに巨大な、日本人の買売春産業があったからである。いわゆる「からゆきさん」である。「対露戦争後のシンガポールは、からゆきの最盛期であった。［二葉亭が遺体となって寄港した」明治四十二年（一九〇九）ごろのシンガポールの人口は約二十五万、そして在留日本人は約一千八百人、その過半数は娼婦であった。彼女らの大半は、誘拐女衒たちの甘言に乗せられて連れ出され、身を沈めた女たちであった。」（金一勉『遊女・からゆき・慰安婦の系譜』二三四頁）彼女たちは基本的に長崎から連れてこられていたが、幕末・明治初頭の経済的混乱の中で外国への人身売買が大々的に行われるようになった。最初の目的地は上海、次にウラジオストクからシベリア方面であり、日露戦争以降はシンガポールが一大集散地に変じた。二葉亭四迷は極東ロシアにおける娼婦の利用をしきりに説いていたわけだが、こうして人生の終わりにおいて、いわば彼女たちの「世話」になることになった。

もっとも火葬場の設備はなく、日本人会も苦慮したのであるが、幸い、埠頭から三マイルほどのパセバンシャンという山にインド人の一種族があり、火葬を行っていた。そこの山頂で荼毘に付すことになり、共済会付きの曹洞宗僧侶により葬儀が行われた。戒名は「二葉亭四迷」であった。ほかならぬ筆名の二葉亭四迷が鬼号になってしまったことを、文学者と呼ばれることを嫌がっていた二葉亭は、草葉の陰から苦々しく思っていたかもしれない。

遺骨は注意深く全部、拾い集められ、そのまま賀茂丸にて日本に向かい、五月二十五日には長崎に到着した。からゆきさんと逆ルートをたどったのである。妻の柳子、朝日新聞社社長村山龍平、友人日向利兵衛、山下芳太郎、ロシア研究仲間の大庭柯公などが迎えに出た。

その後、遺骨は鉄道にて東京に向かい、五月三十日、新橋停車場に着いた。そこでは池辺三山、坪内逍遥、内田魯庵、島村抱月、田山花袋、島崎藤村ら百名を超える出迎えがあった。そして、六月二日には染井墓地で神葬式が執り行われ、同墓地に埋葬された。

娘せつが回想を残しているが、それによると、二葉亭は出発前夜に長男玄太郎を呼び、訓戒を与えたという。この話しを伝え聞いた横山源之助は後日、玄太郎に「この間の桜井の駅はなんだつた」と訊いたそうである（「在りし日の父二葉亭四迷」別巻二一一頁）。「桜井の駅」とは『太平記』に記録されている、楠木正成・正行父子の別れ際のエピソードである。大軍を率いて押し寄せる足利尊氏を湊川にて迎え撃つべつ出立する正成が、桜井の宿駅（現在、大阪府三島郡島本町）で（数えで）十一歳の正行を呼んで、「今生ニテ汝カ顔ヲ見ン事是カ限リト思フナリ」と語って、子正行は本国に帰り、父の亡き後も国のため、主君のため尽くし、戦うように諭すのである。この逸話を持ち出して玄太郎に父長谷川辰之助の訓戒の内容を聞こうとした横山にとくに他意はなかっただろうし、ただ出発を前に息子に教えを垂れたことだけをとらえて洒落れたのだろうが、思えば不吉な喩えであった。翌日、新橋駅からロシアに発った父を故郷に残って見送った十五歳の玄太郎は、楠木正行のように父と永遠の別れをすることになったのである。

あとがき

二葉亭四迷を研究しはじめて三十年以上になる。学部でロシア学を専攻していたわたしは、大学院では比較文学比較文化専攻に進むことになり、その学科の性格からも日本文学との関連で研究することが要請された。わたしは二葉亭四迷を選ぶことにしたが、一つの大きな理由は彼の全集が（そのとき最新で標準だった岩波書店版で）全九巻で、全巻読破もさして難しくはないということだった。参考文献の数もそれほど膨大というわけではなかった。研究対象を知悉《ちしつ》していることは強みである。

もちろん、それだけの理由であれば、修士論文を書き終わったあと、そこから離れていったであろうし、事実、わたしは研究対象をそのあと止め処もなく広げていったが、二葉亭はいつも通奏低音としてあったと思う。二葉亭は異形の文学者であり、わたしを惹きつけてやまなかった。彼の自己否定の精神がわたしは好きだった。

参考文献が膨大ではないと書いたが、それでも彼の伝記は数種類、出ている。影響力の強かった中村光夫の研究もある。この上さらに伝記を書くのは屋上屋を架すの感を免れない。そこで本書では特に今まで指摘されてこなかったことを中心に書くことにした。養子制度の問題、ロシア語以外の語学への通暁、イギリス思想との関わり、満州での事跡、これらはわたしが調べ、考えてきた新しい視角で、詳しく記述した。そうでない部分は言わば通り一遍の内容になっている。伝記としては必ずしも適切な方針ではなかったかもしれないが、二葉亭四迷の人生についてバランスのとれた概要を得ることを望まれる読者は、ほかに適切な伝記類が複数出ているので、そちらをご参照いただければと思う。

修士論文で二葉亭について書いたあと、ずいぶん、あっちこっち寄り道している。博士論文ではドン・ファンと色男のことを書いた。マンガの研究もしている。最近では、極東ロシアのアヴァンギャルド文学や、バルト諸国のユダヤ人文学に関心がある。いずれ、スパイ文学論を書きたいとも思っている。文学研究というのは、一人の作家をじっくりやるのが普通だから、わたしのやり方は胡散臭く思われるに違いない。今でも覚えているが、大学生の頃、東京大学文学部ロシア文学科の合宿に参加させてもらったとき（わたしは、駒場の教養学科ロシア科に所属していた）、栗原成郎先生がコンパの席で、学生一人ひとりを紹介し、それぞれの専門とする作家も教えてくださったことがある。かなりの人数の学生がいたが、全部、覚えていらっしゃったので、ほんとうに立派なことだと感心したものである。わたしは違う学科の学生だったので、栗原先生もご存じなく、きみはだれを研究しているのだったのかなと聞かれて、わたしは「ドストエフスキーとかです」と答えた。はっきり聞き取れる失笑があちこちから漏れた。当たり前である。ドストエフスキーは一生かかって研究しても理解しきれないのだ。それを、「ドストエフスキーとかです」なんてふざけている（その席には現在、北海道大学スラブ研究センター教授で、ドストエフスキー研究の重鎮である望月哲男氏もいらっしゃったような気がする。赤面の至りである）。でも、考えてみると、わたしにとって、二葉亭四迷は、やはり、そんな作家だったのではないかと思う。いまだに、何かといえば、例として出したくなるのは二葉亭である。だから、ドン・ファンを扱った博士論文にも、マンガ学の本にも、バフチン研究の論文にも、二葉亭の作品が引用してある。わたしにとっては思いいれの深い作家だ。でもやっぱり「二葉亭四迷とかです」なのである。そして、二葉亭にとっても、その活動領域は、文学とか、実業とか、語学とか、諜報活動とか、ジャーナリズムとかだったのだ。

最後に私事だが、この本は、ほんとはあまり仲のよくない父に捧げている（偶然だが、わたしの父も、長谷川吉数と同じく、名古屋の人である）。たぶん彼もわたしに対して、益体《やくたい》もない仕事ばかりして「くたばってしまえ」と思っていることだろう。

末筆になったが、本書執筆にあたって、一橋大学附属図書館、東京大学総合図書館、アムール地域研究協会図書館、極東ロシア中央公文書館、アーカンソー州リトル・ロック市歴史協会公文書館、サンフランシスコ市ロシア文化センター資料室、スタンフォード大学ミラー図書館で調査の便を与えられた。さらに、大阪大学名誉教授・現大阪経済法科大学学長藤本和貴夫氏にさまざまな点でご教示をいただいた。京都大学名誉教授木村崇氏、籾内裕子氏には原稿の段階で通読いただき、多くの貴重なご指摘を賜った。ここに記して謝意を表したい。本評伝の執筆に著者を推挙してくださった東京大学名誉教授芳賀徹先生、編集作業でお世話になったミネルヴァ書房の東寿浩氏にもお礼申し上げる。

二〇一三年十二月十四日　忠臣蔵討ち入りの日そして父の誕生日に

いつまでも一徹な父へ

ヨコタ村上　孝之

参考文献

二葉亭四迷の研究文献目録は筑摩書房版二葉亭四迷全集や明治文学全集の二葉亭四迷の巻などに詳しいものが収められているので、研究の便にはそちらを参照されたい。ここでは本書で参照した参考文献のみを掲げる。

会田勉『川島浪速翁』文粋閣　一九三六年
青江舜二郎『アジアびと・内藤湖南』時事通信社　一九七一年
朝日新聞社史編修室『上野理一伝』朝日新聞社　一九五九年
生田美智子「ハルビンにおける二つのロシア」『旧満洲ロシア系ディアスポラ社会の内部構造と対権力関係：境界の流動性とネットワーク』所収　大阪大学言語文化研究科生田研究室　二〇一二年
イーグルトン、T.『文学とは何か――現代批評理論への招待』大橋洋一訳　岩波書店　一九八五年
池橋達雄「二葉亭四迷の松江時代」日本文学　一九七四年十二月
池辺一郎・富永健一『池辺三山　ジャーナリストの誕生』みすず書房　一九八九年
諫早勇一「二葉亭とロシア文学――ゴーゴリを中心に」信州大学人文学論集　第三巻　一九八二年
伊沢元美「二葉亭四迷と内村鱸香」島根大学論集人文科学　第二巻　一九六五年
石光真清『曠野の花』『石光真清の手記二』中央公論社（中公文庫）一九七八年
板谷栄城『宮澤賢治　宝石の図誌』平凡社　一九九四年

巌本善治「理想之佳人」女学雑誌集所収　明治文学全集第三二巻　筑摩書房　一九七三年
上田友彦「二葉亭四迷と『世界語』」学苑　第六〇三巻第二号　一九九〇年二月
ウォーカー、J.「二葉亭四迷の日本最初の小説『浮雲』におけるロシアの役割」中村喜和ほか編『ロシア文化と日本――明治・大正期の文化交流』所収　彩流社　一九九五年
内田魯庵『思ひ出す人々』春秋社　一九二五年
桶谷秀昭『二葉亭四迷と明治日本』文藝春秋　一九八六年
小田切秀雄『二葉亭四迷』岩波書店（岩波新書）一九七〇年
粕谷一希『内藤湖南への旅』藤原書店　二〇一一年
片野善一郎『数学を愛した作家たち』新潮社（新潮新書）二〇〇六年
片山せつ「父・二葉亭四迷の思い出」図書　第一一巻　一九六五年
加藤詔士『坪内逍遙と愛知英語学校』緑の笛豆本の会　二〇〇〇年
加藤虎之亮『弘道館記述義小解』鈴木磬太郎刊行　一九二八年
加藤百合『明治期露西亜文学翻訳論攷』東洋書店　二〇一二年
柄谷行人「一九七〇年＝昭和四十五年――近代日本の言説空間」『終焉をめぐって』所収　福武書店　一九九〇年
同『日本近代文学の起源』講談社　一九八〇年
官文娜「婚姻・養子形態に見る日中親族血縁構造の歴史的考察」落合恵美子ほか編『歴史人口学と比較家族史』所収　早稲田大学出版部　二〇〇九年
金一勉『遊女・からゆき・慰安婦の系譜』雄山閣　一九九七年
キムレーホ「二葉亭四迷　最後のインタビュー（一九〇九年）：ペテルブルグ　ロシア知識人が見た二葉亭四迷

の人と文学」『日本文化の解釈』所収　国際日本文化研究センター　二〇〇九年
木村崇「二葉亭が用いたツルゲーネフ作品集」文学　第八巻第二号　一九九七年春
古賀行雄『評伝　渋川玄耳』文芸社　二〇〇五年
ゴンチャロフ、I．『断崖』井上満訳　岩波書店（岩波文庫）一九四九〜一九五二年
坂本浩『二葉亭四迷』子文書房　一九四一年
左近毅「石光真清の手記に見る日露交流――戦争・革命・国家のはざまで」奥村剋三・左近毅編『ロシア文化と近代日本』所収　世界思想社　一九九八年
鈴木敏『宝石誌』秀英舎　一九一六年
関良一「『浮雲』考」日本文学研究資料刊行会編『坪内逍遙・二葉亭四迷』所収　日本文学研究資料叢書　有精堂　一九七九年
高橋英夫「文学者と志――二葉亭四迷」『ロマネスクの透明度――近・現代作家論集――』所収　鳥影社　二〇〇六年
田中邦夫『二葉亭四迷「浮雲」の成立』至文堂　一九九八年
同「二葉亭の懊悩――『正直』の崩壊とスペンサー哲学・コントの人間教――」大阪経大論集　第一五四号　一九八三年七月
為永春水『春色梅児誉美』日本古典文学大系第六四巻所収　岩波書店　一九六二年
田山花袋「露骨なる描写」田山花袋集所収　明治文学全集第六七巻　筑摩書房　一九六八年
同『蒲団』同所収
千葉宣一「進化論と文学」三好行雄ほか編『近代文学I――黎明期の近代文学』所収　有斐閣（有斐閣双書）一九七八年

坪内逍遙「小説神髄」坪内逍遙集所収　明治文学全集第一六巻　筑摩書房　一九六九年
同『文芸瑣談』春陽堂　一九〇七年
同『柿の蔕』中央公論社　一九三三年
同「学生時代の追憶」逍遙選集第一二巻所収　春陽堂　一九二七年
同「二葉亭四迷」同所収
同「回憶漫談」同所収
同『当世書生気質』日本近代文学大系第三巻所収　角川書店　一九七四年
坪内逍遙・内田魯庵編『二葉亭四迷　各方面より見たる長谷川辰之助君及其述懐』易風社　一九〇九年
ツルゲーネフ、I.『猟人日記』佐々木彰訳　岩波書店（岩波文庫）一九五八年
てるおか・やすたか（暉峻康隆）『好色』有紀書房　一九五八年
唐亜明「横光利一の『上海』を読む」横光利一『上海』所収　岩波書店（岩波文庫）二〇〇八年
東京外国語学校『東京外国語学校沿革』東京外国語学校　一九三二年
十川信介『二葉亭四迷論』筑摩書房　一九七一年
同「『浮雲』の運命――その悲劇性と喜劇性」国語国文　第三五巻一一号（通号第三八七号）一九六六年
同『二葉亭四迷　志士と文士の間』日本放送出版協会　一九九九年
ドストエフスキー、F.『罪と罰』米川正夫訳　ドストエフスキー全集第六巻所収　河出書房新社　一九六九年
同『罪と罰』内田魯庵訳　明治翻訳文学集所収　明治文学全集第七巻　筑摩書房　一九七二年
トルストイ、L.『クロイツェル・ソナタ』中村白葉訳　後期作品集（上）所収　トルストイ全集第九巻　河出書房新社　一九七三年
内藤湖南「日露戦争の前後」大阪朝日新聞社整理部編『新聞記者打明け話』所収　世界社　一九二八年

中島梓『コミュニケーション不全症候群』筑摩書房（ちくま文庫）一九九五年
同『タナトスの子供たち――過剰適応の生態学』筑摩書房　一九九八年
永田育夫『二葉亭四迷論――二律背反の成立――』豊文社　一九七四年
中村光夫『二葉亭四迷伝』講談社　一九五八年
同「二葉亭と女郎屋」『二葉亭四迷』所収　河出書房（河出文庫）一九五六年
同『風俗小説論』新潮社（新潮文庫）一九五八年
中村喜和「日本におけるロシア語辞書の歴史――江戸時代から1945年まで――」『ロシア語の辞書』所収　窓（別冊）ナウカ　一九八〇年
同「橘耕齋伝」一橋論叢　第六三巻第四号　一九七〇年
中山三郎『売笑三千年史』春陽堂　一九二七年
西村庚「明治初期の遣露留学生列伝」ソ連研究　第八巻第一一号（通号九〇号）一九五九年十一月
同「埋れた明治の露語学者――嵯峨寿安と黒野義文」ソ連研究　第一一巻第五号（通号第一一七号）一九六二年五月
日本の英学一〇〇年編集部『日本の英学一〇〇年　明治編』研究社　一九六八年
丹羽純一郎訳『花柳春話』明治翻訳文学集所収　明治文学全集第七巻　筑摩書房　一九七二年
野中正孝編著『東京外国語学校史――外国語を学んだ人たち』不二出版　二〇〇八年
初芝武美『日本エスペラント運動史』日本エスペラント学会　一九九八年
浜田徳太郎編『日本貿易協会五十年史』日本貿易協会　一九三六年
原暉之『ウラジオストク物語　ロシアとアジアが交わる街』三省堂　一九九八年
土方和雄『中江兆民』東京大学出版会　一九五八年

福沢諭吉『新女大学』石川松太郎編　女大学集所収　平凡社（東洋文庫）一九七七年
福田清人・小倉脩三『二葉亭四迷』清水書院　一九六六年
二葉亭四迷　二葉亭四迷全集　筑摩書房　一九八四〜一九九三年
同　二葉亭四迷全集　岩波書店　一九六四〜一九六五年
同　二葉亭四迷・嵯峨の屋おむろ集　明治文学全集第一七巻　筑摩書房　一九七一年
同　二葉亭四迷集　日本近代文学大系　角川書店　一九七一年
前田愛「音読から黙読へ　近代読者の成立」『近代読者の成立』所収　前田愛著作集第二巻　筑摩書房　一九八九年
槙林滉二「スペンサー哲学と日本近代文学――その受容の多様性について――」佐賀大学教育学部研究論文集第三六巻第一号(I)　一九八八年
幕内満雄『二葉亭四迷　士魂の炎』叢文社　二〇〇四年
正岡子規「閒人閒話」正岡子規集所収　明治文学全集第五三巻　筑摩書房　一九七五年
正宗白鳥「二葉亭四迷」『作家論（一）』創元社　一九四一年
松枝佳奈「ロシア研究者・二葉亭四迷の実像――大庭柯公との関係を手がかりに――」比較文学　第五五巻　二〇一二年
松村敏監修『農商務省商工局臨時報告第八巻』ゆまに書房（復刻版）二〇〇二年
万原哲男『歴代の髪型』京都書院　一九八九年
源貴志「二葉亭四迷」日本ロシア文学会編『日本人とロシア語――ロシア語教育の歴史』所収　ナウカ　二〇〇〇年
松江北高等学校百年史編集委員会編『松江北高等学校百年史』島根県立松江北高等学校　一九七六年

メレジュコーフスキイ、M.『トルストイとドストエーフスキイ（その生涯と芸術）』昇曙夢訳　東京堂　一九三五年
籾内裕子『日本近代文学と「猟人日記」――二葉亭と嵯峨の屋おむろにおける「猟人日記」翻訳の意義を通して』水声社　二〇〇六年
森鷗外『ヰタ・セクスアリス』森鷗外集所収　明治文学全集第二七巻　筑摩書房　一九六五年
森銑三「石光真清と二葉亭四迷」『明治人物閑話』所収　中央公論社　一九八二年
森田草平『続夏目漱石』甲鳥書林　一九四三年
文部省編輯局編『露和字彙』一八八七年
安井亮平「ペテルブルグの二葉亭――下宿のこと、ジェのこと、ホテルのこと、その他」『日本とロシア』所収　一橋大学社会学部中村喜和研究室　一九九〇年
同「二葉亭四迷のロシア人・ポーランド人との交渉」文学　第三四巻第八号　一九六六年八月
森山豊明『不義密通と近世の性民俗』同成社　二〇一二年
柳田泉『明治初期翻訳文学の研究』春秋社　一九六一年
同「二葉亭とその周囲――『浮雲』前後――」文学　第二三巻第二号　一九五五年二月
同「二葉亭とその周囲――官報局時代――」文学　第二三巻第五号　一九五五年五月
山崎正男編『陸軍士官学校』秋元書房　一九七〇年
山田美妙「言文一致体を学ぶ心得㈠」山本正秀編著『近代文体形成史料集成　発生編』所収　桜楓社　一九七八年
湯沢雍彦ほか『世界の離婚――その風土と動向』有斐閣（有斐閣新書）一九七九年
ヨコタ村上孝之『色男の研究』角川学芸出版　二〇〇七年

同『マンガは欲望する』筑摩書房　二〇〇六年
同「『遊外紀行』注釈」『日本と極東ロシアにおける異文化理解教育の比較研究』所収　科学研究費研究成果報告書　研究代表者藤本和貴夫　二〇〇二年
同「スラブ語圏言語文化論――二葉亭四迷における翻訳の視点」藤本和貴夫ほか編『言語文化学概論』所収　大阪大学出版会　一九九七年
同『性のプロトコル――欲望はどこからくるのか』新曜社　一九九七年
同「二葉亭とロシア文学――比較文学的研究における近代――」松村昌家編『比較文学を学ぶ人のために』所収　世界思想社　一九九五年
同「キリスト教的性愛観への反撃――『クロイツェル・ソナタ』と『平凡』」スラヴ研究　第三八号　一九九一年
同「二葉亭四迷における日本型個人主義の出発――恋愛を成り立たせるものについて」大阪大学言語文化部紀要　第一七巻　一九九一年
同「ロマンティック・ラヴの成立と崩壊」比較文学研究　第四六巻　一九八四年
横山源之助『凡人非凡人』新潮社　一九一二年
吉田松陰『留魂録』徳間書房　一九九〇年
『義経千本桜』祐田善雄校注　文楽浄瑠璃集所収　日本古典文学大系第九九巻　岩波書店　一九六五年
リンス、ウルリッヒ『危険な言語――迫害のなかのエスペラント――』栗栖継訳　岩波書店（岩波新書）一九七五年
脇田修「幕藩体制と女性」女性史総合研究会編『日本女性史第三巻　近世』所収　東京大学出版会　一九八二年
早稲田大学図書館編『早稲田大学図書館所蔵　二葉亭四迷資料――目録・解説・復刻――』早稲田大学図書館紀

要別冊1　早稲田大学図書館　一九六五年
和田春樹『ニコライ・ラッセル――国境を越えるナロードニキ』中央公論社　一九七三年

Bain, Alexander. *The Emotions and the Will*. 3rd ed. London: Longmans, 1888.

——. *Mental and Moral Science: A Compendium of Psychology and Ethics*. 2nd ed. London: Longmans, 1868.

Baring-Gould, Sabine. *The Origin and Development of Religious Belief*. Part II. *Christianity*. London: Longmans, 1892.

Brooks, Jeffrey. *When Russia Learned to Read: Literacy and Popular Literature, 1861-1917*. Princeton, NJ: Princeton UP, 1985

Bulwer-Lytton, Edward. *Ernest Maltravers*. London: Routledge, 1860.

Clausen, Søren and Stig Thøgersen. *The Making of a Chinese City: History and Historiography in Harbin*. Armonk: Sharpe, 1995.

Eagleton, Terry. *Marxism and Literary Criticism*. Berkeley: U of CA P, 1976.

Maudsley, Henry. *The Physiology of Mind*. NY: Appleton, 1878.

The Monthly Bulletin of the Hitotsubashi University Library. Special number. Каталог русским книгам, купленным до 1902 года включительно. Sept. 1959.

Patrick, G. T. W. "Psychology of Prejudice." *The Popular Science Monthly* 36 (March 1890): 633-43.

Ryan, Marleigh Grayer, tr. *Japan's First Modern Novel: "Ukigumo" of Futabatei Shimei*. Ann Arbor: Center for Japanese Studies, U of MI, 1990.

Spencer, Herbert. *First Principles*. 6th ed. London: Watts, 1937.

Sully, James. *Illusions : A Psychological Study*. London: Kegan Paul, 1887.

Tyndall, John. *Address Delivered before the British Association Assembled at Belfast*. London: Longmans, 1874.

Venuti, Lawrence. *The Translator's Invisibility : A History of Translation*. 2nd ed. London: Routledge, 2008.

Walker, Janet. *The Japanese Novel of the Meiji Period and the Ideal of Individualism*. Princeton, NJ: Princeton UP, 1979.

Weber, Alfred. *History of Philosophy*. Tr. Frank Thilly. NY: Scribner, 1896.

Wheen, Francis. *Marx's "Das Kapital" : A Biography*. NY: Atlantic Monthly P, 2006.

Yokota-Murakami, Takayuki. *Don Juan East/West : On the Problematics of Comparative Literature*. Albany: SUNY P, 1978.

Аблова, Н. Е. КВЖД и российская эмиграция в Китае. Международные и политические аспекты истории（первая половина XX века）. М. Русская панорама. 2005.

Александров, А. Полный русско-английский словарь. Изд. 2-е, исправленное и дополненное. СПб. 1897.

Белинский, В. Г. Горе от ума. Сочинение А. С. Грибоедова. Собр. соч. Т. 2. М. Худож. лит. 1977.

Выготский, Л. С. Мышление и речь. М. Лабиринт. 1996.

Гончаров, И. А. Обрыв. Соб. соч. Т. 5-6. М. Худож. лит. 1979-1980.

Лотман, Ю. М. Беседы о русской культуры. Быт и традиции русского дворянства（XVIII - начало XIX века）.

СПб. «Искусство – СПб». 1997.

Немирович-Данченко, В. И. Эллины великого океана. Петроград. Сойкин. Нет года.

Йокота-Мураками, Такаюки. «Империя и эсперанто: Фтабатэй Симэй и Ф. Постников». Материалы XXVII российско-японского симпозиума историков и экономистов ДВО РАН и района Кансай (Япония). Владивосток. Дальнаука. 2012.

Его же. «Литературная и разведывательная деятельность во Владивостоке в начале XX в.». В кн. Россия и Япония. Гуманитарные исследования. Владивосток. Изд. Дальневосточн. ун. 2004.

Его же. «Фтабатэй Симэй во Владивостоке: Революция, пацифизм и женщина». В кн. Дальний восток России и Япония. Вдаливосток. Изд. Дальневосточн. ун. 2005.

Его же (соавторство с Линдой Галване). «Спальвин и Рига: Неизвестные страницы жизни (исследовательские заметки)». В кн. Первый профессиональный японист России: опыт латышко-российско-японского исследований жизни и творчества Э. Г. Спальвина. Владивосток. Изд. Дальневосточн. ун. 2007.

Матвеев, Н. П. Краткий исторический очерк г. Владивостока. Владивосток. Уссури. 1990.

Рейф, Филипп. Новые параллельные словари языков русского, французского, немецкого и английского в четырех томах. Ч. 1. 4-е изд. СПб. Фельтен. 1879.

Титаев, Александр. «В России – Постников, в Америке – Post». Записки ОИАК. Владивосток. 1999. Т. 33. Сс. 47-51.

Трофимов, В. (Продюсер). Старый Владивосток. Владивосток. «Утро России». 1992.

資料一　二葉亭がポストニコフに寄贈した『世界語』見開き頁

二葉亭が自ら日本語の献辞をロシア語に訳して書き込んだもの。岩波全集にすでにこのテキストは収められているが、入手経路は不明である。брошюра（小冊子、パンフレット）の語が二重線を引いて、книжка（小さい本）と直されている。この訂正が二葉亭のものなのか、ポストニコフあるいは第三者のものなのかは不詳である。岩波書店版全集も、それを継承したと思われる筑摩書房版全集も、訂正前のброшюраを採用している。

続く頁の例言も二葉亭は概略を訳している（口絵参照）。ポストニコフはさらにこれを英訳している。彼はリトル・ロック郊外の自宅を「エスペロ［エスペラントで『希望』］」と名付け、国際語普及のための拠点と見なし、図書館も開放していたようで、二葉亭の『世界語』を資料として閲覧に供していたのであろう。

（米国アーカンソー州リトル・ロック市歴史協会蔵）

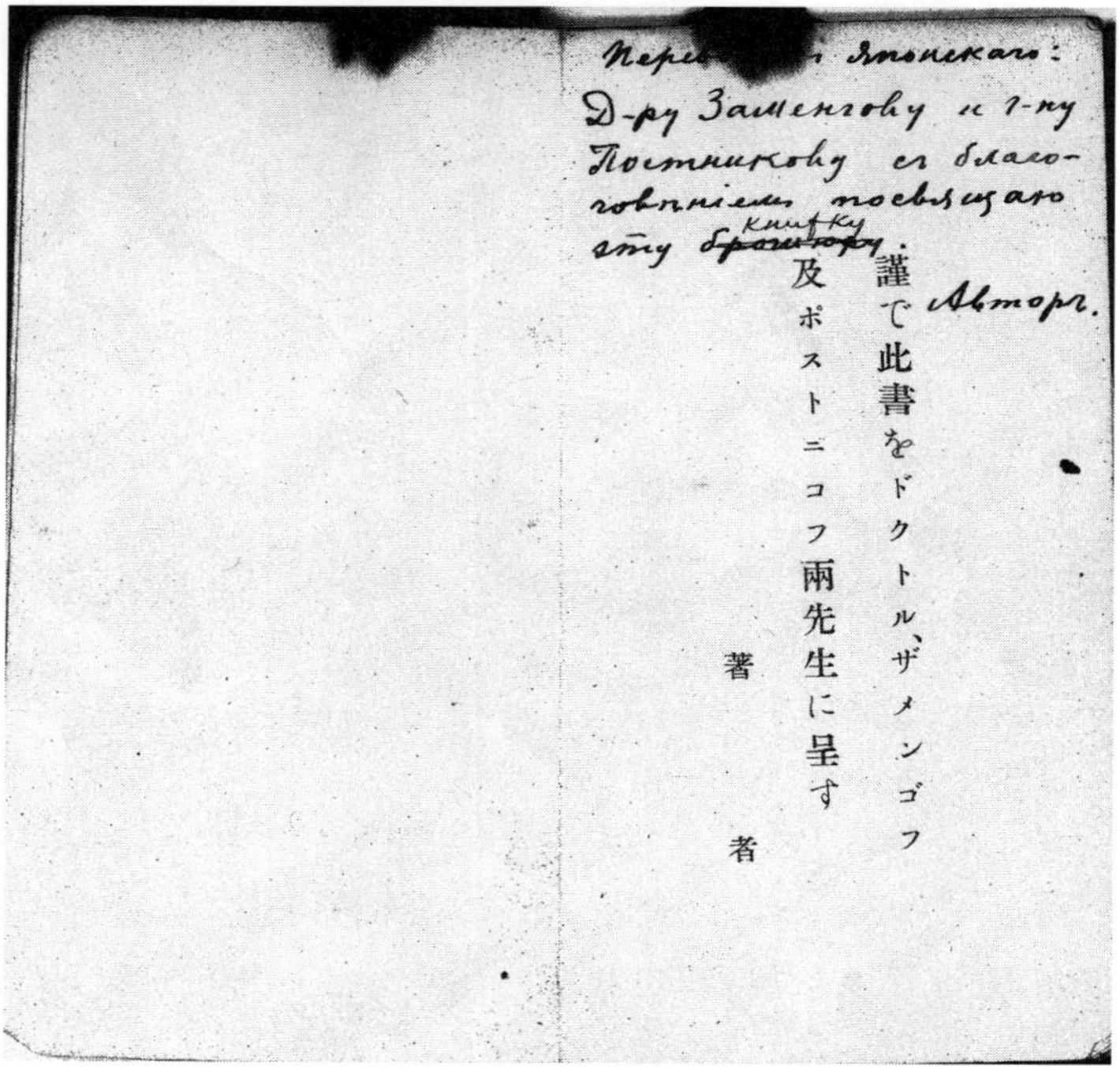
謹で此書をドクトル、ザメンゴフ
及ポストニコフ兩先生に呈す
著者

『世界語』見開き頁

資料二　一橋大学図書館所蔵旧東京外国語学校所蔵図書補遺

筆者は一九八三年に一橋大学所蔵旧東京外国語学校所蔵図書を調査したが、その際に、未整理の書籍として二百冊弱の洋書［主にロシア語図書］を示された。これはその図書を背表紙に記された日本語表記通りに五十音順で表にしたものである。明らかに同一人物に異なる表記をしている場合も、もとの表記通りに示した。これらの図書の多くには「東京外国語学校蔵」の蔵書印が押されていたが、すべてについて確認したわけではない。一橋大学図書館参考掛りに問い合わせたところ、現在、未整理だった図書は分置されてしまっており、また目録も作成されていないとのことであった。さらに、これらの図書の中には昭和八年（一九三三）に東京外国語学校から寄贈されたロシア語図書、陸軍経理学校より引き継いだ図書が入っている可能性があり、明治一八年（一八八五）に東京商業学校と東京外国語学校合併の際に受け入れた図書かどうかは判然としないとのことであった。こうした留保条件はあるものの、参考資料としてリストを挙げる。

アラゴー　天文物理
アンドレーエフ　初等測地学
イリイン　地図集
同　万国地図書
同　露国地図書
イワーノフ　代数訳題
イワニーツキイ　算術問題集
ヴィチコフ　代数例題集
ヴィドヴァゾヴァ　欧州事情
ヴェーレン　作文題帖

ウェショール　幾何問題集
ヴエルジビローウィチ　万国地誌畧
ヴェルン及グラント　船長之子女
ウシンスキー　露語階梯
同　露語教授指南
ヴラジスラノヴレク　論理学
エストシェーフスキイ　算術問題集
エゼルスキイ　乗除早算
ガグール　初等化学
ガノー　窮理書
同　物理全書
同　実地物理
ガルドヴィーク　下界之奇異
ガルニエー　経済原論
同　経済学
キエール　天文学
ギゾー　文明史
クツネジフーフ　沿岸測量階梯
グラヴィンスキー　露西亜算術指南
グラエーワ　代数問題集

クラドフスキー　露国法
クリースト　物理学
グリガーリエフ　博物三界
グリゴーリエフ　植物初学科
同　植物階梯
グレーボフ　露西亜文法
クヲエーヴィチ　物理書
コーベリ　金石識別表
コシー　代数分解
コステンコ　北亜弗利加紀行
ゴフマン　解剖
コリブ　比較統計階梯
コルニール　初等健全学
ゴンチャレンコ　露英会話
サヴィッチ　微分積分計算原礎
サクス　植物階梯
サススチーソフスキー　露作語課程
シチェブロー　算術書
シマーシコ　三角術
シミット　新撰袖珍露仏字書

ジュローフ　複式記簿初歩
スヴエチリン　論理階梯
ズーエフ　普遍地文学
スツルーウェ　論理書
ストルピアレスキー　以呂波
スノーボフ　単複記簿階梯
スパーリヴィン及ポズトネーエフ　日本歴史
スミルノフ　地理総論
同　四大州地誌
同　欧州地理書
スヲパーノフ　博物初歩
セチェーノフ　心理例記
ゼリョーヌイ　直線及球体三角術
セントイレール　初等動物学
ソーモフ　初等代数
ソモフ　分析幾何
ソモヲ　画法幾何
ソンレーリ　海之底
ダーニエリ　地理階梯
ダヴィードフ　代数書

ダヴィド　幾何学
タガンツェフ　魯刑法論
ダネーフルキー　公法新文学
ダラガン　以呂波
テノー　実用天然学写法
ドツセオリスキー　初等商業
ドミートリエフ　露国犯罪法
トルストイ　以呂波
ドレープエル　人身生理学
ドレスレル　心理及論理原礎
パアウリソン　初等篇
同　究理初歩教授法
パジストフ　露語教授文粋
パツソン　読書篇
パレボイ　露国文章規範
フィターケイゼル　独逸畧文典
フィリーポフ　地文階梯
プーツイコフィチ　正記課程
フェードロフ　露習字帖
フコンボヲリ　物理問題

ブツェーウィチ　幾何問題集
フランデルゼー　複式記簿階梯
古川　露語階梯
プルジェワリスキー　代数問題集
ブルジェワリスキー　初等代数
ブレム　挿画動物誌
ブロメル　博物図書
フヲフト　地質階梯
フンリー及キュー　教徒之狡悪稗史
ベーレンス　初等幾何
ベケートフ　植物入門
フツネゾフーフ　沿岸測量階梯
ベッヘル　天地学初科
ベローワ　露国地誌
ボーフ　人体構造
マーセ　胃之奴僕
マミューノフ　露国地学字書
マリソン　幾何階梯及問題集
マニリン　幾何階梯及問題集
マリニン及プレニン　算術階梯
同　算術問題集
同　物理書
同　代数階梯及代数問題
同　天地学階梯
マルイシコフ　訴訟法
マルゴー　仏語指南
マルコフ　幾何画法
マルテンス　東方領事法権論
ミハイロフ　予備科読本
ミュルレル　乾坤物理学
ミルリ　経済原論
同　論理法式
メーエル　露国民法
メドヴェーデフ　金石学
メンデレーエフ　化学原礎
同　有機化学
同　植物階梯
モーリ　警察学
モストーフスキー　地理初歩
同　欧羅巴地誌

モリー　海洋地文学
文部省　露和字彙
ヤンソン　露国及西欧諸国比較統計
同　経済学
ラベルレンデル　地理学教授書
ラボドフスキー　万国地誌
同　万国地誌畧
ラランド　対数及三角量表
リハチョーワ及びスブラーリチ　濠斯太利亜誌
リョーヴェ　遠景及陰影法
同　実用天然学写法

リョヴェ　算術問題集
同　初等代数及問題
リョーズイ　画法階梯
リンネ　実用重学原礎
レーフ　露仏独英
レーペラフ　露国地誌畧
レンツ　物理階梯
ロスコー　金石及有機化学階梯
露和袖珎字彙
ワエガー　対数三角術階梯
ワソフ　露国民法

二葉亭四迷略年譜

和暦	西暦	齢	関連事項	一般事項
安政　二	一八五五			
六	一八五九			ダーウィン『種の起源』を著す。
元治　元	一八六四	0	2・3江戸市ヶ谷尾張藩上屋敷にて生まれる。	6月池田屋事件。7月禁門の変。8月四か国艦隊下関砲撃、第一次長州征伐。
慶応　二	一八六六	2		ドストエフスキー『罪と罰』を著す。
三	一八六七	3		尾崎紅葉、夏目漱石、幸田露伴生まれる。『資本論』第一部出版。
明治　元	一八六八	4	11月東京から郷里名古屋に移り、おそらくは母の実家後藤家で暮らす。	1月王政復古。
二	一八六九	5		トルストイ『戦争と平和』。
四	一八七一	7	8月名古屋藩学校に入学。	11月岩倉使節団出発。

五	一八七二	8	10・16父の転勤に伴い、東京に戻る。	9月新橋―横浜鉄道開通。10月芸娼妓解放令。
六	一八七三	9		ヴ・ナロード運動起こる。
七	一八七四	10		1月板垣退助、民撰議院設立建白を提出。
八	一八七五	11	5・6松江に移る。相長舎にて漢学を、松江変則中学にて普通学を学ぶ。	5月樺太千島交換条約締結。
九	一八七六	12		ウラジオストクに貿易事務館開設。「土地と自由」派（ナロードニキ）結成。
一〇	一八七七	13		2月西南の役。露土戦争。
一一	一八七八	14	3・30東京に戻る。森川塾で数学を学ぶ。10月陸軍士官学校を受験するが失敗。	
一二	一八七九 年	15	芝愛宕下濟美黌で漢学を、成美塾で数学を学ぶ。10月陸軍士官学校を再度受験するが、不合格。	「土地と自由派」分裂し、「人民の意志」派はテロリズムに走る。
一三	一八八〇	16	三たび陸軍士官学校を受験するが、失敗。	
一四	一八八一	17	5・25東京外国語学校露語科に入学。	10月国会開設の詔勅、自由党結成。「人民の意志」派、アレクサンドル二世を暗殺。
一六	一八八三	19		新聞紙条例改正。マルクス没。

一七	一八八四	20		9月加波山事件。10月秩父事件。
一八	一八八五	21	9・22東京外国語学校が東京商業学校に合併され、二葉亭も籍を移す。	大阪事件。
一九	一八八六	22	1月同校を退学。1・25坪内逍遙を訪問。4月「小説総論」を『中央学術雑誌』に発表。	
二〇	一八八七	23	6月『浮雲』第一篇を出版。	12月保安条例公布。
二一	一八八八	24	2月『浮雲』第二篇を出版。7―8月「あひゞき」を『国民之友』、10月「めぐりあひ」を『都の花』に掲載（―翌1月）。	
二二	一八八九	25	7―8月『浮雲』第三篇を『都の花』に掲載。8月内閣官報局雇員となる。	2月大日本帝国憲法公布。第二次インターナショナル結成、トルストイ、『クロイツェル・ソナタ』を執筆、検閲はこれを出版禁止とする。
二三	一八九〇	26		チェーホフ、サハリンに旅行。
二四	一八九一	27	12・31神田東紺屋町福井粂吉方に友人杉野峰太郎と寄宿。	5月大津事件。シベリア鉄道起工。
二五	一八九二	28		ウィッテ蔵相に就任。
二六	一八九三	29	1月福井粂吉長女つねとの婚姻届を出す。2月長男玄太郎生まれる。	

二七	一八九四	30	12月長女せつ生まれる。	5月北村透谷自殺。8月日清戦争。露仏同盟。
二八	一八九五	31		三国干渉。京城事変。
二九	一八九六	32	2月妻つねとの離婚届を出す。11月『片恋』出版。	
三〇	一八九七	33	1—3月ゴーゴリ「肖像画」を『太陽』に、4月ツルゲーネフ「夢かたり」を『文芸倶楽部』に掲載。12月内閣官報局を辞職。	足尾銅山鉱毒問題起る、労働組合期成会設立。
三一	一八九八	34	3月陸軍大学校露語学教授嘱託となるが、4月には辞職。11月海軍省編修書記となる。同月父吉数死去。	6月大隈・板垣連立内閣。
三二	一八九九	35	海軍省を辞したと推定される。9月東京外国語学校教授となる。	外国人内地雑居始まる。
三三	一九〇〇	36		治安警察法公布。義和団の乱。
三四	一九〇一	37	東京外国語学校の同窓佐波武雄と渡露の相談をする。	エスエル（社会革命）党結成。
三五	一九〇二	38	4月頃徳永茂太郎と会い、徳永商店ハルビン支店顧問となることを決める。春頃、高野りうと結婚。5月東京外国語学校教授辞任。同月東京を出発。同月ウラジオストク到着。同月ハルビン到着。10月川島浪速の要請で北京警務学堂提調代理となる。	日英同盟、ゴーリキー『どん底』初演。
三六	一九〇三	39	7月警務学堂を辞し、帰国。	10月尾崎紅葉没。東清鉄道完成。
三七	一九〇四	40	1月「黒竜江畔の勇婦」を『女学世界』に、2月ポ	2月日露戦争勃発。チェーホフ

			ターペンコ「四人共産団」を『文芸界』に掲載。3月大阪朝日新聞社東京出張員となる。『大阪朝日』に「哈爾賓通信」などを掲載。	『桜の園』初演。
三八	一九〇五	41	1月ツルゲーネフ「わからずや」を『文芸界』に、「露助の妻」を『新小説』に、2—3月ゴーリキー「猶太人の浮世」を『太陽』に掲載。大阪朝日より勇退を求められるが、池辺三山のとりなしで留任。「大阪朝日」に「ひとりごと」、「昨今のウィッテ」などを載せる。	日露戦争終結。血の日曜日事件、ロシア第一次革命。
三九	一九〇六	42	三男健三誕生。2月ピウスツキと知り合う。4月ゴーリキー「灰色人」を『東京朝日』に掲載。7月エスペラント教科書『世界語』を出版。10月より『其面影』を『東京朝日』に連載。	1月日本社会党結成。11月南満洲鉄道会社設立。
四〇	一九〇七	43	3—5月ゴーリキー「狂人日記」を『趣味』に掲載。10月より『平凡』を『東京朝日』に連載。	4月夏目漱石朝日新聞社に入社、6月より『虞美人草』を連載。
四一	一九〇八	44	来日したロシア人作家・ジャーナリストのネミロヴィッチ・ダンチェンコを案内。6月「予が半生の懺悔」を『文章世界』に発表。6月朝日新聞ロシア特派員としてロシアに向け出発。7月ペテルブルグ着。	
四二	一九〇九	45	2月ウラジーミル大公の葬儀に参列して発病。3月	10月伊藤博文、ハルビンで暗殺

さる。

病状進んで入院する。4月友人の説得で帰国を決意、ペテルブルグを発つ。同月陸路にてロンドン着。日本郵船賀茂丸に乗り換える。同月マルセイユに着く頃は病状が小康状態になったが、南進するにつれ、再び悪化、5・10ベンガル湾上で死去。同月、シンガポールにて荼毘にふされた。5・29遺骨は神戸に着き、6・2染井墓地にて告別式。

人名索引

あ 行

か 行

さ 行

た　行

な　行

は　行

ま　行

や　行

ら　行

事項索引

あ 行

か 行

さ 行

《著者紹介》

ヨコタ村上孝之（よこたむらかみ・たかゆき）

1959年　生まれ。

東京大学大学院総合文化研究科比較文学比較文化専攻課程単位取得退学（文学修士）。

プリンストン大学比較文学科修了（PhD）。

現　在　大阪大学大学院言語文化研究科准教授。

主　著　*Don Juan East/West*（ニューヨーク州立大学出版局，1988年）。

『性のプロトコル――欲望はどこからくるのか』（新曜社，1997年）。

『マンガは欲望する』（筑摩書房，2006年）。

『色男の研究』（角川学芸出版，2007年）〈サントリー学芸賞受賞作〉。

『金髪神話の研究――男はなぜブロンドに憧れるのか』（平凡社，2011年），ほか。

訳　書　K・アブドゥッラ『魔術師の谷』（未知谷，2013年），ほか。

ミネルヴァ日本評伝選

二《ふた》葉《ば》亭《てい》四《し》迷《めい》

――くたばってしまえ――

2014年5月10日　初版第1刷発行　〈検印省略〉

定価はカバーに
表示しています

著　者　ヨコタ村上孝之

発行者　杉田啓三

印刷者　江戸宏介

発行所　株式会社　ミネルヴァ書房

607-8494 京都市山科区日ノ岡堤谷町1

電話代表（075）581-5191

振替口座 01020-0-8076

共同印刷工業・新生製本

ISBN978-4-623-07093-0

Printed in Japan

刊行のことば

歴史を動かすものは人間であり、興趣に富んだ人間の動きを通じて、世の移り変わりを考えるのは、歴史に接する醍醐味である。

しかし過去の歴史学を顧みるとき、人間不在という批判さえ見られたように、歴史における人間のすがたが、必ずしも十分に描かれてきたとはいえない。二十一世紀を迎えた今、歴史の中の人物像を蘇生させようとの要請はいよいよ強く、またそのための条件もしだいに熟してきている。

この「ミネルヴァ日本評伝選」は、正確な史実に基づいて書かれるのはいうまでもないが、単に経歴の羅列にとどまらず、歴史を動かしてきたすぐれた個性をいきいきとよみがえらせたいと考える。そのためには、対象とした人物とじっくりと対話し、ときにはきびしく対決していくことも必要になるだろう。

今日の歴史学が直面している困難の一つに、研究の過度の細分化、瑣末化が挙げられる。それは緻密さを求めるが故に陥った弊害といえるが、その結果として、歴史の大きな見通しが失われ、歴史学を通しての社会への働きかけの途が閉ざされ、人々の歴史への関心を弱める危険性がある。今こそ歴史が何のためにあるのかという、基本的な課題に応える必要があろう。評伝という興味ある方法を通じて、解決の手がかりを見出せないだろうかというのも、この企画の一つのねらいである。

狭義の歴史学の研究者だけでなく、多くの分野ですぐれた業績をあげている著者たちを迎えて、従来見られなかった規模の大きな人物史の叢書として、「ミネルヴァ日本評伝選」の刊行を開始したい。

平成十五年（二〇〇三）九月

ミネルヴァ書房

ミネルヴァ日本評伝選

企画推薦
梅原　猛
ドナルド・キーン
佐伯彰一
角田文衞

監修委員
上横手雅敬
芳賀　徹

編集委員
石川九楊
伊藤之雄
猪木武徳
今谷　明
今橋映子
熊倉功夫
佐伯順子
坂本多加雄
武田佐知子
竹西寛子
西口順子
兵藤裕己
御厨　貴

上代

*俾弥呼　古田武彦
日本武尊　西宮秀紀
仁徳天皇　若井敏明
雄略天皇　吉村武彦
*蘇我氏四代　遠山美都男
推古天皇　義江明子
聖徳太子　仁藤敦史
斉明天皇　武田佐知子
小野妹子・毛人　大橋信弥
*額田王　梶川信行
弘文天皇　遠山美都男
天武天皇　新川登亀男
持統天皇　丸山裕美子
阿倍比羅夫　熊田亮介
*藤原四子　木本好信
柿本人麻呂　古橋信孝
*元明天皇・元正天皇　渡部育子
聖武天皇　本郷真紹
光明皇后　寺崎保広
孝謙天皇　勝浦令子
藤原不比等　荒木敏夫
吉備真備　今津勝紀
*藤原仲麻呂　木本好信
道鏡　吉川真司
大伴家持　和田　萃
*行基　吉田靖雄

平安

*桓武天皇　井上満郎
嵯峨天皇　西別府元日
宇多天皇　古藤真平
醍醐天皇　石上英一
村上天皇　京樂真帆子
花山天皇　上島　享
*三条天皇　倉本一宏
藤原薬子　中野渡俊治
小野小町　錦　仁
藤原良房・基経　瀧浪貞子
菅原道真　竹居明男
*紀貫之　神田龍身
源高明　所　功
*安倍晴明　斎藤英喜
藤原実資　橋本義則
*藤原道長　朧谷　寿
藤原伊周・隆家　倉本一宏
藤原定子　山本淳子
清少納言　後藤祥子
紫式部　竹西寛子
和泉式部　ツベタナ・クリステワ
大江匡房　小峯和明
*阿弖流為　樋口知志
坂上田村麻呂　熊谷公男
*源満仲・頼光　元木泰雄
平将門　西山良平
藤原純友　寺内　浩
空海　頼富本宏
最澄　吉田一彦
*空也　石井義長
奝然　上川通夫
*源信　小原　仁
後白河天皇　美川　圭
式子内親王　奥野陽子
建礼門院　生形貴重
藤原秀衡　入間田宣夫
平時子・時忠　元木泰雄
平維盛　根井　浄
守覚法親王　阿部泰郎
藤原隆信・信実　山本陽子

鎌倉

源頼朝　川合　康
*源義経　近藤好和
源実朝　神田龍身
後鳥羽天皇　五味文彦
九条兼実　村井康彦
九条道家　上横手雅敬
北条時政　野口　実
熊谷直実　佐伯真一
*北条政子　関　幸彦
北条義時　岡田清一
曾我十郎・五郎　杉橋隆夫
北条時宗　近藤成一
安達泰盛　山陰加春夫
平頼綱　細川重男
竹崎季長　堀本一繁
西行　光田和伸
藤原定家　赤瀬信吾
*京極為兼　今谷　明

*兼好　島内裕子
重源　横内裕人
*運慶　根立研介
快慶　井上一稔
法然　今堀太逸
慈円　大隅和雄
明恵　西山厚
親鸞　末木文美士
恵信尼・覚信尼　西口順子
覚如　今井雅晴
道元　船岡誠
叡尊　細川涼一
*忍性　松尾剛次
*日蓮　佐藤弘夫
一遍　蒲池勢至
*宗峰妙超　竹貫元勝

南北朝・室町

後醍醐天皇　上横手雅敬
護良親王　新井孝重
*赤松氏五代　渡邊大門
*北畠親房　岡野友彦
楠正成　兵藤裕己
*新田義貞　山本隆志
*光厳天皇　深津睦夫
足利尊氏　市沢哲
佐々木道誉　下坂守
円観・文観　田中貴子
足利義詮　早島大祐
足利義満　川嶋將生
足利義持　吉田賢司
足利義教　横井清
大内義弘　平瀬直樹
伏見宮貞成親王　松薗斉
山名宗全　山本隆志
日野富子　脇田晴子
世阿弥　西野春雄
雪舟等楊　河合正朝
宗祇　鶴崎裕雄
*満済　森茂暁
一休宗純　原田正俊
蓮如　岡村喜史

戦国・織豊

北条早雲　家永遵嗣
毛利元就　岸田裕之
毛利輝元　光成準治
*今川義元　小和田哲男
*武田信玄　笹本正治
*武田勝頼　笹本正治
*真田氏三代　笹本正治
*三好長慶　天野忠幸
*宇喜多直家・秀家　渡邊大門
*上杉謙信　矢田俊文
島津義久・義弘　福島金治
長宗我部元親・盛親　平井上総
吉田兼倶　西山克
山科言継　松薗斉
*雪村周継　赤澤英二
織田信長　三鬼清一郎
豊臣秀吉　藤井讓治
*北政所おね　田端泰子
*淀殿　福田千鶴
前田利家　東四柳史明
*黒田如水　小和田哲男
*蒲生氏郷　藤田達生
*細川ガラシャ　田端泰子
伊達政宗　伊藤喜良
*支倉常長　田中英道
ルイス・フロイス　エンゲルベルト・ヨリッセン
*長谷川等伯　宮島新一
顕如　神田千里

江戸

徳川家康　笠谷和比古
*徳川家光　野村玄
徳川吉宗　横田冬彦
*後水尾天皇　久保貴子
光格天皇　藤田覚
崇伝　杣田善雄
春日局　福田千鶴
*池田光政　倉地克直
シャクシャイン　岩崎奈緒子
*田沼意次　藤田覚
*二宮尊徳　小林惟司
末次平蔵　岡美穂子
*高田屋嘉兵衛　生田美智子
*林羅山　鈴木健一
吉野太夫　渡辺憲司
中江藤樹　辻本雅史
*山崎闇斎　澤井啓一
山鹿素行　前田勉
*北村季吟　島内景二
貝原益軒　辻本雅史
松尾芭蕉　楠元六男
*ケンペル　B・M・ボダルト＝ベイリー
荻生徂徠　柴田純
*雨森芳洲　上田正昭
石田梅岩　高野秀晴
前野良沢　松田清
平賀源内　石上敏
本居宣長　田尻祐一郎
杉田玄白　吉田忠
上田秋成　佐藤深雪
木村蒹葭堂　有坂道子
*大田南畝　沓掛良彦
菅江真澄　赤坂憲雄
*鶴屋南北　諏訪春雄
良寛　阿部龍一
*山東京伝　佐藤至子
*滝沢馬琴　高田衛
平田篤胤　山下久夫
シーボルト　宮坂正英
本阿弥光悦　岡佳子
小堀遠州　中村利則
狩野探幽・山雪　山下善也
尾形光琳・乾山　河野元昭
*二代目市川團十郎　田口章子
与謝蕪村　佐々木丞平
伊藤若冲　狩野博幸
鈴木春信　小林忠
円山応挙　佐々木正子
*佐竹曙山　成瀬不二雄
葛飾北斎　岸文和
酒井抱一　玉蟲敏子

孝明天皇　青山忠正
*和　宮　辻ミチ子
徳川慶喜　大庭邦彦
島津斉彬　原口　泉
*古賀謹一郎　小野寺龍太
*栗本鋤雲　小野寺龍太
西郷隆盛　家近良樹
*塚本明毅　塚本　学
*月　性　海原　徹
*吉田松陰　海原　徹
*高杉晋作　海原　徹
ペリー　遠藤泰生
オールコック　佐野真由子
アーネスト・サトウ　奈良岡聰智
緒方洪庵　米田該典
冷泉為恭　中部義隆

近代

*明治天皇　伊藤之雄
*大正天皇　F・R・ディキンソン
*昭憲皇太后・貞明皇后　小田部雄次
大久保利通　三谷太一郎

山県有朋　鳥海　靖
木戸孝允　落合弘樹
井上　馨　伊藤之雄
*松方正義　室山義正
北垣国道　小林丈広
板垣退助　小川原正道
長与専斎　笠原英彦
大隈重信　五百旗頭薫
伊藤博文　坂本一登
井上　毅　大石　眞
*井上　勝　老川慶喜
*桂　太郎　小林道彦
渡辺洪基　瀧井一博
*乃木希典　佐々木英昭
林　董　君塚直隆
*児玉源太郎　小林道彦
*高宗・閔妃　木村　幹
山本権兵衛　室山義正
*金子堅太郎　松村正義
高橋是清　鈴木俊夫
小村寿太郎　簑原俊洋
*犬養　毅　小林惟司
*加藤高明　櫻井良樹
加藤友三郎・寛治　麻田貞雄
牧野伸顕　小宮一夫
田中義一　黒沢文貴
内田康哉　高橋勝浩

石井菊次郎　廣部　泉
平沼騏一郎　堀田慎一郎
宇垣一成　北岡伸一
*宮崎滔天　榎本泰子
*浜口雄幸　川田　稔
幣原喜重郎　西田敏宏
関　一　玉井金五
水野広徳　片山慶隆
広田弘毅　井上寿一
安重根　上垣外憲一
*グルー　廣部　泉
*永田鉄山　森　靖夫
東條英機　牛村　圭
今村　均　前田雅之
蔣介石　劉　岸偉
石原莞爾　山室信一
木戸幸一　波多野澄雄
*岩崎弥太郎　武田晴人
伊藤忠兵衛　末永國紀
五代友厚　田付茉莉子
大倉喜八郎　村上勝彦
*安田善次郎　由井常彦
渋沢栄一　武田晴人
益田　孝　鈴木邦夫
山辺丈夫　宮本又郎
武藤山治　阿部武司・桑原哲也

西原亀三　森川正則
小林一三　橋爪紳也
大倉恒吉　石川健次郎
大原孫三郎　猪木武徳
*河竹黙阿弥　今尾哲也
イザベラ・バード　加納孝代
*林　忠正　木々康子
*森　鷗外　小堀桂一郎
*二葉亭四迷　ヨコタ村上孝之
夏目漱石　佐々木英昭
巌谷小波　千葉信胤
樋口一葉　佐伯順子
*島崎藤村　十川信介
泉　鏡花　東郷克美
*有島武郎　亀井俊介
永井荷風　川本三郎
北原白秋　平石典子
菊池　寛　山本芳明
宮澤賢治　千葉一幹
正岡子規　夏石番矢
高浜虚子　坪内稔典
与謝野晶子　佐伯順子
*種田山頭火　村上　護
*斎藤茂吉　品田悦一
*高村光太郎　湯原かの子

萩原朔太郎　エリス俊子
*原阿佐緒　秋山佐和子
*狩野芳崖・高橋由一　古田　亮
小堀鞆音　小堀桂一郎
竹内栖鳳　北澤憲昭
黒田清輝　高階秀爾
中村不折　石川九楊
横山大観　高階秀爾
*橋本関雪　西原大輔
小出楢重　芳賀　徹
土田麦僊　天野一夫
岸田劉生　北澤憲昭
松旭斎天勝　川添　裕
中山みき　鎌田東二
佐田介石　谷川　穣
*ニコライ　中村健之介
出口なお・王仁三郎　川村邦光
島地黙雷　阪本是丸
*新島　襄　太田雄三
木下広次　冨岡　勝
嘉納治五郎　クリストファー・スピルマン
柏木義円　片野真佐子
津田梅子　田中智子
*澤柳政太郎　新田義之

河口慧海　高山龍三
山室軍平　室田保夫
大谷光瑞　白須淨眞
*久米邦武　高田誠二
フェノロサ　伊藤　豊
三宅雪嶺　長妻三佐雄
*岡倉天心　木下長宏
志賀重昂　中野目徹
徳富蘇峰　杉原志啓
竹越與三郎　西田　毅
内藤湖南・桑原隲蔵　礪波　護
岩村　透　今橋映子
*西田幾多郎　大橋良介
金沢庄三郎　石川遼子
上田　敏　及川　茂
柳田国男　鶴見太郎
厨川白村　張　競
天野貞祐　貝塚茂樹
大川周明　山内昌之
西田直二郎　林　淳
折口信夫　斎藤英喜
九鬼周造　粕谷一希
辰野　隆　金沢公子
シュタイン　瀧井一博
*西　周　清水多吉
*福澤諭吉　平山　洋
福地桜痴　山田俊治

田口卯吉　鈴木栄樹
*陸　羯南　松田宏一郎
黒岩涙香　奥　武則
*吉野作造　田澤晴子
野間清治　佐藤卓己
山川　均　米原　謙
*岩波茂雄　十重田裕一
*北　一輝　岡本幸治
*穂積重遠　大村敦志
中野正剛　吉田則昭
満川亀太郎　福家崇洋
*北里柴三郎　福田眞人
高峰譲吉　木村昌人
田辺朔郎　秋元せき
*南方熊楠　飯倉照平
寺田寅彦　金森　修
石原　純　金子　務
辰野金吾　河上真理・清水重敦
*七代目小川治兵衛　尼崎博正
ブルーノ・タウト　北村昌史

現代

昭和天皇　御厨　貴
高松宮宣仁親王　後藤致人

*李方子　小田部雄次
吉田　茂　中西　寛
マッカーサー　柴山　太
石橋湛山　増田　弘
重光　葵　武田知己
市川房枝　村井良太
*池田勇人　藤井信幸
高野　実　篠田　徹
和田博雄　庄司俊作
朴正熙　木村　幹
竹下　登　真渕　勝
*松永安左エ門　橘川武郎
鮎川義介　井口治夫
*出光佐三　橘川武郎
松下幸之助　米倉誠一郎
渋沢敬三　井上　潤
*本田宗一郎　伊丹敬之
井深　大　武田　徹
*佐治敬三　小玉　武
幸田家の人々　金井景子
*正宗白鳥　大嶋　仁
大佛次郎　福島行一
*川端康成　大久保喬樹
*薩摩治郎八　小林　茂

松本清張　杉原志啓
安部公房　鳥羽耕史
*三島由紀夫　島内景二
井上ひさし　成田龍一
R・H・ブライス　菅原克也
金素雲　林　容澤
柳　宗悦　熊倉功夫
バーナード・リーチ　鈴木禎宏
イサム・ノグチ　酒井忠康
川端龍子　岡部昌幸
藤田嗣治　林　洋子
*井上有一　海上雅臣
*手塚治虫　竹内オサム
山田耕筰　後藤暢子
古賀政男　藍川由美
*吉田　正　金子　勇
武満　徹　船山　隆
*八代目坂東三津五郎　田口章子
*力道山　岡村正史
*西田天香　宮田昌明
安倍能成　中根隆行
サンソム夫妻　平川祐弘・牧野陽子
和辻哲郎　小坂国継

矢代幸雄　稲賀繁美
石田幹之助　岡本さえ
*平泉　澄　若井敏明
安岡正篤　片山杜秀
島田謹二　小林信行
前嶋信次　杉田英明
保田與重郎　谷崎昭男
*福田恆存　川久保剛
井筒俊彦　安藤礼二
佐々木惣一　松尾尊兊
*瀧川幸辰　伊藤孝夫
矢内原忠雄　等松春夫
福本和夫　伊藤　晃
*フランク・ロイド・ライト　大久保美春
大宅壮一　有馬　学
今西錦司　山極寿一

*は既刊
二〇一四年五月現在